사나사나

사나사나
© 주지영

1판 1쇄 발행 | 2019년 2월 20일

지은이 | 주지영
펴낸이 | 정홍수
편집 | 김현숙 이진선
펴낸곳 | (주)도서출판 강
출판등록 | 2000년 8월 9일(제2000-185호)

주소 | 서울시 마포구 동교로 17안길 21(우 04002)
전화 | 02-325-9566
팩시밀리 | 02-325-8486
전자우편 | gangpub@hanmail.net

값 14,000원
ISBN 978-89-8218-236-5   03810

이 도서의 국립중앙도서관 출판예정도서목록(CIP)은 서지정보유통지원시스템 홈페이지
(http://seoji.nl.go.kr)와 국가자료공동목록시스템(http://www.nl.go.kr/kolisnet)에서 이용하실 수 있
습니다.(CIP제어번호: CIP2019003587)

사나사나

주지영
소설집

차 례

인간의 구역

1

양재천변에 광견병 너구리가 출몰한다는 소문이 나돌았다. 아파트 주민들은 단지 옆에 흉물스럽게 똬리를 틀고 있는 철거민촌이 눈엣가시였는데, 광견병 너구리까지 나타나 염장을 지른다며 체머리를 흔들었다. 남편의 외박에 숨겨진 비밀을 알게 된 것은 그즈음이었다.

그날 새벽에도 나는 천변으로 나갔다. 가을치곤 제법 요란한 비가 초저녁에 한바탕 쏟아졌다. 비 그친 천변에 비릿한 풀냄새가 안개처럼 자우룩하게 끼어 있었다. 마른 가뭄 끝에 내린 단비였다. 너구리가 먹이를 찾아 천변을 어슬렁거릴 가능성이 높았다.

너구리가 자주 출몰한다는 철거민촌 근처 우거진 수풀에 참치 캔을 놓고 나무 뒤에 쭈그려 앉아 카메라 렌즈의 초점을 맞췄다. 너구리 사진을 찍어 열흘 뒤 마감하는 양재천 생태환경 사진전에 출품할 작정이었다. 너구리야말로 강남의 하수구였던 천변이 인간의 힘에 의해 완전히 되살아났다는 또렷한 증거였다. 그러나 너구리 사진은 핑계일지도 모른다. 어둡고 위험한 천변에 나를 내팽개치지 않고는 남편이 돌아오지 않는 밤을 견딜 자신이 없었으니까.

건너편 산책로에서 고양이 울음소리가 자지러졌다. 아기의 울음소리 같기도 하고 여자의 교성 같기도 한 그 소리는 이상한 갈증을 느끼게 했다. 저 고양이의 목을 비틀면 어떤 느낌이 들까……. 무심결에 날 선 손톱이 손바닥을 파고들었다.

이 주 전이었다. 석양빛을 반짝이며 툭 떨어지는 단풍잎을 보다가 가슴이 아릿해서 남편에게 외식을 하자고 전화를 걸었다. 끊기지 않은 휴대전화 너머로 내 귀를 의심할 소리가 들려왔다. 아빠, 라고 부르는 갓난아이의 옹알이였다. 설마, 내 남편이 그럴 리가 없다고 애써 부인했다. 하지만 시간이 지날수록 아빠, 라는 옹알이가 내 남편을 부르는 소리라는 게 분명해졌다. 부쩍 많아진 회식, 빈번한 외박, 잦은 출장, 앞뒤가 맞지 않는 궁색한 변명. 모든 정황은 남편의 외도를 가리켰다.

남편이 들어오지 않는 밤이면 손이 덜덜 떨리고 눈이 뒤집히도록 살의가 치미는 것을 나도 어쩌지 못했다. 목을 조르고, 몸을 난도질하고, 사지를 찢어발겼으나 남편은 살아나고 또 살아나서 나를 비웃었다. 차라리 이혼하자. 그렇지만 아이도 못 낳는 내가 이혼을 한들 뭐가 달라지는가. 남편만 쾌재를 부를 일이지.

하루에도 수십 번 널뛰는 감정에서 나를 구원해준 것은 너구리 소문이었다. 텅 빈 집에서 꼬박 밤을 밝히다가 새벽 어스름이면 천변으로 뛰쳐나갔다. 수풀 속 어딘가에 숨어 있을 너구리를 찾는 일은 묘하게도 남편의 불륜 현장을 잡아내는 수색 작업처럼 여겨졌다.

귀청을 가득 메운 귀뚜라미 울음소리가 잦아들고 풀숲을 스치는 기척이 났다. 귀가 쫑긋 섰다. 검은 그림자가 참치 캔으로 고개를 들이밀었다. 등골이 자르르 신호를 보냈다. 망설임 없이 셔터를 눌러댔다. 플래시 불빛과 셔터 소리가 환호성처럼 터졌다.

그런데 이상했다. 놀라 달아날 법도 한데 놈은 아직 앵글 안에 웅크리고 있었다. 꽤나 배고팠던 모양이다. 손전등을 꺼내 시커먼 물체를 비췄다. 너구리가 아니었다. 놈은 눈이 부신지 얼굴을 찌푸리며 고개를 돌렸다. 덥수룩한 장발이며 입성이 천변의 거지였다. 그제야 오물 썩는 냄새가 콧속으로 훅 밀려들었다.

순간 거지 쪽에서 무언가 날아와 내 발치에 떨어졌다. 손전
등을 비췄다. 당장이라도 터져버릴 것 같은 검붉은 핏덩어리
였다. 너덜너덜 달라붙은 살점 사이로 핏물이 흘러나와 산책
로를 흥건히 적셨다. 머리칼이 쭈뼛 섰다. 캔 참치를 쩝쩝거
리면서 집어먹던 거지가 몸을 일으켜 다가왔다. 거지의 체취
가 한발 먼저 나를 사로잡으려고 달려들었다.

나는 무섬증이 들어 뒷걸음질을 치다가 이내 몸을 돌려 달
리기 시작했다. 등 뒤로 거지가 뒤쫓아 오는 것만 같아 앞만
보고 목에서 쌕쌕 소리가 나도록 산책로를 내달렸다. 둑길로
오르는 익숙한 계단이 보였다. 두 계단씩 뛰어 보도교에 오르
자 가쁜 숨이 몰아쳤다.

2

집 안에 들어왔는데도 콩닥거리는 가슴이 진정되질 않았
다. 땀에 젖은 옷을 벗지도 않고 그대로 소파에 몸을 묻었다.
눈을 감고 억지로 잠을 청했다. 거지가 던진 검붉은 핏덩어
리가 털가죽을 뒤집어쓴 너구리로 변하는가 싶더니, 다시 가
죽이 벗겨진 핏덩어리가 되어 꼬물거렸다. 잠을 잘 수가 없었

다. 짐작대로 너구리는 광견병에 걸린 게 아니었다. 거지가 내 뒤통수에 대고 지껄이던 말이 심장을 옥죄었다.

광견병 너구리라니, 천만에. 발정 난 암너구리야, 너처럼.

동살이 거실에 들자 사물들은 빠르게 제 빛깔을 찾아갔다. 가슴의 두근거림이 잦아든 자리에 짜증이 노엽게 일었다.

거지 냄새를 지우기 위해 욕실로 들어가 온몸 구석구석을 씻어냈다. 뿌연 거울을 닦아내자 하얀 피부의 여자가 나타났다. 보디로션을 바르는 내 손길에 유두가 발끈 도드라졌다. 남편과 잠자리를 같이한 게 언제인지 까마득했다. 발정 난 암너구리야, 너처럼. 거지가 거울 속에서 나를 쳐다보고 있었다. 호흡이 거칠어졌다.

발악하듯 전화기가 울어댔다. 남편이었다. 바빠서 전화할 시간조차 없었다며 오늘은 일찍 들어오겠다고 했다.

파우더 룸에 앉아 거울 앞에 세워둔 액자 속 사진을 들여다보았다. 단발 커트 머리를 한 내가 미소 짓고 있다. 난소 제거 수술 날짜를 받아둔 나의 얼굴에 불안과 초조가 감추어져 있다. 남편은 등 뒤에서 두 팔로 나를 감싸 안은 채 볼살이 파이도록 환히 웃고 있다.

남편의 회사 4주년 창립기념 워크숍에서 고아원 봉사 활동을 갔을 때 찍은 사진이다. 사랑원이라는 이름을 단 그 고아원에는 무화과나무가 무성했다. 남편은 어린아이처럼 무화과

나무 주위를 한 바퀴 돌았다. 꽃도 없이 열매를 맺다니, 성처녀의 무염수태야, 참 신통하지? 나와 눈이 마주치자 남편은 멋쩍게 웃었다. 무염수태, 그 말에서 아이에 대한 남편의 미련이 느껴져 늦여름 짙푸른 산으로 시선을 돌려야 했다.

강남에 부동산 알부자로 소문난 부모님은 내가 서른이 되던 해 성묘를 가다가 교통사고로 세상을 떠났다. 낯선 곳에 내동댕이쳐졌다는 절망감에 휩싸여 집 밖으로 나갈 엄두를 못 내던 나에게 지금의 남편이 다가왔다. 당시 그는 아버지가 기부한 장학금으로 박사과정을 마치고 졸업을 앞두고 있었다. 부모님이 사윗감으로 최고라고 칭찬하던 사람이었다. 혼자 자라 늘 외로웠던 나는 평생 나와 아이들의 아침상을 차려주고 싶다는 그의 청혼에 가슴이 뛰었다. 결혼 후 사업을 하고 싶다는 남편에게 IT 회사를 차려주고 나는 집 안에 들어앉았다. 남편은 시도 때도 없이 내 몸을 파고들었고, 또 매일 아침상을 손수 차려냈다. 그러던 그가 이제는 딴 여자에게 아침상을 차려주면서, 바쁘다는 가증스런 거짓말로 나를 농락하고 있다.

열 시가 되도록 한숨도 자지 못한 채 남편을 어떻게 해야 할지 궁리하다가 요가복을 챙겨 아파트 상가 이층에 있는 피트니스 센터로 갔다. 단지 사람들만 이용하는 센터는 언제나처럼 쾌적했다. 삼면이 거울로 둘러싸인 요가 강습실에 열 명

14

남짓한 사람들이 몸을 풀고 있었다.

삼십 대 후반의 몸은 잠깐 한눈파는 사이에 셀룰라이트와 처진 살로 볼품없게 퍼지기 십상이다. 매트 위에 두툼한 수건을 깔고 앉았다. 잔잔한 음악이 흘러나오자 강사는 숨쉬기 자세로 몸을 풀게 한 후 점점 강도 높은 자세를 취했다. 강사를 따라서 왼다리로 중심을 잡고 오른손으로 오른다리 발목을 잡아 뒤로 당겨 올리면서 왼팔을 앞으로 쭉 뻗었다. 수평으로 뻗은 팔 아래로 구부러진 다리와 몸통이 활시위처럼 휘었다.

불현듯 내 몸을 훑는 눈길이 느껴졌다. 왼쪽 앞쪽에 선 여자와 거울 속에서 눈이 마주쳤다. 처음 보는 여자였다. 처진 뱃살과 굵은 팔뚝, 서너 겹의 목주름, 기미로 뒤덮인 얼굴로 보아 이 아파트에 전혀 어울리지 않는 여자였다.

여자는 나를 롤 모델로 삼기라도 할 태세였다. 아예 주저앉아 노골적으로 내 몸을 훑었다. 백육십 센티미터의 크지 않은 체구지만 다리가 길고 가슴과 엉덩이가 도드라진데다가 고양이처럼 유연해서 강사마저도 나를 질투할 정도였으니, 뭐 익숙한 일이긴 했다.

목 줄기를 타고 흘러내린 땀이 가슴골로 미끄러졌다. 왜가리, 비둘기, 독수리 자세로 바꿔가며 팔과 다리를 늘이고 당겼다. 비만한 여자의 몸집이 눈에 거슬렸다. 여자에게로 향하는 시선을 애써 거두면서 물구나무 자세를 취했다. 강사가 열을 셀 동안 이 자세를 유지해야 했다. 머리로 피가 쏠렸다. 강사가 셋을 세자 머릿속에서 뭔가가 가물거렸다. 넷을 세자 가물거리던 것이 망막 위로 불쑥 튕겨 나왔다.

새벽에 본 검붉은 핏덩어리다. 깜짝 놀라 눈을 번쩍 떴다. 강사가 다섯을 세는 순간, 아랫배에 격렬한 통증이 일었다. 더 버티지 못하고 바닥에 널브러졌다. 여자가 눈을 동그랗게 떴다.

여자가 왜 내 시선을 잡아끌었는지 그제야 알았다. 뒤룩뒤룩한 몸집이며 처량한 눈빛하며, 삼 년 전 내가 꼭 저런 모습이었다.

난소 제거 수술을 받고 병원에서 나왔을 때 고층 건물이 머리 위로 쏟아져 내리고, 자동차 경적 소리가 사지를 절단 내려고 달려들었다. 나는 비명을 지르며 비틀거렸다. 남편은 나를 동해 바닷가 별장으로 데려갔다. 늘 양수처럼 감싸주던 바다마저도 거친 파도로 나를 밀어냈다. 텅 빈 겨울 백사장에 밀려든 폐그물, 페트병, 스티로폼이 바로 나였다. 그 바다에서 목구멍이 터져라 악을 쓰다 피를 토하고 쓰러졌다. 다시 서울로 올라가는 차 안에서 남편은 나를 안으며 가늘고 긴 한숨을 내쉬었다.

눈물도 소리도 말라버리자 뭔가 텅 빈 것처럼 허전하고 불안했다. 입안으로 무언가를 집어넣어야 불안함이 사라졌다.

호르몬조차 사라진 마당에 내가 채운 열량은 하루 권장량의 열 배를 넘어섰다. 수술 경과를 확인하러 병원에 갔을 때 집도를 담당했던 의사는 순식간에 몸이 불어난 나를 알아보지 못했다.

병원에 다녀온 날, 한밤중에 허기가 져 주방으로 갔다. 남편은 소파에 웅크려 자고 있었다. 까만 머리 위에 희끗하니 서리가 내려앉았고, 수염은 깎지 않아 덥수룩했다. 두 손으로 남편의 얼굴을 감쌌다. 매끄러운 피부는 간데없이 거칠고 푸석했다.

이대로는 안 되겠다 싶어 독해지자고 마음먹었다. 요가는 물론이고 헬스, 수영, 스쿼시 같은 힘든 운동도 마다하지 않았다. 예전의 몸을 되찾고 나서 제일 먼저 아파트를 옮겼다. 모든 걸 새롭게 시작하고 싶었다. 삶은 제자리를 찾아갔다. 여자의 조건, 그 한 가지만 빼면.

강습은 계속됐지만 뚱뚱한 여자를 더 봐야 하는 게 끔찍했다. 깔고 있던 수건을 돌돌 말아 수거함에 던지고 강습실을 나섰다. 아랫집 1902호 여자가 탈의실로 따라 들어와 무슨 일이냐며 걱정스런 표정으로 내 얼굴을 들여다봤다.

이 아파트 여자들은 내 앞에서는 웃으며 알은체하다가도 돌아서면 쑥덕댔다. 물려받은 유산이 많다는 건 둘째치더라도 남편이 텔레비전에 나와 특강도 하고, 내 손을 잡고 산책

까지 한다는 것이 그 이유였다. 1902호 여자, 희찬이 엄마만
은 언제고 나를 살갑게 맞아주었다. 사진 동우회에 들어간 것
도 여자의 권유 때문이었다.

어머니회 모임이 있어 일찍 나가야 한다면서 여자는 땀에
젖은 웃옷을 훌렁 벗었다. 브래지어만 걸친 그녀의 배에 제왕
절개 수술을 한 흉터가 남아 있었다. 태아가 거꾸로 들어앉는
바람에 어쩔 수 없었다고 했다.

"흉하지? 흉터 없애려고 병원에 갔는데, 켈로이드 체질이
라 안 하는 게 낫대."

내 눈길을 의식했는지 그녀는 흉터를 손바닥으로 가리면서
해맑게 웃었다. 우둘투둘한 흉터일망정 내 배 위로 옮겨놓고
싶다는 걸 그녀는 알까.

3

집 안의 공기는 장마철 습기를 품은 듯 눅눅하고 무거웠다.
해마다 실내 인테리어를 바꾸고, 철철이 벽지와 커튼과 소파
커버를 갈고, 매일 먼지 하나 없도록 구석구석 닦아냈는데,
알 수 없는 일이었다. 남편은 가사도우미를 부르라고 했지만,
나와 남편의 숨결로 가득한 이 집에 타인의 호흡이 섞이는 게

싫었다.

탈의실에서 1902호 여자가 한 말이 머릿속에 맴돌았다. 아이가 있으면 집 안에 웃음이 넘친다니까, 자기도 아이 빨리 가져. 그러다 남편 딴생각 할라. 유리병에 꽂아둔 갈대 스틱을 흔들었다. 아로마 오일이 떨어진 빈 병에서는 향기 한 점 날아오지 않았다.

검붉은 핏덩어리가 어른거려 도통 뭘 먹고 싶지가 않았다. 눈이 부신 오후 햇살에 졸음이 쏟아졌지만, 1902호 여자와 두시에 만나기로 한 약속이 떠올랐다. 화장을 하고 장미 이백 송이 향을 농축했다는 향수를 발목에 찍어 발랐다.

카메라를 들고 천변 옆 카페로 갔다. 나뭇가지에 매달린 단풍잎을 삽상한 가을바람이 흔들어댔다. 카페에 들어서자 강아지 한 마리가 쏜살같이 달려와 꼬리를 흔들었다. 해피였다.

벚꽃 향내가 진동하던 봄날, 남편은 혼자 지내게 해서 미안하다며 성대를 제거하고 중성화 수술까지 마친 몰티즈 한 마리를 분양 받아 왔다. 이제야 든 생각이지만, 남편의 외박이 잦아질 무렵이었다. 넓은 집에서 강아지와 지내는 일이 안정감을 주긴 했지만, 그건 처음 두 주뿐이었다. 낯선 환경에 적응하자마자 해피가 집 안 곳곳을 뛰어다니는 통에 카펫이며 소파와 침대에 털이 날리고 오줌 지린내가 진동해서 이틀이 멀다 하고 대청소를 해야 했다. 시추 한 마리를 반려견으로 키우는 이 카페 주인 사내는 내 고민을 듣고 반색을 하면서 자신이 키우겠다고 나섰다.

겨우 한 달 키웠을 뿐인데도 정이 들었는지 해피는 내 발밑을 맴돌며 짖었다. 안타깝게도 그 소리는 낑낑거리는 소리로 공중에 흩어졌다.

나는 라비앙로즈라는 이 카페 이름을 좋아했다. 장밋빛 인생, 그 이름답게 영국 왕실에서 먹는다는 커피와 홍차를 갖춰 놓았다. 커피를 주문하고 꽃밭을 연상케 하는 파스텔 톤 타일을 따라 이층으로 올라갔다. 늘 앉던 창가 테이블까지 가는 동안 안면이 있는 사람들과 인사를 나누기 위해 여러 번 멈춰서야 했다. 나비넥타이에 검은 조끼를 갖춰 입은 바리스타가 소리 없이 다가와 테이블 옆에서 커피를 내렸다. 바이올린 선율에 커피 향이 은은하게 퍼지자 팽팽했던 신경이 느슨해지는 느낌이었다.

이곳에 올 때면 핸드백이나 구두는 물론이고 옷과 액세서리를 더 세심하게 고르고 화장도 더 신경 썼다. 남편과 자주 왔던 걸 기억하는 눈들이 많아서였다. 이 카페를 다시 찾는 건 앞으로 몇 번이나 될까. 익숙해질 대로 익숙해진 것들을 죄다 새로운 것으로 바꿔야 할 날이 머지않았다는 예감이 들었다.

카메라를 켜고 그동안 찍은 사진을 쭉 훑어보았다. 이 사진은 너무 많은 걸 담고 있어요, 하나의 피사체에만 집중하고 다른 건 비워내야 합니다. 센 강변에 즐비한 요트에서 파티를 즐기는 사람들과 강 건너편의 루브르 궁을 담은 내 첫 작품을 두고 동호회 고문 격인 강 교수는 그렇게 말했다.

천변의 가을 풍경이 사진마다 가득한데, 무엇 하나 마음에 들지 않았다. 딱히 구도를 정해서 찍은 건 아니지만 그나마 비워낸 사진은 왜가리 한 쌍이 천변 하늘 위를 비상하는 장면 밖에 없었다. 뭘 어떻게 비워내라는 건지.

거의 마지막 컷에 다다르자 웅크린 거지가 불쑥 튀어나왔다. 너구리의 검붉은 살덩어리가 그 상 위에 겹쳐지고, 발정난 암너구리라는 말이 귓전을 맴돌았다. 나선형으로 가늘게 장식이 된 초콜릿을 바스라뜨려 먹다 말고 삭제 버튼을 연속해서 눌렀다.

1902호 여자가 맞은편 자리에 앉았다. 희찬이 학원 데려다주느라 늦었다며 여자는 자신의 카메라를 내밀었다. 어떤 게 좋은지 봐줘. 바리스타가 커피를 내려주고 갔다. 역시 이 집 커피 맛이 최고라며 여자는 커피를 홀짝거렸다.

여자의 사진도 천변의 가을 풍경으로 가득했다. 나와 다른 점이 있다면 그 풍경 속에 희찬이가 손가락으로 브이를 그리며 빠진 이를 드러내고 웃고 있다는 거였다.

나는 언짢았지만 내색하지 않고 사진 한 장을 골랐다. 유일하게 희찬이가 없는 사진이었다. 여자의 19층 집에서 찍었는지 천변의 전체 풍경이 프레임 안에 가득 담겼다. 비움이 없는 꽉 찬 사진이다. 여자는 나도 이게 제일 좋았어, 하면서 환한 미소를 지었다.

"나 요즘 미치겠어. 아들놈이 말을 안 들어. 걸핏하면 사고만 치니, 웬수야 웬수. 내다 버리고 싶어."

나는 몸을 앞으로 내밀어 턱을 괴고 여자를 빤히 보면서 말했다.

"그럼, 내다 버리면 될 거 아냐."

"농담이라도 그런 말 하지 마. 난 우리 아들 없으면 죽어."

여자의 얼굴이 빨갛게 상기되더니 눈시울이 붉어졌다.

내가 왜 이렇게 모질어졌는지 모르겠다. 바람난 남편 때문일까. 남편은 뭘 하고 있을까, 아이와 같이 있을까. 1902호 여자는, 부모는 아이 때문에 산다, 아이 없는 사람들이 왜 인공수정이며 시험관 아기에 매달리겠느냐 따위를 장황하게 늘어놓았다.

창밖을 보니 천변은 노랗고 붉은 속살을 드러내며 눈부신 빛을 푸들거리고 있었다. 원색의 생명력을 불태우는 천변의 가을 풍경마저 나를 비웃는가. 난소를 떼어버린 여자, 생명을 잉태할 수 없는 여자.

여자의 입에서 대리모, 라는 단어가 나왔을 때 나는 화들짝 놀랐다.

"우리 집 도우미 아줌마한테 들었는데, 요가 수업 때 본 뚱뚱한 여자 말이야, 대리모였대. 젊어서 애 낳아주고, 그 애를 못 잊어서 몇 번이나 자살하려고 했대. 근데 그 애가 커서 생모를 찾은 거야. 한 달 전에 아파트 사주고 지극 정성으로 모신대. 주말이면 마누라 데리고 찾아온다네."

나는 숨이 턱 막혔다. 언제 왔는지 해피가 내 발등에 머리를 얹었다.

"어머, 애 좀 봐. 옛 주인 알아보네. 거봐, 강아지도 제 주인은 잊지 않는다잖아. 자기도 빨리 애 가져."

털 날린다고 버린 강아지를 나도 모르게 두 손으로 안아 허벅지 위에 앉혔다. 따뜻한 체온이 느껴졌다.

거지는 나를 발정 난 암너구리라고 했다. 내가 발정 난 암너구리라고? 발정 난 암너구리는 내가 아니라 남편의 여자다. 암너구리는 펑퍼짐한 엉덩이로 새끼만 낳아주는 대리모일 뿐이다.

여자는 희찬이를 데리러 간다면서 먼저 일어섰다.

대리모, 나는 왜 그 생각을 못했던가. 해피를 가슴에 꼭 껴안았다. 강아지의 심장이 팔딱였다. 아이의 심장도 이렇게 여리고 따뜻하게 요동칠까. 남편도 자신의 새끼를 안고 이런 기분을 느꼈을까.

해피를 안은 팔에 힘이 들어갔다.

그 여자의 아이를 빼앗아 내 아이로 만들 것이다. 그깟 여자한테야 아파트 한 채면 되겠지.

자정 넘어 남편이 들어왔다. 남편은 이박 삼일 제주도 출장을 가야 한다면서 여행용 가방을 꺼내 왔다. 출장일 리가 없다. 아이와 같이 있으려고 이젠 별 꼼수를 다 쓴다는 생각이 들었다. 남편이 욕실 앞에 허물처럼 벗어놓은 옷가지를 세탁물 바구니에 쑤셔 넣는데, 낯선 셔츠 상표가 눈에 들어왔다.

여행용 가방에 그의 속옷과 옷가지를 챙겨 넣는 손이 부들부들 떨렸다. 이를 악물고 길게 숨을 내쉬었다. 미리부터 흥분하면 아무것도 얻어낼 수 없다.

셔츠를 쥐고 소파에 앉았다. 그가 흰 목욕 가운을 걸치고 나왔다. 유난히 숱 많은 머리칼에서 물이 뚝뚝 떨어졌다. 올여름 나와는 피서 한 번 가지 않았던 그의 몸은 어디서 태웠는지 보기 좋게 그을었다. 뱃살도 도독했다. 매사 치밀한 척하지만, 남편은 지갑이나 휴대전화 따위를 자주 잃어버릴 만큼 허술한 데가 많았다. 바람을 피워도 이렇게 티가 나게 피우다니.

드레스 룸으로 가는 그를 불러 세웠다.

"이 셔츠 못 보던 거네."

그의 눈 밑이 가늘게 떨렸다.

"아, 그거……, 김 비서가 사다 줬어."

"안목이 천박하네. 내가 이런 옷 당신 입힌 적 있어? 김 비서 단단히 교육시켜야겠네."

그의 눈이 잠깐 세모꼴로 일그러졌다. 한 번 더 그를 옥죄어야 한다. 나는 돌아서는 그를 향해 차암, 하고 말을 이었다.

"당신, 다음 주에 선산 가는 거 알지?"

"선산에? 왜?"

"왜라니, 설마 당신 우리 부모님 기일 잊었어? 나흘 뒤잖아. 아무리 회사 일이 바빠도 그렇지. 당신은 우리 부모님께 늘 감사드려야 하지 않나?"

그는 어색한 웃음을 지으면서 고개를 끄덕였다.

"돌아오는 길에 사랑원에 들러서 입양도 알아봐야겠어."

미소를 짓고 있는 그의 입꼬리에 경련이 일었다.

"입양? 여태껏 잘 살았잖아. 난 내 아이가 아니면 싫어."

필요 없다든가, 자신이 없다든가, 그런 말이 아니었다. 그가 나에게 단호한 어조로 뭔가를 강경하게 주장해본 일은 없었다. 자식이 생기면 없던 용기도 생기는가 싶어 아이가 없었다. 나는 소파에서 일어섰다.

내 얼굴을 차마 마주보지 못하고 등을 돌린 그는 내 입술이 어떻게 일그러져 있는지를 알지 못한다. 그를 돌려 세웠다.

이제 그에게 비수를 들이밀 차례다.

"그게 불가능하다는 거 당신도 잘 알잖아. 당신 핏줄이 정 소원이면 대리모를 구할까? 당신 닮은 아이라면 키울 맛도 날 거야."

나는 그의 눈을 뚫어져라 쳐다보았다. 그의 눈이 심하게 흔들리고 턱 근육이 씰룩거렸다. 표정을 감추는 게 쉽지 않을 테지.

"혹시 당신 나 몰래 낳은 애 없어? 있으면 데려와."

비수를 더 깊숙이 밀어 넣어야 한다. 그의 가슴에 손을 얹고 한 자 한 자 또박또박 끊어가며 내뱉었다.

"당신, 당신 애라면, 내 재산, 당연히, 다, 물려줘야지."

그의 심장이 세차게 요동쳤다. 나를 떼어내려는지 내 어깨를 잡은 그의 손에 힘이 들어갔다. 나는 재빨리 그의 허리를 감고 그의 얼굴을 빤히 올려다보았다. 그는 눈을 치켜뜨며 내 시선을 피했다. 까만 눈썹 사이로 세 골의 주름이 팼다.

"얼마나 좋아, 아이 웃음소리로 가득할 이 집. 당신도 일찍 들어올 거구."

그는 어금니를 꽉 깨물고 고개를 주억거렸다. 억지로 웃느라 그의 입술이 얇게 말렸다.

"나는 당신만 있으면 돼. 오늘따라 왜 이래. 내일 일찍 가야 돼. 그만 자자."

그가 나를 껴안고 어깨를 다독이다가 서재 쪽으로 멀어져 갔다.

침대 머리맡에 기대어 두 무릎을 끌어당겨 팔로 감싸 안았다. 간신히 몸을 지탱해주었던 오기마저 풀어져버리고 사위가 하얗게 변했다.

나는 도대체 무얼 붙잡고 싶은가. 아이가 있다고, 다른 여자에게서 낳은 아이가 있다고 그가 먼저 말하게 해선 안 된다. 그 전에 그 아이를 빼앗아야 한다. 남편은 고민을 할까. 나냐, 그 여자냐. 아니, 남편에게 선택의 여지는 없다.

4

남편은 입맛이 없다며 아침도 먹지 않고 출장을 떠났다. 들떠서 현관문을 나서는 남편의 뒷모습을 보는 것도 이번이 마지막이리라. 이번 출장에서 돌아오면 남편은 아이를 내 곁에 데려와야 할 것이다.

남편과 아이에 대한 생각을 그렇게 정리하자, 동우회 사진전이 걱정되었다. 카메라를 들고 양재천으로 나갔다.

너구리가 사라진 것을 아직 모르는지 천변은 한산했다. 간밤 검붉은 너구리의 살점이 널브러져 있던 자리는 핏자국 하나 없이 말끔하게 치워졌다. 거지도 어디로 갔는지 보이지 않았다. 너구리를 잃었으니 다른 피사체를 찾아야 했다. 거지 주제에, 제깟 놈이 뭐라고 일을 이따위로 망쳐놓는단 말인가.

구릿빛 건강한 햇살이 따스한 손길로 천변 구석구석을 매만지고 있었다. 나는 카메라를 그러쥐고 셔터를 눌러댔다. 가을비에 나뭇잎의 노랗고 붉은 빛이 더욱 요요해졌다. 개울물은 징검다리를 에두르면서 물방울을 튕겨내고, 바람이 불 때마다 갈대가 몽글몽글한 솜털을 휘날리며 서걱거렸다.

강 교수는 카메라 렌즈가 인간의 눈보다 피사체를 더 생생하게 포착할 수 있다고 했다. 그렇지만 숨 쉬는 게 손에 잡힐 듯한 천변의 생명체는 내 카메라에 붙잡혀 박제가 되곤 했다.

왜가리 한 마리가 부리로 물속을 겨눈 채 숨죽이고 노려보며 서 있는 것을 찍다가 나는 카메라를 힘없이 손에서 내려놓았다. 갈대와 왜가리라……. 평생 변하지 않을 것 같은 사랑도 시간이 지나면 박제가 되는가.

나무 그루터기처럼 만든 의자에 앉았다. 꼭 이맘때의 가을이었다.

갓 이사를 와서 남편과 천변을 산책하다가 이 자리에 앉았다. 청둥오리가 새끼들을 데리고 유유히 헤엄치고 있었다. 독하게 마음먹고 새로운 출발을 다짐했건만, 내 안의 상처는 더욱 곪고 있었다. 저 오리도 가족을 만들고 행복하게 사는데 나는 저런 미물만도 못한 건가. 무염수태라던 남편의 말이 떠올랐다. 남편의 행복을 내가 빼앗았다는 자괴감마저 들어 눈물이 그렁그렁해졌다. 내 어깨를 감싸 안는 남편의 손길이 느껴졌다.

"당신, 순천만에서 본 갈대밭과 철새 기억해?"

결혼을 약속하고 그의 집에 인사를 드리러 갔다. 집 앞에 마중 나온 세 명의 동생들 뒤로 아스라이 펼쳐진 갈대밭과 철새 떼의 화려한 군무에 입을 다물지 못했다. 그는 내 손을 잡으며 말했었다. 자신이 고등학교 다닐 때만 해도 농약 때문에 철새들이 사라지고 순천만은 죽어 있었다고, 순천만의 모든 생물이 생식 기능을 상실했다고.

"당신 재산 보고 결혼했다고 나 비웃는 사람 많아. 부정하진 않아. 그래도 난 꿈이 있어. 악취 나던 이 천변에 왜가리가 돌아왔잖아. 나도 아이티와 생명공학을 결합해서 세상을 바꾸고 싶어."

집으로 가는 길에 남편은 갈대를 꺾어 내밀었다.

"당신은 날 품어주는 순천만이야. 난 평생 당신을 지켜주며 살 거야."

나무에 앉은 왜가리 한 쌍이 서로의 목덜미를 부리로 쓰다듬고 있었다.

그날 밤 남편은 길고도 끈질긴 애무로 잠든 내 성감을 깨왔다. 발끝까지 꼿꼿하게 퍼져나가는 환희를 감당하느라 몸이 부르르 떨리는 동안에도 남편은 나를 놓아주지 않았다. 마침내 그가 붉게 상기된 얼굴로 내 몸 위에서 마지막 안간힘을 쏟고 있을 때, 나는 얼핏 그의 눈망울에 가득 고인 눈물을 보았다. 당신이 내 애를 꼭 낳게 만들 거야.

굴착기 소리에 더 앉아 있을 수가 없었다. 이백 미터 아래 천변에 물놀이장을 만드는 공사가 한창이었다. 자리에서 일어나 공사장 반대편 산책로로 길을 잡았다.

느닷없이 동물이 울부짖는 것 같은 소리가 들려왔다. 건너편 공사장 쪽이었다. 드릴을 공중에 번쩍 들어 올린 굴착기 앞으로 거지가 한 손에 불붙은 각목을 치켜들고 돌진하고 있었다.

어쩌자고 공사를 방해하는지 알 수 없었다. 불에 놀랐는지 우왕좌왕하는 인부들 사이에서 공무원인 듯한 사내가 뛰쳐나와 거지를 거칠게 밀어 넘어뜨렸다. 인부들은 거지가 쓰러지자 킬킬거리면서 다시 일을 시작했다.

거지는 비척비척 일어나더니 천변 산책로를 내달리며 소리를 질렀다.

여기는 사람의 구역이 아니야. 사람의 구역이 아니라고.

저 거지는 뭔가, 천변의 훼방꾼인가. 아무튼 단단히 미친놈이다.

둑길로 올라섰다. 아파트와 철거민촌이 갈리는 지점에 초등학생들이 두 패로 나뉘어 서 있었다. 옷차림새로 보아 아파트 아이들과 철거민촌 아이들이었다. 철거민촌 아이 하나가 큰 소리로 욕설을 퍼부었다.

뭐? 씨발, 눈 깔아 이 새끼야! 야, 니네 집이 부자라고 여기가 다 니 구역이냐? 헐, 쩐다. 야, 너, 니네 집 앞에서 놀아. 왜 우리 동네에서 지랄이야. 이 미친놈아. 존나게 맞아볼래?

내 편에 등을 보이고 섰던 아이들이 송사리 떼처럼 흩어져 아파트 쪽으로 달아났다. 도망가는 아이들 틈바구니에서 희찬이의 얼굴이 언뜻 보였다.

구역? 구역이라고?

해피를 내보내고 얼마 지나지 않아서였다. 몸도 못 가눌 정도로 술에 취해 들어온 남편은 결혼사진 액자를 집어 들더니 미친 사람처럼 웃다가 별안간 소리를 지르며 힘껏 내던졌다. 액자는 나의 치골에 둔탁한 소리를 내고 부딪히면서 발등을 찍었다.

이 집이 싫어. 사람 사는 곳이 아니야. 도도하고 깔끔한 널 보면 숨이 막혀. 강아지라도 키우면 사람 사는 냄새가 나겠지 했는데, 그걸 내다 버려? 그래서 너한텐 애가 없는 거야. 하긴, 네 구역에 있다간 그놈의 개새끼 벌써 말라 뒈졌을 거야.

뾰족한 것이 골반을 찔렀다. 사람의 구역이 아니야. 거지도 분명 그렇게 말했다. 나는 다시 천변으로 부리나케 내달렸다. 거지 따위가, 거지 주제에 그런 말을 하다니. 이 거지는 대체 왜 사사건건 내 삶에 개입하는가.

둑 아래로 거지가 보였다. 나는 갈대밭에 숨어 거지의 행동을 지켜봤다. 뒤뚱거리며 쫓아오는 살진 비둘기 떼를 향해 거지가 손을 휘휘 내저었다. 비둘기와 군무라도 추는 것처럼 우스꽝스러웠다. 잠시 하늘을 쳐다보던 놈이 물속으로 첨벙 뛰어들었다. 물고기를 사냥하던 왜가리가 고목 위로 후드득 날아올랐다. 거지는 비둘기에게 연신 물을 흩뿌리면서 고함을 질렀다.

쉬이, 쉬이, 이놈들아, 여긴 네놈들 구역이 아니야. 인간이 준 걸 처먹고 생식 능력도 잃어버린 주제에.

왜가리 한 마리가 죽은 채로 천변에서 발견되었을 때, 사람들은 다들 광견병 너구리가 한 짓이라고 했다. 그런데 지금 보니 거지가 한 짓이 분명했다. 거지의 외침이 칼끝이 되어 골반을 파고들었다. 더는 서 있기 힘들었다.

배를 감싸 쥐고 겨우 집에 돌아왔다. 몸이 으슬으슬해서 난방을 최대로 올리고 침대에 누웠다. 1902호 여자에게서 문자가 왔다. 다음 주 봉사 활동 가는 거 알지? 작년 추석에 갔던 사랑원이야.

이불을 머리끝까지 뒤집어썼다. 사랑원에서 만났던 여자아이의 맑은 눈망울이 떠올랐다. 깊은 눈망울 속에 우수가 가득한 그 아이는 나를 보며 슬프냐고 물었다. 내 가슴 깊숙한 곳에 감춰져 있던 슬픔이 그 아이의 맑은 눈동자에 어리비쳤던 걸까. 내 목을 끌어안고 다독이는 그 아이의 손길이 따뜻하다고 느꼈을 때, 부질없는 짓이란 걸 알면서 막연히 입양을 떠올렸다.

가슴이 날카로운 것에 베인 것처럼 따끔거렸다. 갖지 못하는 걸 알면서도 아이를 생각하기만 하면 가슴을 찢어발기는 통증이 찾아왔다. 두 손바닥으로 가슴을 있는 힘껏 눌렀다. 벌겋게 핏줄이 섰을 두 눈에서는 눈물 한 방울 흐르지 않았다.

그 밤, 남편에 대한 분노와 배신감 때문인지, 아니면 오한때문인지, 밤새 오들오들 떨다가 겨우 동이 틀 무렵 설핏 잠이 들었다.

5

달라진 게 아무것도 없는 아침이었다.

요가를 거르고 백화점으로 갔다. 사랑원 여자아이에게 줄 원피스를 사고 매장에서 나오다가 흠칫 놀라 마른침을 꿀꺽 삼켰다. 남편의 뒷모습이었다. 유모차를 미는 남편 옆에 바짝

붙은 여자가 아기를 안고 베이비용품점으로 들어가고 있었다. 제주도에 가지 않았을 거라고 예상은 했지만, 이렇게 버젓이 돌아다니면서 나를 희롱하리라곤 상상도 하지 못했다. 부리나케 쫓아갔다. 매장에 들어서자 옷을 고르고 있는 그들의 모습이 보였다. 한달음에 다가갔다. 남편이 내 쪽으로 고개를 돌렸다.

낯선 얼굴이었다. 남편이 아니라 남편보다 조금 나이가 들어 보이는 남자였다. 나와 눈이 마주치자 남자는 여자에게서 아기를 받아 유모차에 태우면서 내 눈길을 피했다. 여자는 이십 대 중반으로밖에 보이지 않았다. 남편도 어디선가 이러고 있을 것이다. 씩씩거리며 주위를 두리번거리고 서 있는데, 점원이 무얼 찾느냐며 다가왔다.

나는 여자가 골라놓은 아기 옷 중에 하나를 잡아채 계산대로 갔다. 여자가 뒤따라오더니 뾰족한 입을 내밀며 앙칼진 목소리로 따지고 들었다. 내가 사려고 골라둔 건데, 그걸 가져가는 게 어디 있어요? 나는 여자를 거들떠보지도 않았다. 어제 따로 빼달라고 했는데 직원이 잊어버렸나 보네, 계산해줘요.

여자는 볼멘소리로 옷을 구해놓으라며 점원한테 있는 대로 성깔을 부리다가 나가버렸다. 추잡하고 교양도 없는 년이다. 중늙은이 자식을 낳아놓고 보란 듯이 뻗대는 폼이 첩이다. 저

따위 대리모에게 아이를 낳아봐야 비천하고 비루할 게 뻔하다. 제주도에 갔을 리가 없다. 서울 어디엔가 있을 테지.

나는 지하 식품매장으로 가는 길에 아기 옷을 쓰레기통에 쑤셔 넣었다.

식품매장에서 사 온 것들을 식탁 위에 부려놓고 보니 일주일 동안 세끼 꼬박 먹고도 남을 만한 양이었다. 수술 후 폭식하던 때로 다시 돌아가기라도 한 듯 허기가 돌았다. 나는 식탁 위에 널린 것들을 허겁지겁 커다란 봉지에 쓸어 담아 냉동고 안으로 꾸역꾸역 밀어 넣었다.

관리실에서 받아 온 소포 꾸러미를 열었다. 무화과다. 사랑원에서 남편 회사의 후원에 감사하다며 해마다 보내왔다. 무심코 하나를 꺼내 물었다. 들척지근한 맛이 혓바닥에 퍼졌다.

숨은 꽃이 열매를 맺었는데, 그게 무염수태라고?

발작처럼 웃음이 터졌다. 간신히 멈추었을 때 눈물이 눈꼬리까지 밀려 나왔다.

웃기지 마. 그건 용서할 수 없는 비밀 수태야. 남편과 추잡한 그의 여자와, 그의 새끼일 뿐이야.

남편은 서울 어디에선가 아이와 여자를 품고 시시덕거리고 있을 것이다. 씨인지 꽃술인지 모를 것을 아작아작 씹다가 욕지기가 솟아 들고 있던 무화과를 내동댕이쳤다.

욕실로 달려갔다. 변기 앞에 쪼그려 앉아 검지를 목구멍에 넣어 속에 있는 것들이 모두 빠져나올 때까지 토하고 또 토했다. 더럽게 버려지고 말라갔을 나의 난소를, 내 살 떨리는 욕정을, 더는 참을 수 없는 남편에 대한 분노를.

거울 속에 눈 밑이 거무스레하고 볼이 홀쭉한 내가 있다. 잘 가꿔진 천변처럼 긴장감 있게 조여 있던 삶이 어긋나고 있었다. 눈매를 표독스럽게 치켜 뜬 거울 속의 나를 손끝으로 가만히 다독였다.

너는 너다. 그냥 너의 구역을 지키면 돼. 너와 남편만이 있는 이 집을. 아니, 내 아이와 더불어 살아갈 이 보금자리를. 새벽에 일어나 남편이 좋아하는 복국을 끓이고 민어를 굽고, 아침 밥상에 앉아 아이에게 젖을 물리면서 가시 바른 생선살을 집어 남편 숟가락 위에 올려주고, 남편이 출근하면 집 안 곳곳을 윤이 나도록 쓸고 닦은 후, 아이에게 가장 비싼 옷을 입히고, 아이와 맛있는 음식을 해 먹고, 세상에서 가장 귀한 장난감으로 재미난 놀이를 하고, 아이를 가슴에 안고 팔딱이는 심장 박동을 느끼며 새처럼 작은 등을 두드려 낮잠을 재우고, 저녁에 퇴근한 남편과 배밀이 하는 아이를 보며 함박웃음을 짓고, 아이를 궁전 같은 침대에 재우고, 남편의 품에서 사랑을 느끼고…….

나는 거울 속의 나를 보면서 미친 듯이 울고 웃었다. 남편의 바람은 바람이 아니다. 나를 위해 대리모에게서 아이를 낳아 오려는 것이다. 그래, 남편을 용서하자.

거울 속의 내가 거울 밖의 나를 비웃는다. 나는 거울 속 나를 차갑게 외면하고 거실로 나왔다.

허기가 졌다. 손에 집히는 대로 냉동식품을 꺼내 전자레인지에 데워 정신없이 입안으로 쓸어 넣었다. 그런데 삼켜지지가 않았다. 주방 벽에 걸린 갈대 표구를 뚫어져라 바라보았다. 날 평생 지켜주겠다고? 입안에 든 음식물이 나도 모르게 입 밖으로 뿜어져 나왔다.

내 구역이라니!

거지가, 또 남편이 말한 구역이란 말을, 내가……, 내가……, 똑같이 되풀이하고 있다니.

식탁에 있는 음식물을 두 손으로 모조리 쓸어버렸다. 거지의 목을 조르지 않으면 내 숨이 멎을 것 같았다.

철거민촌 입구를 등지고 둑길 위에 멈춰 서서 숨을 몰아쉬었다. 쉼 없이 달려오느라 가슴이 뻐근했다. 오후인데도 날이 어둑어둑했다. 당장이라도 굵은 비를 뿌릴 것 같은 검은 구름이 손에 잡힐 듯 낮게 깔려 있었다.

둑 아래 천변 산책로를 누군가가 고함을 지르며 휘청대고 있었다. 거지였다. 거지는 손에 들고 있던 것을 다리 밑 자신의 은신처에 던지고 발로 툭툭 찼다. 그러더니 곧장 몸을 돌려 공사장 쪽으로 바쁘게 걸어갔다.

놈이 던져놓은 것이 무엇인지를 확인해야 했다. 살고 죽는 것을 결정하는 것이 놈이어서는 안 된다. 나는 놈이 왜가리를 쫓느라 분주히 움직이는 틈을 타 놈의 은신처로 내려갔다. 놈의 은신처에서 발견한 것은 몸뚱이 가운데가 짓뭉개져 내장이 삐져나온 비둘기였다.

한두 방울씩 듣던 빗방울이 왁자하게 쏟아지기 시작했다. 시뻘건 살덩어리로 널브러진 너구리, 짝 잃은 왜가리, 차바퀴에 깔려 죽은 비둘기가 차례로 눈앞을 스쳐갔다.

거지 이놈, 이놈은 대체 뭐란 말인가. 이곳은 내 구역이다. 함부로 들어와 내 성채에 균열을 내다니. 놈을 용서할 수가 없다.

비에 젖지 않도록 비닐로 덮어둔 거지의 집기를 꺼내 발로 짓이기고 뒤집어놓은 냄비를 걷어찼다. 냄비는 쇳소리를 내며 산책로 쪽으로 굴러갔다. 다시 쫓아가 운동화 발로 꽉 눌러버렸다. 발밑에서 냄비가 우지끈 찌그러졌다. 뭉개지는 느낌에 쾌감이 일었다.

감히 내 구역을 침범해? 내 남편마저 빼앗아가려고? 어림없지. 남편의 여자와 아기가 살고 있는 집 안을 부숴버린 것처럼 속이 후련했다.

"그 너구리 말이야⋯⋯."

느릿느릿한 말소리와 역겨운 냄새에 소름이 확 돋았다. 거지가 등 뒤에 서 있었다. 거지는 엉망진창이 된 은신처를 보고도 개의치 않았다.

나는 거지를 쏘아보면서 널브러진 비둘기 사체를 가리켰다.

"이거, 니가 한 짓이지? 너구리도 니가 죽였지?"

거지가 비둘기 사체를 두 손으로 받쳐 올리더니 내 눈을 뚫어져라 바라보았다.

"니들이 죽었잖아. 발정 난 너구리도, 왜가리도 말이야. 불쌍한 놈들. 장례나 치러주려 했는데, 니가 다 망쳐놨어."

거지의 눈빛이 저렇게 형형했던가. 찌들어 엉킨 머리칼을 늘어뜨리고 시커먼 더께가 앉은 거무끄름한 옷을 입고서 팔다리를 흐물흐물 흔들며 천변을 어슬렁거린 건 저 모습을 감추기 위해서였을까.

"니년 꼴도 마찬가지야. 쯧쯧, 너도 인간의 구역에서 사육되다 뒈질 거야. 불쌍한 것."

확실하다. 저놈은 나를 속속들이 알고 있다. 난소를 떼버린 것도, 남편이 바람을 피우는 것도. 어쩌면 저놈이 나를 이 구렁텅이로 밀어 넣기 위해 꾸민 짓이 아닐까. 너구리로 나를 유인하고, 너구리를 죽여 상심하게 만든 것도 저놈이다. 남편이 바람을 피우기 시작한 건 저놈이 이 천변에 나타났을 때부터다.

나는 괴성을 지르면서 있는 힘을 다해 놈을 밀었다. 놈은 맥없이 뒤로 자빠졌다. 내가 다가가자 놈은 다리를 움찔거리며 팔로 머리를 감싸고 몸을 웅크렸다. 거지를 발로 밟으려다 말고 나는 그 자리에 멈춰 서고 말았다. 거지 머리에서 흘러나온 피가 빗물에 번지고 있었다. 검붉은 너구리의 살덩어리였다. 난자당한 내 난소, 남편에게 버림받은 내 육체였다.

나는 발발 기다시피해서 다리 밑을 빠져나와 계단으로 올라갔다. 온몸이 후들거렸다. 굵은 빗줄기가 쏴아 쏟아져 내렸다. 어디로 가야 할지 도무지 방향을 가늠할 수 없었다.

검은 중형 세단이 경적을 울리면서 물웅덩이를 가르고 지나갔다. 젖은 몸 위로 흙탕물이 번졌다. 눈물인지 빗물인지 모를 것들이 얼굴 위로 쉼 없이 흘러내렸다. 아랫배를 쿡쿡 찌르는 통증이 밀려들 때마다 몸서리를 쳤다.

6

밤새 몸에서 검붉은 덩어리가 떨어져 나가는 것처럼 아랫배가 뒤틀렸다. 겨우 정신을 차리고 물 한 모금을 마셨다. 1902호 여자에게서 문자가 왔다. 오늘 오후 2시 전시회 출품 사진 확정 모임 공지. P.S. 광견병 너구리가 죽었대.

출품 사진을 점검하기로 한 날이 오늘인 걸 잊고 있었다.

창백해진 얼굴을 감추려고 공들여 화장을 했다. 참석해야만 했다. 무슨 일이 있느냐고 캐묻는 소리도 듣기 싫었고, 사람들에게 약한 모습도 보이기 싫었다. 그동안 찍어둔 사진들을 챙겨 호텔 커피숍으로 갔다.

강 교수는 후보정을 과하게 한 동우회원들의 작품을 보고 인상을 찡그렸다. 그는 카메라 바디가 기본적으로 후보정을 해주기 때문에 포토샵으로 리터치하지 말고 원본 파일로 가져오라고 늘 요구했다. 나는 왜가리 사진 몇 장을 강 교수에게 건넸다. 좋은 사진을 찍으려면 피사체와 교감해야 합니다. 그런 점에서 전 이 사진이 썩 마음에 드네요.

강 교수는 왜가리 한 쌍이 비상하는 사진이 아니라 홀로 남은 왜가리가 흰 날개를 접고 물가에 서 있는 사진을 가리켰다. 외로움과 우수가 배경으로 깔려 있으면서 고고하고 기품 있게 홀로서기를 하려는 왜가리의 강인한 모습이 느껴진다고 했다.

동우회 사람들의 눈빛이 부러움과 시샘으로 뒤바뀌고 있는데도 기쁘지가 않았다. 내가 왜가리와 교감해서 얻은 사진이란 게 행복이 아니라 외로운 홀로서기라니. 1902호 여자가 테이블 건너편에서 엄지손가락을 세워 보였다.

내 유복한 삶의 원본 파일은 난소 제거 수술 이후 처참하게 긁히고 패였다. 그 원본을 그래픽 아트 수준에 가깝게 후보정

했는데, 이제 후보정 사진마저 원망과 상처와 독기로 얼룩진 참혹한 형태가 되어버렸다.

퇴근 시간이 되려면 아직 멀었는데 천변 도로는 주차장으로 변해 있었다. 창문을 내리자 빵빵거리는 클랙슨 소리와 매캐한 냄새가 한꺼번에 밀려들었다. 천변 위로 시커먼 연기가 먹구름처럼 짙게 퍼졌다. 철거민촌 쪽이었다. 불이 난 걸까, 라는 생각을 하는 순간 펑 하는 소리와 동시에 불길이 치솟았다. 매캐한 냄새는 점점 짙어지는데, 소방차 소리는 들리지 않았다. 앞차의 후미에 켜진 붉은 불빛이 사라지기 직전 남편에게 작성해놓은 문자 메시지를 전송했다.

저녁 아홉 시가 다 돼서 남편은 현관에 들어섰다.

"내일 올 건데 일이 하루 일찍 끝나서……. 그런데, 갑자기 왜 그런 문자를 보내? 아이를 당장 데려오라니. 내가 아이가 어디 있어?"

갈수록 의뭉스러워지는 남편의 태도에 진저리가 났다. 나는 그에게 최종 선택을 요구하기로 했다. 나냐 그 여자냐.

"오늘 결정을 내려. 나야, ……."

휴대전화 벨 소리가 내 다음 말을 가로챘다. 서재로 들어가며 전화를 받는 그의 목소리가 점점 커졌다. 뭐, 언제부터? 아까 나랑 병원 갔을 때도 괜찮았잖아. 뭐? 차도가 없어? 왜?

얼굴이 벌게진 그가 잰걸음으로 서재에서 나오는데 다시 전화벨이 울렸다. 나는 달려가 그의 휴대전화를 가로챘다. 어떡해, 우리 애, 어떡해. 빨리 좀 와. 애가 까무러쳤어. 울먹이는 여자의 목소리가 다급하게 튀어나왔다.

그는 허둥지둥 신발을 꿰면서도 휴대전화를 향해 손을 내밀었다. 나는 눈을 부릅뜨고 아랫배를 쥐어짜 말을 토해냈다.

"당신! 지금 나가면 끝이야. 빈털터리로 살고 싶어?"

그는 멈칫하더니 현관문을 박차고 나갔다. 사라진 그의 등 뒤로 휴대전화를 냅다 집어 던졌다. 전화기는 현관문에 부딪혀 대리석 바닥으로 떨어졌다. 귀청을 파고드는 여자의 흐느낌이 멈췄다.

몸에서 힘이 쑤욱 빠져나갔다. 다리가 풀려서 바닥에 주저앉았다. 명치를 조이는 응어리가 숨구멍을 막았다. 수분이 다 빠져나갈 것처럼 온몸이 조여들었다. 주먹을 힘껏 쥐고 가슴을 두들겼다.

그는 밤새 돌아오지 않았다. 내일이 부모님 기일이다. 부모님이 돌아가시던 칠 년 전 그때로 되돌아간 느낌이었다.

사랑원에 들고 갈 가방을 꺼냈다. 가방 바닥에서 딱딱한 것이 만져졌다. 작년에 사랑원의 여자아이가 선물이라며 준 것이었다. 원통형의 투명한 플라스틱 통 안에 매미가 벗어놓은 허물이 담겨 있었다. 매미가 허물을 벗기 전 안간힘으로 매달렸던 것은 수피가 아니라 연한 나뭇잎이었다. 연녹색 빛깔을 띠었던 그 잎사귀는 갈색으로 변해 당장이라도 바스라질 것처럼 오그라들었지만 매미 허물은 그대로였다.

나는 허물이 아니다. 나는 매미다.

굵은 눈물이 후둑후둑 떨어졌다. 살아남자고 주둥이를 박은 곳이 기껏 나뭇잎이었더란 말인가.

거지는 나를 인간의 구역에서 사육되는 짐승이라 했다. 거지가, 그 몹쓸 놈이, 이 파국을 몰고 온 것이다. 놈이 아직 저곳에 남아 있을지도 몰랐다. 그놈을 만나야 했다. 괜히 마음이 바빠졌다. 대충 겉옷을 걸치고 아파트를 나와 천변으로 향했다.

불길은 잡혔다고 했지만 철거민촌은 폐허가 되었다. 한가롭게 물 위를 노닐고 있어야 할 왜가리도 보이지 않았다.

단결 투쟁, 이라는 문구가 새겨진 붉은 조끼를 입은 두 청년이 거지의 은신처를 기웃거렸다. 덩치 큰 청년이 이맛살을 찌푸리며 주위를 둘러보았다.

"너도 봤지? 이마에 붕대 감은 거지 새끼가 요 앞에서 춤추던 거. 여기가 불모의 땅이라니? 니들 살 곳을 찾아가라고? 씨팔. 그 미친 새끼가 의심스러워."

왜소한 청년이 고개를 갸웃했다.

"거지는 아닐 거야. 여기가 자기 고향이라던데. 아파트 생기기 전에 저 개천에서 고기 잡고 놀았대. 개가 우리 애들 정말 좋아했잖아."

언덕을 따라 흐르는 바람은 잿더미로 변한 철거민촌을 에돌아 아파트 단지를 휘감았다. 후각을 마비시킬 듯 매캐한 냄새 때문에 거지와 왜가리는 사라진 것일까. 아니면 거지가 말한 대로 자신들만의 살 곳을 찾아간 것일까. 그들만의 구역으로.

그런 곳이 있기는 할까. 나는 고개를 저었다. 비둘기 한 마리가 머리를 앞뒤로 흔들며 내 발부리 앞으로 다가왔다. 날갯짓을 포기한 비둘기는 결코 천변을 떠나지 못할 것이다. 내가 나의 구역을 버리지 못하는 것처럼.

거지와 왜가리는 다시 천변으로 돌아올까.

나는 조각난 퍼즐을 맞추는 심정으로 거지의 은신처에 앉아 놈을 기다리기로 했다.

사나사나

1

"어머니를 버려두고 자기 왕조만 번창하길 바라니 망할 수밖에요."

양평과 서울을 분주히 오가면서 생애 첫 개인전을 준비했던 함은 목공예 전시회 오픈 행사를 두 시간 만에 마무리 지었다. 술 한잔하자고 했더니 함은 지금 당장 내려가지 않으면 안 된다고 눈물까지 글썽이며 말했다.

집에 오는 내내 마른 나무줄기 같은 함의 뒷모습이 어른거렸다. 대체 그 수수께끼 같은 말은 또 뭐란 말인가. 내 고민으로도 머리가 터질 지경인데 함이 하나를 더 보태고 있다.

허둥지둥 가버린 함이 자꾸 마음에 쓰였지만 더 마음 쓸 여력이 없다. 밀린 월세를 갚지 않을 거면 방을 빼달라는 집주인의 독촉에 못 이겨 덜컥 출판사와 로맨스 소설을 계약해버렸다. 한 권만 쓰자 했던 것이 벌써 세 권이 됐다. 며칠 전부터 출판사 사장이 자꾸 전화를 걸어와 마감이 지났다며 올해 안으로 꼭 원고를 달라고 재촉했다.

연말이 보름가량 남았으니 돈을 받은 이상 끝을 내야 했다. 더 질질 끌었다간 선금으로 받은 돈을 곱으로 토해내야 했다. 오늘 저녁에는 기필코 한 문장이라도 쓰리라 작정하고 책상 앞에 앉았는데, 기다렸다는 듯이 스마트폰이 부르르 떨었다. '내 남자'라는 글귀가 떴다. 권이었다. 골이 지끈거렸다. 이번만큼은 어떤 방해도 받고 싶지 않았다. 전화기 전원을 끄고 침대에 휙 던져버렸다.

큰 틀은 잡았으니 집중해서 쓰면 일주일 안에 끝낼 수도 있었다. 그런데 막상 글을 쓰려고 하면 마치 내가 돈벌레가 되어 컴퓨터 화면 위를 기어 다니는 듯해 도저히 쓸 수가 없었다. 그러기를 벌써 이 주째였다. 집중도 안 되고 짜증도 나는 판에 며칠 전 친구로부터 받은 전화 한 통은 내 속을 완전히 뒤집어놓았다. 권이 술을 먹고 후배 시인의 코뼈를 부러뜨렸다는 것이었다. 아내에게서 이혼 서류를 받고 홧김에 그런 게 아니겠느냐고 권과 나의 관계를 잘 알고 있는 친구는 걱정스러운 목소리로 물었다. 친구의 우려대로 당장 그날 밤부터 권이 한 시간이 멀다 하고 전화를 해댔다. 견디다 못해 오랜만에 함을 만나 회포를 풀면서 복잡한 머리라도 정리해보자고 함의 전시회 오픈 행사에 나갔던 것인데 정신만 더 사나워졌다.

벌써 자정이 가까웠다. 커피를 한잔 마시려고 일어서는데, 띵동 하는 초인종 소리가 귀를 콕 찔렀다. 이 밤중에 누굴까. 발소리를 죽여 살금살금 현관으로 가서 유리 구멍으로 밖을 내다봤다. 권이었다. 잔뜩 취한 게 틀림없다. 쾅쾅 문을 두드리는 소리와 욕설이 섞인 권의 목소리가 들려왔다. 나는 집 안의 불을 죄 끄고 어둠 속에 숨죽인 채 권이 제풀에 지쳐 물러가주기를 기다렸다.

띵동 띵동, 쾅쾅쾅. 집요하게 이어지던 소리가 잠깐 그치는가 싶더니 갑자기 쾅, 하는 소리와 함께, 집에 있는 거 다 알아, 하는 고함 소리가 들려왔다. 깜짝 놀라 어깨가 움츠러들었다. 소리에 힘이 잔뜩 실린 것으로 봐서 현관문을 발로 걸어찬 게 분명했다. 옆집 문이 열리는 소리가 들리는가 싶더니 짜증이 잔뜩 밴 사내의 고성이 끼어들었다. 시끄러워 못살겠네. 잠 좀 잡시다. 잠 쫌.

절로 한숨이 나왔다. 나만 견디면 되는 소리가 아니었다. 종종걸음으로 다가가 문을 열었다. 권은 문을 확 밀치고 나를 쏘아보더니 곧바로 나를 침대로 밀어붙였다. 온몸에 술 냄새가 풀풀 나는데도 옷을 벗고 몸을 씻는 일조차 생략하고 권은 허리띠만 풀더니 등 뒤에서 덤벼들었다. 권의 손이 내 긴 치마를 훌렁 젖히고 팬티를 잡아채 끌어내리는가 싶더니 가랑이 사이로 권의 성기가 찌뿌듯하게 비집고 들어왔다. 권은 격렬하게 엉덩이를 앞뒤로 흔들다가 내 머리맡으로 옷을 하나씩 벗어 던졌다. 러닝셔츠까지 모두 벗어 던지고 내 볼기짝을 찰싹찰싹 때리면서 헉헉 숨을 몰아쉬던 권은 움직임이 빨라지기가 무섭게 신음 소리를 토해내며 몸을 부르르 떨었다.

땀에 범벅이 되어 침대에 벌렁 누운 권의 몸뚱이에 검은 양말만 오롯이 남아 있었다. 나는 땀 한 방울 나지 않은 뻐근한 몸을 일으키며 애써 검은 양말에서 시선을 돌렸다.

권을 처음 만난 건 노란 은행잎이 보도에 수북이 깔리던 늦가을이었다. 그날 인사동 술집에서 문학잡지 창간 행사 뒤풀이가 있었다. 그 잡지 편집위원인 권은 두 탁자 떨어진 자리에 앉아 있었다. 예리한 시선으로 작품을 날카롭게 비평하던 권이 철학 전공자라는 사실에 평소 호기심을 갖고 있던 터라 나는 권과 말 섞을 기회를 엿보고 있었다. 비쩍 마르고 선병질적일 거라고 상상했는데, 권은 키가 크고 의외로 둥글둥글한 얼굴로 꽤나 호감 가는 인상이었다. 권은 잡지에 실린 내 소설을 재미있게 읽었다며 먼저 나에게 술잔을 부딪쳐 왔다.

"몸 소설이더군요. 껍데기 소설만 읽다가 정말 오랜만에 몸 소설을 만났습니다."

술기운이 거나하게 돌자 권은 뜬금없이 아내 이야기를 꺼냈다. 박사학위를 따고 외곽을 떠도는 그에게 아내가 앞으로 어떻게 살지 물었다고 했다. 물 흐르듯이 살자고 했더니 아내가 가당찮다는 듯 비웃으며 아이를 데리고 친정으로 가버렸다면서, 내 말이 그렇게 우습냐고 물었다. 고귀한 인문 정신이 똥값 취급 받는 이 사회에서는 가난한 소크라테스가 천대받고, 배부르게 처먹고 고약한 배설물만 싸지르는 돼지 새끼들만 대접 받는다면서 울분을 터뜨렸다. 제도나 권력이나 경계 따위는 중요치 않다면서 문학과 철학을 두루 넘나들며 종횡무진 떠들어대는 권에게서 나는 자유로운 영혼을 보았고 단박에 매료되었다.

그날 밤 권과 모텔에서 섹스를 하고 아침에 눈을 떴을 때도 권은 벌거벗은 몸에 양말만 신은 채로 잠들어 있었다. 양말 벗을 시간조차 아까웠어. 잠이 덜 깬 몽롱한 표정으로 중얼거리는 권의 모습이 덧신을 신겨놓은 어린아이가 잠투정하는 것처럼 느껴져 나는 웃음을 참느라 키득키득했다. 내 웃음에도 아랑곳하지 않고 권은 사뭇 진지한 표정으로 작달막한 내 몸을 끌어안으면서 말했다.

"니 몸에 있던 뜨거운 수액이 내 몸으로 흘러드는 거 같았어. 니 몸 소설처럼. 껍데기인 줄 알았는데 달콤한 수액이 가득 차 있네."

권의 그 말에 그와 함께 나눈 대화며 잠자리에서 몇 번이나 느꼈던 짜릿함이 새록새록 떠오르면서 발끝에까지 간지러움이 번졌다. 희멀건 가슴 위에 앙증맞게 놓인 권의 젖꼭지를 깨물고 싶어졌다. 입술로 그의 젖꼭지를 빨다가 세게 깨물자 권은 어린아이마냥 칭얼거렸다. 나는 더 참지 못하고 다시 권의 몸 위로 올라갔다.

지금도 권은 양말을 신은 채로 잠들었지만 이젠 그 모습을 봐도 웃음이 머금어지지 않았다. 권은 더 이상 내 몸의 수액을 받아들이려 하지 않는다. 껍데기에 불과한 몸에 정액을 급하게 방출하느라 양말 벗을 시간조차 아까워하는 거겠지. 나는 술 취한 남자에게 뒤를 내주는 창녀의 기분이 이렇지 않을까 생각했다.

권은 한 시간쯤 자고 일어나더니 욕실에서 씻고 나와 술을 내놓으라고 했다. 냉장고엔 아무것도 없었다. 요샌 뜸하지만 일주일에 두세 번 자고 가곤 해서 권을 위해 양주를 사다놓았는데, 그것도 빈 병이었다. 결국 나는 새벽 두 시가 넘은 시간에 아파트 단지 바깥에 있는 편의점까지 가서 소주와 맥주를 사 와야 했다.

"왜 나를 뽑아주지 않는 거냐고? 내가 뭐가 모자라는데? 씨발, 더러워서."

권은 술잔을 거칠게 내려놓으면서 눈을 부릅떴다.

이번이 두번째 지원인가. 아무 귀띔도 없어 나는 그가 서류를 낸 것도 몰랐다. 취업률이 바닥이라는 이유로 몇 군데 남지 않은 철학과마저 존폐 위기에 놓이면서 신규 교수 채용 공고는 거의 나지 않았다. 이 년 전 지방 대학에서 공고가 났을 때도 권을 비롯해서 내로라하는 전공자들 수십 명이 몰려들었다고 했다. 최종 면접까지 올랐다가 탈락했던 권은 한동안 술에 절어 살았다.

사납게 헝클어졌던 마음이 순식간에 풀려버렸다. 잘 안 된 걸까. 아내와의 이혼도, 후배 코뼈를 주저앉힌 사건도 다 그 절망감에서 비롯된 일이었을 것이다. 그것도 모르고 권의 전화를 외면했던 게 미안해졌다.

"벌써 결과가 나온 거야?"

나는 조심스럽게 권의 어깨를 감싸면서 물었다. 권은 세차게 도리질을 쳤다.

"아직……. 그런데 끝난 거나 마찬가지야. 여자를 뽑는 걸로 간다나 봐. 그년이 나보다 나은 게 뭔데? 잘난 남편 만났으면 집에서 소나 키울 일이지, 왜 남편 백으로 교수까지 되겠다고 나서냐고. 아니, 여잘 뽑는다고 공고를 냈으면 원서도 안 냈을 거 아냐. 씨발 새끼들. 그래 놓고 왜 날 최종 면접에 불렀냐고. 내가 들러리냐? 씨발."

권의 가시 돋친 말들은 좁은 공간을 떠돌지도 못하고 나에게 와서 박혔다.

"무조건 내 전화 받아. 난 이제 너밖에 없어. 내가 이렇게 힘든데, 넌 소설이 써지니?"

2

밤새 식탁에 앉아 소설을 쓰는 둥 마는 둥 했다. 시계를 보니 권이 깨우라던 일곱 시가 가까웠다. 작업실로 쓰는 안방에 권이 대자로 뻗어 있으니 방이 더 비좁게 느껴졌다. 토마토 주스 한 잔을 만들어 잠든 권을 깨웠다. 방 안에는 권이 뿜어 놓은 술 냄새가 가득했다.

가까스로 눈을 뜬 권은 속이 쓰리다면서 토마토 주스를 벌컥벌컥 들이켜더니 황태국이나 콩나물국 정도는 끓여놓고 깨워야 하는 거 아니냐고 타박을 놓았다. 시계를 보더니 오늘이 종강인데 강의에 늦겠다며 부리나케 옷을 주워 입고는 새 양말을 내놓으라고 들볶았다.

시간 강사는 파리 목숨인 거 몰라? 내가 검은 양말을 서랍장에서 찾아낼 때까지 그는 타박을 멈추지 않았다. 나는 권이 빠트린 게 없나 두리번거렸다. 권은 그런 나를 현관으로 떠밀었다. 밖에 누구 있는지 봐봐. 어젯밤에 벌인 짓이 내심 걱정

되는 모양이었다.

현관문은 잘 열리지 않았다. 밖으로 나가서 보니 가운데가 찌그러졌다. 나는 복도 이쪽저쪽으로 고개를 돌렸다. 아무도 없었다. 권은 도둑고양이처럼 현관을 나서다 말고 말했다. 모레 열 시에 압구정으로 와. 오랜만에 용문사 가자. 권은 양평군청에 강연이 있다고 겸사해서 바람이나 쐬고 오자고 선심 쓰듯 말하더니 내 대답도 듣지 않고 재빠르게 삼층 계단을 내려갔다. 지은 지 삼십 년이 넘은 아파트 계단이 쿵쿵 울렸다.

집 안에는 술 냄새가 여전했다. 현관문을 활짝 열어두고 방문이며 창문까지 모두 열었다. 권의 말대로 코딱지만 한 집이라 공기는 쉽게 바뀌었다. 이불을 베란다에 널고 침대 시트를 걷어냈다. 후줄근한 시트에서 어떻게 자느냐며 까탈을 부리는 권은 섹스를 하고 난 다음 내가 권을 위해서 땀에 젖은 시트를 벗겨낸다는 것도, 그가 밤새 흘린 땀으로 다시 축축해진 시트를 아침에 벗겨낸다는 것도, 시트 두 장을 빠는 데 네 시간이 족히 걸린다는 것도 전혀 알지 못할 것이다.

나는 걸레를 들고 현관문을 닦았다. 구둣발 자국은 잘 지워지지 않았다. 복도 안쪽에서 옆집 사내가 자전거를 끌고 나오고 있었다. 하필 이런 때 마주칠 게 뭐람. 나는 구둣발 자국을 가리려고 현관문에 바짝 몸을 붙였다. 내 등 뒤를 지나가면서 사내가 내뱉은 말이 귀에 와 박혔다. 걸레 같은 년.

걸레라고? 어금니를 악물고 독 오른 뱀처럼 고개를 바짝 쳐들었다. 사내는 벌써 사라져버리고 없었다. 내가 집 안에 들인 남자는 오로지 권이 유일했다. 그런데 걸레라니, 미친 새끼. 팔이 빠져라 문지르다 말고 발끈해서 나는 걸레를 집어 던졌다.

이게 다 권 때문이다. 권과 어떻게 할 것인가 아직 결정하지 못했다. 한때나마 결혼을 진지하게 생각해보기도 했다. 징그럽게 커다란 바퀴벌레가 보무당당하게 현관문으로 기어들 때나, 월세를 올려야겠다는 집주인의 전화를 받을 때면 어서 빨리 여길 벗어나야겠다는 생각밖에 들지 않았으니까. 그렇지만 내가 누군가의 아내 자리에 만족하며 살 수 있을 거라고는 한 번도 생각해본 적 없다. 그런데 요즘 권이 나에게 아내 노릇을 요구하는 듯했다. 아니, 그가 요구하는 건 아내라는 명색에 창녀 노릇일까. 억눌린 분노와 욕설과 정액까지 죄다 받아주기만 해야 하는 입이 막힌 몸뚱이.

청소기를 꺼내 방바닥에 떨어진, 두께와 길이가 다른 두 올의 터럭을 빨아들였다. 그가 토해놓은 소리들이 빨판을 펼쳐 방 안 곳곳에 달라붙어 있는 느낌이었다. 간밤 권은 너밖에 없다면서, 나를 사랑한다면서, 나를 향해 분노를 토해내고 가시 돋친 말들을 뿜어대고 응어리진 가슴을 풀어헤쳤다.

권을 만난 이후, 쓰레기 같은 세상을 향해 퍼붓던 권의 독

설이 나에게 꽂히고 맺혀 소설의 언어로 태어났다고 생각했다. 그런데 언젠가부터 권의 분노는 그 대상이 모호해져버렸다. 권은 교수가 되면, 교수가 되면, 하고 일방의 도로를 질주하면서 그 길에 방해가 되는 모든 것들에 분노를 쏟아냈다. 그러는 동안 권은 아내와 아이를 버려두고, 철학과 문학을 버려두고, 소설 쓰는 나를 버려두었다.

나는 권이 밤새 쏟아낸 감정의 찌꺼기들까지 모조리 쓸어 담을 것처럼 구석구석 집요하게 청소기를 들이밀었다. 머리카락과 몸털과 살비듬과 권의 말들이 청소기 먼지통에 켜켜이 쌓일 것이다.

권과 결혼하면 나는 소설을 쓸 수 있을까. 그러면서 쓸고 닦고 빨래하고 요리하고 몸을 섞고 아이를 낳아 키우는 일들을 즐겁게 감당할 수 있을까. 아직은 생각해보고 싶지 않다. 어쨌거나 지금 나는 손님이 빠져나간 모텔 308호의 청소부였다.

3

아파트 현관을 나서자 따귀를 후려치는 듯한 칼바람이 휘몰아쳐서 패딩 재킷에 달린 모자를 푹 뒤집어썼다. 후배가 입원했다는 병원은 영등포에 있었다. 마을버스를 타고 당산역으로 가는 대신 아파트 뒤쪽 산책로를 끼고 걸어가 버스를 타는 것도 나쁘지 않겠다 싶었다.

권만 아니라면 소설을 쓰고 있을 시간이었다. 권은 오늘 중으로 후배 시인을 설득하지 않으면 고소당할 거라며 엄마 치마꼬리를 붙잡고 칭얼대는 아이처럼 굴었다. 니 후배라며, 그러니까 니가 잘 달래봐. 이게 다 니가 내 전화를 안 받아서 생긴 일인 건 알지? 이상하게도 권의 말처럼 모든 일이 다 나 때문에 벌어진 것처럼 여겨졌다. 게다가 고소당한다는 말까지 들으니 가슴이 벌렁거려서 나는 아무 말도 못하고 고개를 끄덕여야 했다.

얼뜨다, 그 말이 떠올라서 나는 발 앞부리에 걸린 돌을 힘껏 걷어찼다. 아버지를 견뎌내던 엄마의 유전자를 고스란히 물려받은 걸까. 미워하면서 닮는다더니 나도 그런 걸까. 그렇다면 요령부득의 고질병인 셈이다.

SBS 방송국 공개홀에 음악 방송이 잡혀 있는지 정류장 근처는 교복을 입은 학생들로 북적였다. 학교에서 한창 수업을 받고 있어야 할 오전인데도 아이들은 커다란 피켓을 옆구리에 끼고 주변을 서성이고 있었다. 녹화 장소는 물론이고 연습실이며 숙소까지 따라다닌다는 사생팬들일 것이다.

나는 누군가를 맹목적으로 사랑하는 건 불가능하다고 생각하는 쪽이었다. 관계란 무형이든 유형이든 무언가를 주고받는 데서 맺어지는 것이므로 사람 사이의 관계란 결코 맹목적일 수 없다는 것이 내 지론이었다. 그렇지만 지금은 지친 기색 하나 없이 기다리는 저 아이들의 무조건적인 사랑이 부러웠다. 매사 관계의 대차대조표를 만들고 따지느니 차라리 권을 맹목적으로 사랑한다면 삶이 조금은 단순해질 텐데. 그러면 기꺼운 마음으로 후배 시인에게 달려가 권 대신 사과하고 용서를 구할 수도 있지 않을까.

그런저런 생각에 잠겨 영등포로 가는 버스를 두 대째 보내는 동안 권은 여러 건의 카카오톡을 남겼다. 갔어? 뭐래? 어떻게 된 거야? 그 새끼가 고소하면 내 인생 끝나. 미치겠다. 빨리 전화해. 권의 안달에 나는 후배가 고소를 했으면 어쩌나 갑자기 조바심이 일어 막 떠나려는 버스를 붙잡아 탔다.

후배는 흰 거즈를 코에 붙이고 퉁퉁 부은 시퍼런 얼굴로 나를 맞았다. 권만 아니라면 때린 놈이 누구냐고 당장 고소하라고 부추기고 싶을 만큼 안쓰러웠다. 콧구멍을 솜으로 틀어막아서 숨을 쉬느라 입을 벌리고 있던 후배는 흘러내리는 침을 손수건으로 종종 닦아냈다. 그럴 때면 내 입도 덩달아 벌어졌고, 고이지도 않은 침을 꿀꺽 삼켜야 했다. 이왕이면 높게 세우지 그랬냐는 내 말에 후배는 쓰게 웃더니 이 말은 꼭 해야겠다며 더듬더듬 힘겹게 말을 이었다. 주례사 비평은 매문이라며 강도 높게 비판하던 권이 언젠가부터 교수들 뒤꽁무니

나 쫓아다니며 매문을 일삼기에 제도의 하수인이라고 한마디 했더니 이게 어디서 선배한테 하극상이냐며 자신을 주먹으로 쳤다는 것이다.

후배는 아직 분이 덜 풀렸는지 고개를 절레절레 흔들었다. 대체 후배를 무슨 말로 어떻게 달래야 한단 말인가.

"자존감을 잃어서 그래. 원래 그런 사람 아닌 거 잘 알잖아. 임용 때문에 예민해져서 너한테도 실수한 거고. 니가 그 사람을 믿어줘야지 어떡하겠니? 다신 그런 일 없게 내가 잘할게, 용서해주라."

나는 후배의 손을 잡고 다독이면서 애원했다. 내가 고개를 숙이자 후배는, 왜 선배가 나한테 고개를 숙이느냐며 얼굴을 돌렸다. 나는 간신히 권을 고소하지 않겠다는 약속을 받아내고서야 병실을 나섰다.

일은 잘 해결됐지만 병원을 나서는 발걸음은 무거웠다. 문학을 한다는 사람 사이에서 폭력의 거래는 일종의 파산선고나 다름없었다. 권은 그 위험 수위에 아슬아슬하게 서 있는 것이다. 권이 이번 임용에서 미끄러지면 코뼈를 부러뜨리고 문짝이 부서져라 걷어차는 일로 끝나진 않을 것이다.

다리에 힘이 쪽 빠지는 듯해 나는 더 걷지도 못하고 버스 정류장 벤치에 앉았다. 고소를 한다는 말만 아니었어도, 그게 나 때문이라는 말에 고개를 끄덕이지만 않았어도 나는 권 대신 후배를 찾아가 어릴 적 내 엄마가 그랬듯 머리를 조아리지 않았을 것이다.

초등학교에 갓 입학했을 무렵, 아버지는 셔츠 자락에 피가 묻고 주먹이 퉁퉁 부은 채로 집에 돌아왔다. 더러워서 못해먹겠다며 대 이을 아들놈 하나 없는데 죽자고 돈 벌어서 뭐하느냐고 엄마의 머리채부터 휘어잡았다. 나중에야 안 일이지만 그때 아버지는 기계부품을 만드는 공업사를 했는데 주물의 구리 함량을 속여 납품한 게 발각되자 납품회사 간부를 만나 애원을 하다가 술김에 그 간부를 흠씬 두들겨 팼다고 했다. 엄마는 아버지한테 맞아서 퉁퉁 부은 얼굴로 여동생들과 나를 데리고 그 간부 집으로 찾아갔다. 용서를 받지 못하면 니들은 뿔뿔이 흩어져 고아원에 가게 될 거라고 엄마는 엄포를 놓았다. 나와 두 동생은 엄마가 시키는 대로 무조건 잘못했다고 용서해달라고 눈물 콧물 범벅이 되어 머리를 조아렸다. 간신히 용서를 받고 돌아온 엄마는 찬장에서 소주를 꺼내 맥주 컵 가득 따라 단숨에 들이켰다. 그렇게 엄마는 소주를 들이켜면서 인생의 절반을 보냈다.

새삼 엄마의 그 마음을 알 듯했다. 살기 위해서였을 것이다. 아버지 대신 용서를 빌러 다니는 엄마의 마음이 이제는 이해가 됐지만, 내가 엄마의 굴종을 대물림하리라곤 상상조차 하지 못했다.

맥주 컵 가득 소주를 부어 마시고 잠들기에는 날이 너무 밝았다. 아니, 날 선 신경을 그렇게 해서라도 잠재워야 했던 엄마의 고단함까지 이어받고 싶진 않았다. 다만 귀를 깨끗하게 씻고 싶었다. 후배의 이야기 속에 내가 알고 있던 권은 없었다.

해는 아직 중천이었다. 헐벗은 은행나무 가지에 안간힘으로 간신히 매달려 있던 은행이 갑자기 불어닥친 바람에 툭 떨어졌다. 나뭇잎이 제 한 몸을 불살라 열매를 맺고 그 열매가 땅에 떨어져 싹을 틔우듯 권이 그렇게 살고 있다고 생각했다. 그런데 권은 지금 나뭇잎도 열매도 외면하고 그저 나무 한 그루를 가치로 환산하는 그런 삶을 살려 한다.

은행술을 더도 덜도 아닌 딱 한 잔만 내주던 함의 어머니가 떠올랐다. 약술도 지나치면 독이 되는 법이여. 은행도 저 살자고 구린내도 풍기고 독도 품고 하는 거야. 그건 모르쇠 하고 사람 몸에 좋다고만 욕심을 부리면 탈이 나는 게지.

그러고 보니 함에게 전화라도 한 통화 해야겠다고 생각해 놓고는 잊고 있었다. 아직 전시회 중이니 함은 서울에 있을지도 모른다. 종로라는 글자만 확인하고 버스에 올라탔다.

화랑은 함의 동료라는 남자가 지키고 있었다. 함은 어머니가 편찮으셔서 아마도 계속 나오지 못할 거라고 했다. 어디가 얼마나 편찮으시냐고 묻자 남자는 자신도 더는 모른다고 했다. 점심을 먹으러 나간 남자를 대신해 화랑을 지키며 작품을 둘러보았다. 관람객이 제법 있었다.

전시장에는 작품이 빼곡했다. 함의 작품은 목을 길게 늘이거나 얼굴을 크게 해서 인체의 한 부분을 왜곡시키는 방식으로 작품의 주제를 드러내고 있었다. 아이들, 노인들, 그리고 여인들이 차례로 전시되어 있었다. 그중에서도 배가 움푹 파인 여자, 머리칼을 풀어헤치고 맨발로 돌무더기 위를 달려가는 여자, 엎드려 우는 여자가 유독 내 눈길을 끌었다. 그녀들의 손과 발은 비정상적으로 컸다. 함이 그랬다. 이 시대 여성들은 다 비정상적으로 살고 있어요. 전 그걸 강조하고 싶었어요.

엎드려 우는 여자의 등줄기를 어루만졌다. 사포로 문질러 다듬은 매끄러움이 아니라 손때가 묻어 반질반질해진 매끄러움이 느껴졌다. 누군가에게 눈물을 들키지 않으려고 등 돌린 여자의 몸. 그 몸이 내 손바닥 아래에서 가늘게 떨고 있는 듯했다.

작년 여름에 내 나름대로 여성의 자유로운 성은 어디까지 가능한가를 시험해보고 싶어 삼십 대 여성의 몸과 성을 다룬 소설을 발표했다. 성 묘사의 수위는 평범했지만, 기존 소설에 등장하는 남성의 성 역할을 여성의 것으로 바꿔놓은 것이 좀 유별나긴 했다. 그렇게 쓴 작품을 내놓으니 평단이 불같이 반응했다. 아집으로 똘똘 뭉친 형편없는 쓰레기다, 에서부터 극단적인 페미니즘이다, 뒤틀린 성적 판타지다, 심지어는 포르노그래피다, 라는 얘기까지 나왔다. 예상하지 못한 건 아니었으나, 보수적인 성 관념에 문학의 논리를 당의정처럼 덧발라 나를 타매하는 글을 보고 있자니 구역질이 치밀었다. 권은 침묵으로 일관했다. 갑자기 사람들이 혐오스러웠다. 밀실에서는 별짓을 다하면서 정작 타인 앞에서는 점잖은 체하는 속물들이 꼴 보기 싫어 송년 모임도 다 취소하고 당장 짐을 싸 서울을 떠났고 우연히 함의 민박집에 근 보름을 머물게 되었다.

작업에 몰두하는 함의 모습은 나무와 사랑에 빠진 사람처럼 보였다. 조각도가 스친 자리에 남은 나뭇밥을 살살 털어내고 엄지손가락으로 쓱 문지르고 난 다음 고개를 갸웃하다가 다시 조각도를 조심스레 가져다 대곤 했다. 밀고 쓸어내고 문지르기를 반복하는 동안 함의 손 아래에서 하나의 세계가 만들어졌다. 그것은 가시적인 세계였다. 언어가 불러일으키는 상상을 통해서만 도달할 수 있는 허구의 세계가 아니라 감관으로 직접 느낄 수 있는 세계였다.

민박집을 떠나던 날 함은 내게 스케치북을 내밀었다.

"제 작업실 간이침대에 누워 있는 거 보고 바로 스케치했어요. 조용하고 차분한 분이라고 생각했는데, 시간이 흐르니까 내면에 꿈틀거리는 뭔가가 느껴져서요. 불을 간직한 얼음이

랄까, 뭐 그런 거요."

　세상에 등 돌리고 자괴감에 짓눌려 있던 내 마음을 함에게 들킨 걸까. 스케치북에는 엎드려 울고 있는 여인의 모습이 그려져 있었다. 함은 그때 내 모습을 이 여인의 조각상에 담아 이렇게나마 나를 위로하고 싶었던 걸까. 화랑을 가득 메운 나무 향기에 실려 사각사각 소리를 내며 조각을 하던 함의 모습이 선명하게 되살아났다.

　두어 바퀴 화랑을 둘러보는데, 홀연히 하나의 문장이 머릿속에 떠올랐다.

　'어머니를 버려두고 자기 왕조만 번창하길 바라니 망할 수밖에요.'

　묘하게도 한 번 떠오른 그 문장은 쉬이 사라지지 않았다. 어제 함에게 들은 말이지만 어째 낯설지 않다. 어디서 들었을까. 생각이 날 듯 날 듯 하면서 좀처럼 떠올라주지 않았다.

　출입문이 열리고 함의 동료가 들어오는 게 보였다. 남자는 들어오다 말고 누가 작품에 이런 걸 버렸느냐고 투덜거리면서 출입문 왼쪽 돌무더기 장식 위에 얹힌 플라스틱 컵이며 돌 틈 사이에 낀 종잇조각을 치웠다.

　"그 돌, 작품이었어요?"

　"이거요? 함왕혈이에요. 근데 돌이 아니고 나무예요. 안에 들여놓으라니까 그놈이 굳이 밖에 둬야 한다고 우겨서……."

함왕혈. 그제야 머릿속이 환해졌다. 수수께끼 같던 그 문장이며, 함왕혈까지 나는 까맣게 잊고 있었다. 그러고 보니 함과 메일을 주고받은 게 언제인지 기억이 가물가물했다.

나는 엎드린 여자 조각상 앞에 다시 섰다. 함의 작업실에서 줄곧 이 자세로 웅크리고 있던 내 모습이 떠올랐다. 종이에 베인 것처럼 가슴이 따끔거렸다.

화랑을 나서면서 함에게 전화를 걸었지만 받지 않았다. 하루 일찍 출발해서 사나사에 들러야겠다고 마음먹고 권에게 문자를 보냈다.

4

버스는 오른편으로 한강 물길을 끼고 6번 도로 위를 달리고 있다. 바람을 받은 물결이 은빛 비늘을 파르르 떨고 있다. 머릿속에 자욱하게 낀 안개가 말끔하게 걷히는 느낌이다.

팔당 댐 근처 연이은 다섯 개의 터널을 지나자 강 건너편으로 흰색 건물이 보였다. 권이 처음 교수 공채에 지원해서 탈락했을 때 함께 갔던 모텔이었다.

권은 저곳에서 마지막 정액 한 방울까지 내 몸 깊숙이 심어놓았다. 너만 있으면 돼, 라고 말하는 그의 뜨거운 몸에 내 몸은 활짝 열렸다. 짧고도 강렬한 순간이 지나자 권은 정신없이 술을 들이켰다. 그러는 동안 내 몸에 쏟은 정액과 함께 스러졌던 권의 분노는 고환을 다시 채우듯 샘솟는 모양이었다. 권은 차오르는 분노를 토해내고 또 토해냈다.

이 땅에 철학은 사라지고 기술만이 신세계의 나팔수가 되었다고, 우리 사회는 썩어 문드러졌다고, 지식인조차 방향을 잃고 눈먼 사람처럼 갈팡질팡 어둠을 헤맨다고, 정말 더럽고 삭막한 곳이라고.

권은 일어서더니 두 손바닥을 쫙 펼쳐 엄지손가락을 엇갈려 포개어 날개를 편 새의 모습을 만들고는 두 손바닥으로 허공을 휘저었다.

"곤곤곤……, 곤곤곤……. 화진포에서 고니를 본 적이 있어. 한밤중 초소 경비를 서다가 고니의 노래를 들었어. 곤곤곤……. 밤이면 더 구슬프게 들렸거든. 그 소리를 듣고 있으면, 고참한테 얻어터지고 연병장을 구르던 설움도 눈 녹듯 사라졌어. 그래서 늘 초소 경비를 자원했지."

권은 팔을 활짝 펴서 날갯짓을 했다. 노래마저 잃어버린 인공 백조가 아니라 죽어가면서 가장 아름다운 노래를 부르는 고니, 그게 철학이고 문학이라 했다. 철학과 문학만이 썩어 문드러진 우리 시대를 정화시킬 수 있는 올곧은 정신이라고 했다. 죽을 때까지 배고픈 소크라테스로 세상을 살겠다고, 그래서 죽기 전에 한 권의 책으로 마지막 노래를 부를 수 있다면 그것으로 족하다고 했다.

세상을 향한 분노와 절망이 끊임없이 차오르는 권의 이야기를 들노라면 그의 분노가 옮겨 온 듯 온몸이 아리고 쑤셨다. 고니 이야기를 들을 때마다 내 소설을 고니의 노래로 가득 채워야겠다는 욕망이 샘솟았다.

버스는 활처럼 굽은 도로를 조심스럽게 돌아나가더니 직선도로를 시원하게 질주했다. 어쩌면 권은 지금 커브를 돌고 있는 상황인지도 모른다. 철학으로 세상을 변혁하겠다던 권이 술에 취해 실수를 좀 했기로서니 나마저 그를 이해해주지 않는대서야 될 일인가. 권이 변했다는 후배의 말은 아직 믿고 싶지가 않았다.

양평 터미널에서 버스를 갈아타고 절골 입구에 내렸다. 왼쪽 골목으로 꺾어 들어가자 함의 민박집에 세워둔 솟대가 보였다. 마당가에는 나무둥치가 잔뜩 쌓여 있을 것이고, 입구 주위에는 자잘한 조각상들이 늘어서 있을 것이다. 처음 이곳에 왔을 때부터 내 마음을 사로잡았던 것들이다.

민박집은 일 년 전과 똑같이 고즈넉했다. 뒤켠 빨랫줄에 이불이며 옷가지가 가득 널려 있는 걸 보니 손님이 많은가 싶기도 했다. 별채에서 나오던 식당 아주머니가 알은체를 했다. 하루만 묵겠다고 하니 예전 그 방에 묵으라면서 열쇠를 내밀었다.

"요새 숙박 손님이 많은가 봐요?"

나는 이불 빨래를 가리키며 물었다. 식당 아주머니는 고개를 저었다.

"안채 빨래야. 식당 손님은 더러 있어도 숙박은 없지. 요새 누가 숙박을 해? 전철까지 다니는 마당에. 저쪽 펜션도 올봄에 망해서 나갔어."

새벽에 어머니를 모시고 사나사에 간 함이 돌아올 때가 됐다며 아주머니는 듣는 사람도 없는데 말소리를 낮췄다. 주인 아주머니가 치매기가 있어. 한 달 됐을걸? 엊그제도 갑자기 사라져서 한바탕 난리가 났잖아. 음전하던 양반이 정신줄을 놓고 아들놈한테 똥오줌 시중까지 받게 됐으니 미칠 노릇이지. 식당 아주머니는 눈짓으로 빨래를 가리키며 혀를 찼다.

치매라니. 그렇게 바지런히 민박집과 식당과 마당을 쓸고 닦고 하던 함의 어머니가 치매라니. 믿을 수가 없었다. 아직 예순도 안 됐을 텐데.

방에 배낭을 던져두고 함의 작업실로 갔다. 나무둥치며 간이침대는 여전히 같은 자리에 놓여 있었다.

작년 겨울 이곳에 도착한 이튿날 함은 내 소설을 읽었다면서 소년처럼 수줍은 미소를 띠며 다가왔다. 이곳에 머무는 그 보름 동안 함이 조각하는 걸 바라보다 잠드는 게 내 유일한 위안이었다. 사각사각하는 소리는 내 환부를 도려내는 소리처럼 들리기도 했고, 세상을 향해 모난 내 마음을 다듬는 소리처럼 들리기도 했다. 함이 조각칼로 나무를 다듬고 파는 작업을 거치는 동안 나무 안에 감춰져 있던 형상이 점점 모습을 드러냈다. 함이 나무의 본질을 간파한 건지, 나무가 본래 제 모습을 그렇게 지니고 있었던 건지 모를 정도였다. 함의 손길 아래에서 나무는 온기를 되찾고 있었다.

저 나무 대신 나를 작업대에 올리고 싶다, 그런 욕망이 불끈 치밀어 올랐다. 함에게 나를 조각하라고 하고 싶었다. 함이라면 나만의 온기를 끌어낼 수 있을 것 같았다. 정말 내가 아집으로 똘똘 뭉쳐 있는 건지, 아니면 성 관념의 온도 차를 견디지 못해서 성에가 잔뜩 낀 건지, 함이라면 알아봐주리라, 그래서 내 안에 웅크리고 있는 나만의 온기를 끌어내주리라. 그런 생각을 하면서 작업대로 달려가는 또 다른 나를 나는 수없이 보았다. 그런 내 생각을 읽었는지 그때마다 함은 벌겋게 달아오른 얼굴로 땀을 삐질삐질 흘리곤 했다.

"어? 언제 오셨어요?"

나는 깜짝 놀라서 뒤를 돌아보았다. 열린 문에 서 있는 함의 등 뒤로 환한 햇살이 후광처럼 함을 감싸고 있었다. 갑작스런 햇살이 눈에 익자 웃고 있는 함의 얼굴이 또렷이 보였다. 어깨까지 오는 머리를 질끈 묶은 함은 그새 더 말라 보였다.

함이 작업실에 들어오자 나무 냄새 사이로 향불 냄새가 섞여 들었다. 함의 맑은 눈을 보니 한결 마음이 놓여서 나는 함을 향해 환하게 웃었다. 함은 갑자기 얼굴이 붉어져서는 수염도 못 깎았다면서 손바닥으로 쓱쓱 턱을 문지르더니 작업실을 치운다, 찻물을 끓인다 하면서 부산을 떨었다. 슬쩍슬쩍 내 얼굴을 훔쳐보는 함의 눈길이 예사롭지 않게 느껴져 나는 사나사에 갔다 오겠다며 슬며시 작업실을 나왔다.

사나사 가는 길은 평지로 이어지다가 일주문을 지나고 나서야 비로소 경사가 시작되기 때문에 산행이랄 것도 없었다. 사나사를 지나쳐 내처 올라갔다. 작년 겨울과는 달리 산길엔 아직 눈이 덮여 있지 않았다.

함왕산성까지 갈 작정이었다. 얼마 올라가지 않아서 두 명의 군인이 나를 막아섰다. 훈련이 있어서 통행이 금지되었다고 했다. 나는 함왕산성만 보고 오겠다고 했지만 거부당했다.

나는 어깨를 축 늘어뜨리고 휘청거리며 내려와 함왕혈 근처 바위에 앉았다. 안내문에 씌어 있는 함왕혈 전설을 새삼 다시 읽었다. 함왕혈은 함씨의 시조가 태어난 곳이라 했다. 부족을 일으킨 함왕은 성을 쌓았다. 한 과객이 그곳을 지나면서 어머니를 버려두고 자기 왕조만 번창하길 바라니 망할 것이라고 했다는 얘기를 듣고 함왕은 함왕혈 아래쪽으로 성을 고쳐 쌓았으나, 결국 망하고 말았다는 이야기였다.

"아버지 산소가 함왕산성 쪽에 있어요. 아버지 생전에 어머니와 함께 자주 가셨던 곳이었대요."

지난겨울 사나사에 갔다가 얼어붙은 눈길에 발목을 접질렸을 때 함이 날 데리러 온 적이 있었다. 올 때가 됐는데 내려오지 않아 혹시나 해서 올라왔다며 함은 덜덜 떨고 있는 내 어깨에 자신의 두툼한 외투를 덮어주었다. 뛰어 올라왔는지 나를 부축하는 함의 몸에서 후끈한 열기가 느껴졌다. 함은 무서워하는 나를 달래려는 듯 눈 감고도 다니는 길이라며 어두워진 산길을 내려가는 동안 주섬주섬 이야기를 꺼냈다.

함의 어머니는 인천 자월도에서 나고 자랐는데 일가붙이가 있는 양평에서 허드렛일을 하다가 아버지를 만나 결혼했다고 했다. 아버지가 군대에 끌려가 훈련 중 사고로 세상을 떠났고, 그때 어머니 배 속에 함이 자라고 있었다고 했다. 주위에서 말리는데도 불구하고 어머니는 함을 낳아 삼십 년 넘게 홀로 키우면서 억척스럽게 일을 해 몇 년 전 민박집을 마련했다는 것이었다. 이젠 제가 어머니의 지팡이가 되어드려야죠. 함의 그런 다짐이 아니더라도 함이 어머니를 살뜰하게 모시는 것은 한낱 객이었던 내 눈에도 보였다.

함왕혈 아래 사나사 계곡물도 추위에 얼어붙었다.

흐르지 않고 얼어붙은 물. 가슴이 시큰했다.

인사동에서 헤어지고 일주일쯤 지났을 때 권은 나를 용문사로 데리고 갔다.

가을이 또 덧없이 가네, 라며 권은 계곡 반석에 걸터앉았다. 아버지는 사업을 하고 자신은 외동이며, 경영학과에 가라는 아버지의 요구를 뿌리치고 철학과에 갔고, 연로한 아버지를 더 거스를 수 없어 마음에도 없는 여자와 결혼까지 하게 되었다는 따위의 얘기를 늘어놓았다.

권의 이야기를 흘려들으며 나는 가을 계곡을 망연히 바라보았다. 땅으로 되돌아가려는 낙엽의 몸짓마저도 당당하고 아름다웠다.

"욕망도 없는 놈. 아버지는 늘 그렇게 날 비웃어."

계곡물이 굽이치는 좁은 골짜기 사이로 바람이 스며들다 빠져나가는지 부스스 나뭇잎 떠는 소리가 들렸다.

"아버지께서 얼마 전 나를 부르시더군. 기왕지사 이렇게 된 거 교수라도 되면 재산을 물려주겠다고."

계곡에 늘어선 나무에서 나뭇잎이 푸르르 떨어졌다. 낙엽은 바위에, 돌 틈에, 물 위에 어수선하게 흩어졌다.

"난 바라는 게 없어. 내게 욕망이 있다면 그저 철학이나 하다가 죽는 거야."

나무에서 떨어진 잎들은 노란색, 붉은색, 갈색으로 빛깔도 모양도 제각각이었다.

"그날 일……, 미안하다는 말은 하고 싶지 않아."

붉은 단풍잎 하나가 물살에 제 몸을 맡기고 떠내려갔다. 단풍잎은 시꺼먼 용소에 이는 물결 따라 춤추듯 출렁였다.

"그날 네 몸에서 고니의 노래를 들었어. 다시 태어난 기분이랄까."

골짜기 사이로 빠져나가는 바람에 옹송그린 나뭇잎이 푸르르 떨어지는 것을 멍하니 쳐다보다가 그제야 나는 고개를 들어 권을 바라보았다. 하룻밤 정사를 전리품처럼 여기고 여자에 대한 지배권을 행사하려 드는 족속을 여럿 봐왔던 터라 권도 다르지 않겠거니 짐작했다. 그저 소설가적 호기심에 모르는 척 따라나선 참이었는데, 권의 이야기를 듣고 있자니 그는 좀 다를 거란 생각이 들었다.

"아버지도, 재산도, 가정도 생각 않기로 했어. 너와 몸의 사랑을 하고 싶어. 남자와 여자가 아닌 인간으로서의 사랑을 말이야."

허공을 바라보는 그를 곁눈질했다. 늦가을 계곡의 붉은 단풍이 가득한 권의 눈에는 산자락을 휘감은 붉은 석양이 스며들고 있었다. 고혹적인 눈빛이란 저런 것일까.

나의 어머니는 평생 아버지 술주정을 뒤치다꺼리하다가 내가 대학에 입학하던 해 화병으로 세상을 떴다. 그 마음에 새겼을 깊은 골을 나는 절대 만들고 싶지 않았다. 바람처럼 구름처럼 그렇게 흘러 다니면서 살고 싶었다. 어머니의 장례가 끝나자마자 아버지의 돈을 챙겨 집을 나와버렸다.

"흐르는 물처럼 살고 싶어."

나는 권의 맑은 눈빛에 어린 진심과 갈망을 외면하고 싶지 않았다. 가슴이 저릿하면서 작은 파문이 여러 겹의 동심원을 그리며 온몸 구석구석으로 퍼졌다. 떨어진 단풍잎은 소를 지나 급류를 타고 계곡을 따라 아래로 흘러갔다. 삼십 대 초반을 맞이하는 내 삶도 저렇게 급류를 타겠구나 하는 생각에 온몸이 떨렸다.

그때 들었던 계곡물 소리가 그리웠다. 나는 권에게 어떤 사람일까. 버려도 되는 여자인가. 권은 나를 버리고 교수가 되어 자신만의 성을 쌓을 수 있을까. 내일, 용문사에 가면 권이 나에게 들려주었던 고니의 노래를 다시 들을 수 있을까. 분노를 잔등에 짊어지고 고니처럼 피를 토하듯 울어대던 권의 모습이 떠올라 매운 고추를 먹은 것처럼 코끝이 알싸해졌다.

5

민박집으로 돌아오니 빨래를 걷어 안채로 들어가는 함이 보였다. 한두 번 해본 솜씨가 아니었다. 안쓰럽다는 생각보다는 저런 마음이 사랑이려니 하는 생각이 들었다.

함과 함의 어머니는 안채에서 함께 저녁을 먹는다고 했다. 일곱 시가 되자 안채의 불이 꺼지고 함이 나왔다. 새벽 예불에 다니시느라 일찌감치 주무시는 게 그나마 다행이라며 그 이후에야 작업도 하고 자신의 시간을 갖는다고 했다.

담요를 뒤집어쓰고 함이 피워놓은 모닥불 앞에 앉아 막걸리를 홀짝였다. 나무는 타들어가면서 붉은 빛을 뿜었다. 제 몸을 불살라 마지막까지 온기를 나눠주고 가야 하는 게 저 나무의 생이라면 그 운명은 가혹한 것인가, 행복한 것인가.

결혼은 안 하냐고 뜬금없이 물었다가 나는 어이가 없어 손바닥으로 입술을 치는 시늉을 했다.

"어머니 뒷바라지 시키자고 식모를 들이는 기분이 들 것 같아서 그건 못하겠더라구요. 요샌 밥 짓는 실력이 제법 늘었어요."

함은 어머니가 자신을 어떤 마음으로 키웠는지 아주 조금 알 것 같다고 했다. 불티 때문인지 눈물 때문인지 함의 눈이 붉었다. 함이 커다란 돌덩이를 등에 지고 안간힘을 쓰고 있는 것처럼 보여서 나는 그저 고개를 크게 끄덕였다.

사각사각하는 소리가 불티 터지는 소리 사이로 간간이 들려왔다. 함이 조각칼로 나무를 다듬고 있었다.

"어머니가 언제부터 그러셨어요?"

함은 죄지은 사람처럼 두 손을 자꾸 비벼대면서 말을 잇지 못하다가 한참 후에야 더듬더듬 이야기를 시작했다.

　농고를 졸업하고 손재주가 있어 목수 일을 배웠다고 했다. 심심풀이 삼아 시작한 목공예로 개인전까지 하게 된 자신의 모습을 어머니에게 보여드리고 싶었다고 했다. 성공한 공예가처럼 인터뷰 기사도 실리고 작품 주문도 좀 밀려들어 자신이 대단한 작가인 양 착각에 사로잡혔다고 했다. 그런데 어머니가 조금씩 정신을 놓기 시작하더니 급기야 전시회 오픈 하루 전날 사라졌다고 했다.

　밤늦도록 돌아오지 않는 어머니를 찾아 함은 양평을 뒤지고 다녔다. 동네 사람들도 어머니의 행방을 알지 못해서 결국 경찰에 신고하고, 다시 양평을 샅샅이 뒤졌다. 새벽 세 시 무렵, 용문리 파출소에서 전화가 왔다. 용문사 앞에 쭈그리고 앉아 있는 아주머니를 발견했다는 것이었다. 초점을 잃은 눈과 지린내 나는 더러운 옷, 자신을 낯선 사람 보듯 쳐다보는 어머니를 함은 도저히 마주볼 수가 없었다. 집으로 모셔와 깨끗이 씻겨드리니 어머니는 곧 잠이 들었는데, 함은 기둥이며 서까래가 와삭와삭 부서지는 환청을 견디며 뜬눈으로 밤을 보냈다고 했다. 아침에 말짱한 정신으로 돌아온 어머니를 함은 두 끼니의 밥상과 요강과 함께 방 안에 가두고 문에 못질을 한 채 개인전 오픈 행사를 치르기 위해 서울로 왔다는 것이었다.

내 어머니는 아버지를 견디다 못해 화병으로 세상을 떠났지만, 함의 어머니는 혼자 남게 될 아들 생각에 진창 같은 세상을 안간힘으로 버티고 있다는 생각이 들었다. 함의 말을 듣는 내내 커다란 돌덩이가 가슴에 쌓이고 또 쌓이는 느낌이 들어 나는 숨조차 크게 쉴 수가 없었다.

"벌을 받은 거죠. 어머니를 버려두고…….."

함은 고개를 떨구더니 어깨를 들먹이기 시작했다. 나는 어찌할 바를 몰라 허둥댔다. 함의 등이라도 토닥여주려고 팔을 뻗었다가 민망해할까 봐 도로 거둬들였다. 그저 예전에 함이 내게 그랬듯 묵묵히 봐주는 게 좋겠다고 생각했다. 함이 우는 걸 보고 있으려니 눈가에 눈물이 자꾸 고였다.

분노와 절망에 가득 차 울분을 토해내는 권을 볼 때면 그 마음에 새겨진 상처가 시뻘건 속살을 드러내며 다시 벌어지고 있다는 느낌을 받곤 했는데, 함에게서도 그게 느껴졌다. 권의 가슴속에 결코 아물지 않는 상처가 있다면 그건 아버지와의 불화일까, 아니면 철학을 거부하는 세상과의 불화일까.

함은 좀 진정이 되었는지 눈물을 쓱 훔치면서 멋쩍게 웃었다.

"개인전 한 번 해보는 게 소원이었는데, 그땐 왜 그렇게 안 달랐는지……. 지금은 다 부끄럽네요. 개인전 곧 끝내기로 했어요."

고개를 젖혀 밤하늘을 쳐다보는 함의 얼굴을 나는 뚫어져라 바라보았다. 다만 철학이나 하고 싶다더니 이제는 교수를 하지 못해 조바심치는 권이 떠올라서였다. 그러나 이내 얼굴이 화끈거려 두 볼을 손바닥으로 감쌌다. 나는 지금 나만의 온기를 찾고 싶다는 갈망조차 잊어버린 채 돈에 눈이 멀어 거지 같은 글이나 쓰고 있다. 그런 내가 권을 비난할 자격이 있는가.

바람 소리, 개울물 소리, 간간이 터지는 불티 소리가 적막한 절골을 가로질렀다.

함에 대해서라면, 사나사에 대해서라면 소설을 쓸 수 있을까. 지워버리고 싶었던 지난겨울의 그 기억들을 쓸 수 있을까. 조각칼과 나무를 쥐면 눈이 수정처럼 빛나는 저 사내. 사나사 석조미륵여래입상의 온화하고 인자한 미소. 함이 나무로 조각한 함왕혈과 올라가보지도 못했던 함왕산성터.

그러나 아직은 멀리 있었다. 나는 사탕을 달라고 떼쓰는 어린아이에 불과했다. 내 상처는 제대로 바라보지도 못하면서 남의 상처는 헤집고, 이해하는 척 눈 가리고 아웅 하며 글을 써왔다. 내 눈에는 사탕밖에 보이질 않는데, 함은 떼쓰는 아이의 마음을 헤아려 사탕 대신 사랑으로 꼭 안아주는 어머니의 마음까지 알고 있었다. 버려지고 찢긴 삶의 비애를 다룬다고 생각한 함의 조각에서 따뜻함이 느껴졌던 건 그런 함의 헤아림 때문일까.

권에게 나는 뭔가. 아니, 나에게 권은 뭔가. 권을 사랑한다고 했지만 권과의 관계를 놓고 대차대조표를 만들어 소설가로서의 성공과 아내 노릇 사이의 경중과 손익을 따지고 있었던 것은 아닌가.

모닥불 빛에 하늘이 붉게 물들었다. 함이 조각칼로 나무를 다듬는 소리가 들려왔다. 누에가 뽕잎을 잘라 먹을 때 꼭 그런 소리가 날 것만 같았다. 불티가 날아오르다가 공중에서 터졌다. 도시의 빛은 하늘을 가리지만 이곳의 빛은 하늘을 비쳤다. 지치고 타락한 내 얼굴이 그 하늘에 비치겠다 싶어 눈을 질끈 감았다.

6

점심 무렵 양평문화원에 도착하니 권은 벌써 와 있었다. 권이 강연을 하러 들어간 사이 문화원 벤치에 앉아 함이 아침에 주었던 나무 조각을 꺼냈다. 밤늦도록 함은 손에서 조각칼을 내려놓지 않았다. 뭘 조각하느냐고 물어도 웃기만 하더니 오늘 아침 내 손에 조각한 나무를 쥐여 주었다.

손바닥 길이의 나무줄기인데 가운데에서 가지가 사선으로

뻗어 있고 중간중간에 마치 옹이처럼 굴곡이 있다. 방향을 바꿔가며 혹은 뒤집으며 나무 조각을 이모저모 살펴보았다. 새 총 같기도 했고, 사람 인(人) 자처럼 보이기도 했다. 무얼 표현하고 싶었느냐를 보려 하지 말고 그저 느껴보라고 한 함의 말을 되씹으며 뭔가 느껴보려고 했지만 손에 쥔 양감이 좋다는 것밖에 딱히 떠오르는 것이 없었다.

"뭐해, 빨리 타."

어느새 강연을 끝내고 나온 권이 운전석에 앉아서 손짓을 했다.

주차장을 빠져나간 권의 흰색 세단은 삼십 분도 되지 않아 용문사 입구에 들어섰다. 길가에는 솜사탕, 오징어, 알밤 등 먹거리를 파는 손수레가 쭉 늘어섰고, 사진사들은 주차장 입구부터 사진을 찍으라며 견본 사진을 들이밀었다.

농업박물관을 지나자 양평 거주 시인들의 시화가 시멘트로 포장된 산책로를 따라 늘어서 있었다. 두어 발짝 앞서 걸어가던 권이 멈춰 서더니 옆에 전시된 시화를 가리켰다. 내가 다가가자 권은 손으로 총 쏘는 모양새를 취하면서 내 가슴을 겨눴다. '사랑은 총성 없는 전쟁, 이별은 종전'이란 글귀가 눈에 띄었다.

고니의 노래를 부르던 그가 사랑과 총성과 전쟁이라는 단어를 보고도 실실대다니. 권과 만난 이후, 그와 나 사이에 물과 물의 만남과 바다로의 긴 동행만이 있을 뿐이었다. 그런데 그와 나 사이에 사랑과 이별과 전쟁이라는 그런 살벌한 단어가 자리하려 한다. 지금 그를 되돌리지 않으면 그는 주먹질이 아니라 총질을 해댈지 모른다. 그동안 별러왔던 말을 지금 꺼내야 한다.

"물 흐르듯이 살자고 했던 말, 기억해?"

나는 시선을 시화에 둔 채, 잇새로 입술을 물었다 놓으며 나지막이 말했다.

"아, 노자 '도덕경', 그 말. 아직도 기억해? 난 요즘 그런 말보단 이런 말이 더 끌려. 사랑은 총성 없는 전쟁. 가볍긴 해도 자극적이잖아. 입맛 돋우는 오르되브르처럼."

나는 권의 얼굴을 물끄러미 보았다.

"너도 재미있고 가볍게 좀 써봐. 니 소설은 잘 나가다가 꼭 삶이니 존재니 이러면서 무게를 잡는단 말이야. 힘을 빼. 혹시 알아, 문학상도 받고 거액의 상금도 거머쥘지?"

문학상이라, 나도 그런 상을 타서 이름도 떨치고 돈도 벌고 싶은 생각이 왜 없겠는가.

시류에 따르는 소설을 쓰지 않으면 살아남을 수 없다는 강박관념이 내 의식을 사로잡을 때면 시류 밖에서 물처럼 흐르는 권에게로 달려가 내 안에서 출구를 찾는 음험한 욕망을 정화시키곤 했다. 그런 후면 내 소설은 다시 내 몸의 욕망을 담은 언어로 가득 찼고, 그 언어가 시류에 흔들리던 내 의식의 성채를 거침없이 무너뜨렸다.

권이 영원히 교수가 되지 않기를 바라는 것이 솔직한 내 심정일지 모른다. 돈 때문에 더러운 개흙밭에 잠시 발을 들여놓긴 했지만 권이 있으니까 언제든 내 자리로 돌아갈 수 있다고 생각했다. 권이 흔들리면 나도 바스라질 것이다.

계곡을 따라 흐르는 바람이 쉼 없이 겨울 산의 한기를 실어 날랐다. 계곡 사이에 걸쳐 있는 다리에서 잠시 가쁜 숨을 몰아쉬었다. 다리 난간에 기대어 계곡을 내려다보았다. 계곡물은 하얗게 얼어붙었다. 흐르는 물은 제가 지나치는 곳의 빛깔을 그대로 투영해내지만, 얼어붙은 물은 오히려 그 빛깔들을 흰빛 속에 가둬버렸다.

계곡의 물은 봄이 오면 녹아 다시 흐르겠지만, 지금 그의 물은 영원히 얼어붙으려 한다. 그의 물이 얼어붙으면 내 물도 얼 것이다. 소설도 욕망도 얼어붙은 자리에서 나는 무엇을 할 수 있을까. 그의 물을 다시 흐르게 해야 한다. 그의 몸을 옭아맨 껍데기를 갈가리 찢어야 한다. 권의 때 묻지 않은 알몸이 보고 싶었다.

산길을 오르려고 막 몸을 일으키는 권의 팔을 확 낚아챘다.

"올라갈 필요 없어. 내려가."

단호한 명령조에 움찔하면서 미간을 찡그리던 권은 이내

야릇한 미소를 띠면서 내 허리에 팔을 두르고 나를 비껴 보았다.

"설마, 모텔 가자고? 대낮부터? 여자가 그렇게 밝히면 못써."

내 몸이 순간 차갑게 얼어붙었다. 추위인지 두려움인지 모를 기운이 밀려와 몸이 부르르 떨렸다. 나는 권의 허리를 꼭 껴안으면서 속으로 중얼거렸다. 제발 물 흐르듯이 살아.

"왜 이래, 어린애처럼. 해 지기 전에 은행나무 보고 내려오려면 서둘러 가야 돼. 가자."

권은 내 허리에 감은 팔을 풀고 프렌치 코트를 펄럭이며 계곡을 거슬러 올라갔다. 옅은 겨울 햇살 아래로 걸어가는 권의 뒷모습을 보는 게 유선이 말라버린 빈 젖을 보는 듯 안타까웠다.

나는 권의 뒤를 따라 터덜터덜 걸음을 옮겼다. 가파른 산길을 오르며 가쁜 숨을 헐떡이다가 땀이 솟아 점퍼까지 벗어 들었다. 앞서가던 권이 탄성을 질렀다. 야, 은행나무가 보인다. 고개를 들자 벌거벗은 나무들 사이로 불쑥 솟아오른, 마치 하늘에 뿌리를 내린 듯한 거대한 나무 한 그루가 보였다.

마침내 은행나무 아래 섰다. 내 키의 삼십 배는 넘을 듯했다. 머리를 뒤로 한껏 젖힌 바람에 나는 중심을 잃고 살짝 비틀거렸다. 은행나무는 붉은 햇살 아래 검은 속살을 드러내고

꾸부정하게 서 있었다. 나무에는 잎 하나 달려 있지 않았다.

권은 두 손을 합장하고 한참 동안 은행나무를 우러러보다가 은행나무를 향해 허리를 깊숙이 숙였다.

"누가 그러더라고. 용문사 은행나무 기를 받으면 좋은 일이 생긴대. 그래서 꼭 와야겠다고 생각했지. 너랑 바람도 쐴 겸."

용문사에 오자고 한 이유가 이거였나.

"암나무로서는 성공한 셈이지. 당상직첩이라니, 정말 대단하지 않아? 오늘 보니까 어사화를 쓴 것 같다."

지금 권에게 은행나무는 하루아침에 고귀한 신분으로 영전한 여제이자, 그의 앞길을 터줄 영험한 신목이었다.

처음 권이 나를 데리고 이곳에 왔을 때 권은 은행나무에 당상직첩을 하사했던 오만한 인간을 비판했다. 은행나무가 신묘하다는 이유로 벼슬을 내린 건 나무에조차 유교 이데올로기를 덮어씌워 신성성을 부여하고 통치의 거멀못으로 삼기 위해서라고 했다. 나무가 명예로운 벼슬을 받는 순간 그 나무는 정권의 하수인, 꼭두각시로 전락한다고 신랄하게 비판하던 그가 아닌가.

"숭엄함이 느껴지지? 이 정도는 돼야 신성성과 위엄을 두루 갖춘 당상직첩의 신목이라 할 수 있지. 사천왕전을 대신하는 천왕목이라잖아."

권은 은행나무를 마주보도록 내 어깨를 돌리고 귓가에 입김을 뿜으며 말했다. 은행나무의 기에 압도라도 당했는지 권은 온갖 찬사를 갖다 붙이고 있었다. 권의 미사여구가 거북스러웠다.

은행나무를 뒤로하고 가파른 계단을 올랐다. 권은 경내 이곳저곳을 기웃거리고 있었다. 나는 마지막 계단에 앉아 턱을 괴고 은행나무를 바라보았다. 은행나무는 네 갈래로 갈라진 나무둥치로 뒤엉켜 있었다. 각 둥치마다 곧게 뻗은 줄기와 꼬불꼬불 감아올린 가지가 무성했다.

삼 년 전 가을의 은행나무는 머리를 땅에 박고 하늘로 다리를 힘차게 뻗으면서 무수한 생명을 분만하고 있었다. 네 개의 다리가 서로 엉켜 있는 나무에서 나는 흐르는 물과 같은 사랑을 보았다.

그 나무가 이제 겨울 헐벗은 가지를 그대로 드러내고 있다. 봉두난발한 미친년의 머리칼처럼 쭈뼛한 가지들 사이로 광기가 아지랑이처럼 흔들린다. 어쩌면 나는 저 나무처럼 외롭게 늙어갈지 모른다. 은행나무는 사랑하는 사람을 기다리다 지쳐 늙어버렸을까. 그래서 미쳐버렸을까.

산등성이를 넘어가는 해가 마지막 불꽃을 사르듯 고요한 산사 곳곳에 붉은 햇살을 길게 드리웠다. 권은 대웅전 옆 후미진 곳에서 손으로 입을 가리고 통화를 하고 있었다. 내가 있는 곳에서 아내와 통화를 할 때면 반사적으로 나오는 몸짓이었다. 내가 다가가자 권은 황급히 전화를 끊었다.

"누군데?"

"그게 아니라……."

화가 치밀었다.

"누구냐니까?"

권의 얼굴이 일그러졌다. 미안한 건지 당황한 건지 꼬집어 말할 수 없는 표정이었다. 얼굴을 더 마주하면 탐욕에 휩싸여 희번덕거리는 눈동자를 보게 될까 봐 뒤돌아섰다. 나는 권에게 아내 자리를 요구한 적이 없다. 나는 그저 내 욕망, 내 몸의 사랑을 함께할 수 있는 그가 필요했을 뿐이다. 권이 내게 당황해할 이유도 미안해할 까닭도 없다.

은행나무의 저 기묘한 꿈틀거림 속에 숨어 있는 게 무엇인지 알 듯했다. 은행나무라는 본디의 거대한 신에게 허구의 신에 불과한 이데올로기의 허명을 덧씌우는 짓이 가당키나 한 일인가. 그저 오만한 인간의 어쭙잖은 욕망에서 비롯된 우스꽝스런 소동일 뿐이다. 교수직에 대한 권의 집착이 은행나무를 보는 눈조차 흐리게 만든 게 틀림없다.

지장전 쪽으로 가 음수대에서 바가지 한가득 물을 받아 마셨다. 이가 시리도록 차가운 물이 들어가니 발끈했던 마음이 누그러졌다. 나는 권을 불렀다. 바가지를 헹궈내고 약수를 받아 멀뚱하니 서 있는 권에게 내밀었다. 권을 진정 사랑한 한 사람으로서 그에게 당상직첩을 내리고 싶은 심정이었다.

"마셔봐. 이 약수도 좋은 기운을 줄지 모르니까."

당상직첩을 받은 은행나무의 기운이 약수에 서렸다는 내 말 때문인지 권은 두 손으로 바가지를 공손히 받아 들었다. 바가지 바닥이 보이도록 들이켜는 권을 보고 있으려니 가슴 한구석에 찬바람이 일었다.

권은 내려가는 내내 은행나무 전설이며 정지국사 부도에 대해 이야기하다가 불쑥 정색한 얼굴로 나를 바라보았다. 은행나무 보니까 소설 안 떠올라? 난 벌써 소설이 그려지는걸.

"사랑하는 연인이 있었어. 남자는 나처럼 잘생긴데다가 지적이고, 여자는 너처럼 아담하면서 볼륨 있어. 그런데 그들은 헤어져야만 했어. 남자가 큰일을 하기 위해 떠나야 했던 거지. 여자는 남자가 돌아오겠다며 징표로 남겨놓은 지팡이를 남자가 떠난 자리에 꽂아놓고 기다리는 거야. 한 해 두 해가 지나도 남자는 돌아오지 않아. 여자는 남자를 기다리다가 결국 죽게 돼. 여자가 죽은 후 지팡이에 가지가 나고 잎이 피더니 곧 나무로 자라나는 거야."

권의 이야기에 대꾸조차 하기 싫었지만, 애써 목소리를 가다듬어 물었다.

"남자가 떠나야 했던 큰일이라는 게 뭐야?"

"지방대 교수."

계곡을 따라 내려가는 길은 춥기만 했다. 내뱉는 입김마저 얼어붙는 듯 입술이 아렸다. 권과의 추억이 오롯이 담긴 길이 더께더께 만년빙으로 뒤덮이는 것일까. 용문사가 나를 밀쳐내는지 내딛는 걸음마다 자꾸 미끄러졌다. 발걸음은 점차 느려지고 처졌다. 권이 나를 앞세우더니 등을 떠밀었다.

지금 이렇게 내려가서는 안 된다. 권에게 하려던 말을 제대로 해야 한다. 권이 처음 자신의 이야기를 들려주던 그 반석에서, 은행나무에 당상직첩을 하사하는 오만한 인간을 비판하던 그 계단에서 말을 해야 한다. 고함을 지르면서, 따귀를 때리면서, 아니 그를 껴안고 눈물을 흘리면서 말을 해야 한다. 물 흐르듯이 살자, 라고.

매표소가 보였다. 다시는 권과 함께 올 기약조차 없는 길의 끝이었다.

서울로 올라가는 동안 권은 묵묵히 운전만 했다. 나는 권과의 이별이 다가오는 걸 느꼈다.

7

용문사에 다녀오고 일주일이 흘렀으나 권에게서는 전화 한

통 없었다. 글을 쓰다 말고 문득문득 전화기 주위를 맴돌고 있는 나를 발견하곤 했다.

로맨스 소설 마감이 코앞인데 글 쓰는 속도는 더디기만 했다. 글이 쓰이지 않을 때면 습관적으로 걸레를 집어 들곤 했다. 후드까지 반짝반짝 윤이 날 지경이었으나, 나는 또 청소 거리를 찾아 일어섰다. 걸레를 막 집어 드는데 전화벨이 울렸다. 나는 다급하게 수화기를 들었다. 수화기 너머로 들려오는 목소리는 권이 아니라 시 쓰는 친구였다.

"나도 구두라면 사족을 못 쓰는데 나보다 더한 놈을 봤다. 갤러리아 명품관에 잘 빠진 신상 구두가 들어왔는데 손이 떨려서 들었다 놨다 하느라 내 소장 목록에 올리지도 못하고 오가는 길에 침만 발라뒀거든. 근데 그걸 누가 샀는지 아니?"

권이라고 했다. 권이 아내와 함께 쇼핑하면서 그 구두를 선물하는 걸 봤다고 했다. 남자라는 동물은 결코 믿을 수 있는 족속이 아니라면서 친구는 혀를 찼다.

저녁에 권에게서 전화가 왔다. 이혼한다던 아내와 쇼핑한 일이 들통나서 전화한 걸까 했는데, 다짜고짜 인사동으로 오라고 했다. 입고 있던 옷 위에 덧옷만 걸치고 나갔다.

권은 늘 가던 한정식집 앞에서 환하게 웃으며 전화를 하고 있었다. 지난번 만났을 때만 해도 얼굴이 퀭해서 마음이 쓰였는데 그때와는 전혀 달랐다. 표정이며 몸짓 하나하나에서 자신감이 느껴졌다. 푸른 드레스 셔츠에 노란빛의 문양이 도드라진 실크 넥타이와 금빛 버튼이 달린 감색 상의에 진회색 정장 바지까지. 그동안 보지 못했던 성장 차림이었다. 그걸 깨닫고 나니 화장기 없는 내 얼굴과 후줄근한 차림새가 전에 없이 신경 쓰였다.

전화를 끊은 권은 나를 보더니 안으로 먼저 횡하니 들어갔다.

"우리 그만 만나는 게 좋겠어."

방 안에 앉아 입술을 꼭 다물고 탁자를 오랫동안 응시하던 권은 술상이 차려진 뒤 그렇게 말했다.

예감은 했지만 막상 권에게서 그 말을 들으니 이상하게 약이 올랐다. 나는 말없이 약주만 마셨다. 빈 술잔을 채워주기를 기다리다 못해 물 잔에 술을 가득 채웠다. 약주는 꽤나 도수가 높았고, 나는 급속도로 취기에 젖었다. 자식들까지 데리고 남 앞에 머리를 조아리고 돌아와 소주를 물처럼 들이켜던 엄마는 나보다 더 얼뜬 사람이었다. 자식들까지 데리고, 흐흐, 얼뜬 사람, 호호. 피식피식 웃음이 새어나와 견딜 수가 없었다.

자꾸 웃어대는 나를 권이 인중을 길게 늘이고 어이없다는 표정으로 바라봤다.

"그거 알아? 얼뜨다는 말. 왜 있잖아, 박완서 선생님 소

설 '친절한 복희씨'. 거기에 나오잖아. 얼뜨다구. <u>흐흐</u>, <u>흐흐</u>
<u>흐</u>……, 난 그 말이 왜 그렇게 우스운지 모르겠어."

앞에 앉은 권이 좌우로 몸을 천천히 흔들었는데, 머리카락
이 나풀나풀 춤을 추는 게 가물가물하고 몽롱하게 보였다. 권
이 내 어깨를 꽉 부여잡는 게 느껴졌다. 흔들거리던 권의 몸
도 멈춰 섰다.

"야, 너 취했냐? 취했네. 그만 일어나."

나는 어깨를 잡고 있는 권의 손을 휙 쳐냈다.

"내가 고무신이야? 거꾸로 신게? 아니지, 니가 고니 죽인
군인이야? 군화를 꺾어 신게?"

머릿속에서 생각이 뱅뱅 맴도는데, 말이 되어 나오질 않았
다. 횡설수설 뒤죽박죽이다. 다음 말을 생각하느라 잠깐 눈을
감았다고 생각했는데, 깜박 잠들었던 모양이다. 술이 깨는지
머리가 지끈거린다.

오줌이 마려웠다. 권은 정신없이 통화 중이었다. 밖으로 나
왔다. 참았던 오줌을 시원하게 누고 방 안으로 들어가려다 멈
칫했다. 열린 문틈으로 권의 들뜬 목소리가 새어나왔다.

"너도 이랬냐. 진짜 죽인다. 그래, 오늘 오전에 통보 받았
어. 좀 전에 교수님 뵙고 인사드렸어. 그래, 다들 모이라 그
래. 내가 오늘 거하게 한 턱 쏠게. 누구? 아, 그놈. 그놈은 빼
지 뭐. 이제 될 사람은 다 됐잖아. 그 새끼 와봐야 비싼 술 처

먹고 철학이 부재하네, 썩어빠진 사휘세 떠들어델 게 뻔해. 꼬우면 교수 하라 그래. 하하하하…….”

나는 방으로 들어가려다 말고 주점 가운데에 놓인 화로 옆에 앉았다. 탁, 탁 하고 장작 타는 소리가 곤추선 신경을 자극했다.

배고픈 소크라테스가 되겠다던 권은 지금 내 앞에서 탐욕에 주린 배고픈 돼지로 변해가고 있다.

“나? 지금 인사동. 여자하고 있냐고? 어떻게 알았어. 뭐? 이 와중에 넌 여자 끼고 잘 생각이 나냐? 미친놈. 그리고 나, 오늘부로 그 여자와 헤어졌어. 정리 다 끝냈다고. 바로 갈게. 지금 출발하면 아홉 시쯤 신사동에 도착할 거야……. 그래, 거기서 보자.”

검은 몸피 사이로 타오르던 불씨가 사그라지면 장작은 회색빛으로 변하겠지. 속살을 다 태운 장작은 바람이 불면 금방 형체도 없이 사라질 테지. 권은 한 줌 재로만 남을 인공 백조일 뿐이다. 세상을 어지럽힐 더러운 백조 나부랭이. 나쁜 새끼. 불쑥 욕이 튀어나왔다.

“여기요, 막걸리 주세요.”

나는 권에게 들리도록 큰 소리로 술을 주문하고 방문을 거칠게 열었다. 권이 황급히 전화를 끊었다.

막걸리를 권의 잔에 가득 따르고 내 잔에도 채웠다.

"나한테 축하는 받고 가야지."

권은 자신이 방금 떠들어댄 그 소리를 내가 들었는지 궁금한 모양이었다. 내 얼굴을 힐끔거리고 있는 게 우스웠다.

"다시 전화해서 그년이랑 자고 간다고 그래. 왜? 내가 전화해줄까?"

모란꽃처럼 활짝 핀 권의 얼굴이 샐그러졌다.

"축하주 한잔해. 교수 된 거 정말 축하해."

"그만. 좀 있다 친구들 만나야 돼."

권은 막걸리 잔을 옆으로 밀쳤다. 내가 다독거리며 감싸 안던 그 손으로 내가 준 술잔을 쳐내고 있었다.

"탈락의 고배를 함께 마셔준 사람한테 이러면 안 되지. 넌 나와 이 기쁨을 함께 나눌 의무가 있는 거야. 내 몸뚱어리 위에서 그랬잖아. 나밖에 없다고. 안 그래? 이 씨발놈아."

권은 앞머리를 길게 쓸어 올리며 나를 째려보다가 한숨을 푹 내쉬고 잔을 엉거주춤 들었다. 내가 힘껏 잔을 부딪치자 권의 바지 위로 막걸리가 튀었다. 권은 미간을 찌푸리며 물수건으로 바지를 닦았다.

"좋은 교수가 되길 바래. 당상직첩도 종류가 있거든. 니가 받은 당상직첩이 개좆같은 당상직첩과 다르길 바래, 이 씨발놈아."

막걸리를 연거푸 두 잔 입에 털어 넣었다. 내 입에서 욕이 튀어나오면 아무도 말리지 못한다는 걸 권도 잘 알고 있다. 인사동에서 내게 추근거리던 비평가 놈의 멱살을 틀어쥐고 밤새 욕을 퍼붓던 나를 말리느라 진땀을 흘린 권이었다.

일어서려고 엉덩이를 들썩이던 권이 짧게 한숨을 쉬더니 술잔을 들었다.

"좋아, 마셔. 그래 모두 네 덕이야. 눈물 나게 고맙다."

권은 막걸리 잔을 단숨에 들이켰다. 저렇게 마시다가 권은 벌떡 일어나 고니의 울음소리를 흉내 내곤 했다. 팔을 쭉 펴고 날갯짓을 하던 권의 모습이 아련하게 떠올랐다.

"야, 너 나랑 섹스하고 싶어서 몸이 달았지? 그래 좋아, 내가 오늘 봉사해준다. 정말 피곤한데, 마지막이니까 내가 최선을 다해준다. 내가 고맙지? 니가 어디서 나 같은 남잘 만나겠어."

"살덩어리 여자에게 봉사하는 교수라, 이거 황송해서 몸 둘 바를 모르겠네, 이 씨발놈아."

나는 컵에 든 물을 권의 얼굴에 확 끼얹었다. 권의 얼굴이 참혹하게 일그러졌다.

"씨발놈? 어디 교수한테 욕이야. 좋아! 네깐 년이 교수가 얼마나 대단한지 알 리가 없지."

권은 다 비운 막걸리 잔을 탕 소리가 나도록 내려놓았다.

"야, 이 쪼그랑 할망구 년아! 여자 나이 서른다섯이면 퇴물이야. 넌 그 할망구 은행나무보다 더 늙었어, 알아? 그 나무에도 열매가 열리는 거 보면 우습지 않냐. 주책이야, 주책. 젊고 탱탱해야 여잔 거지. 너, 그래서 시집이나 가겠냐?"

은행나무 앞에서 간절하게 비손하던 권은 어디 갔는가.

나는 막걸리 통을 들고 천천히 일어났다. 그리고 권의 머리에 들이부었다.

"그래, 그토록 고대하던 당상관이 된 기분이 어때? 나도 네놈에게 직첩을 내려주지."

막걸리가 허옇게 쏟아지면서 권의 머리카락을 적시고 푸른 드레스 셔츠 위로 스며들었다.

"내게도 주먹을 휘둘러보시지. 니가 그렇게 깨물던 내 코도 박살을 내보시지. 이 씨발놈. 나도 고소 안 해. 대신 주먹 휘두르는 고고한 철학과 교수님이라는 소설을 써볼까. 미친놈."

권은 멍한 표정으로 나를 바라보다가 엉거주춤 일어서더니 손을 들어 막걸리 통을 쳐내면서 내 손을 잡아챘다. 그 바람에 나는 중심을 잃고 기우뚱하며 상 위로 넘어졌다. 반찬그릇들이 뒤집어지고 술잔이 엎어졌다. 권은 셔츠에 묻은 건더기를 거칠게 털어내더니 털썩 주저앉았다.

"내가 널 사랑 안 한 줄 알아? 사랑했어. 사랑했다고. 그런데 니가 알아? 강하지 않으면 밟히고 밀려나는 그 더러운 세상을 니가 아냐고. 그런 눈으로 보지 마. 좋아, 인정해. 변했어. 그렇지만 나도 몰라, 내가 왜 이렇게 됐는지. 그렇지만 난 교수가 돼야 해. 너도 문학상 받고 싶은 거 맞잖아."

권은 벌겋게 달아오른 얼굴로 벽에 기대앉아 나를 향해 삿대질을 하면서 소리를 질러댔다. 권의 손가락이 내 가슴을 후벼 팠다.

"나는 그 어떤 그릇에도 담길 생각이 없어. 내 욕망이 이끄는 대로 그렇게 흘러갈 거야. 강으로 바다로 흘러드는 물이 되어 살 거야."

기름진 토양을 만들고 땅을 정화시키는 거대한 물이 되어 천 년을 살아갈래. 내 목소리는 점점 차오르는 물에 꼴깍거리고 있었다.

"너는 일찍 죽을 거야. 교수라는 허명에 욕망을 가둬두고 말라 죽을 거야. 기껏해야 삼십 년 허명 하나 뒤집어썼다고 세상을 다 가진 거 같아?"

술잔을 연거푸 들이키던 권은 쓰러질 듯한 몸을 겨우 가누면서 게슴츠레한 눈을 치떠 나를 보면서 피식피식 웃었다.

인사동도, 용문사의 가을도, 여울지는 계곡물도, 춤을 추는 단풍잎도, 내 몸을 깨우던 손길도, 고니의 노래도 희미해져갔다.

방바닥에 널브러진 권을 일으켜 밖으로 데리고 나왔다. 권과 인사동에 왔을 때 진창길을 밝혀주던 별도 달도 보이지 않았다.

자꾸 주저앉으려는 권을 질질 끌다시피 해서 모텔로 들어갔다. 침대 위로 널브러진 권의 몸 위에 올라가 옷을 벗기려한참을 끙끙거렸다. 벨트 하나조차 풀어낼 수 없었다. 권의스마트폰이 쉴 새 없이 울렸다.

권은 나에게 석양빛에 잠깐 나타났다가 사라지는 신기루였을까. 물처럼 흐르겠다던 그의 욕망도, 고니의 노래도 젊은날의 한바탕 꿈이었을까.

갑자기 욕지기가 치밀었다. 변기통에 머리를 처박고 웩웩거리면서 속을 게워냈다. 서너 번을 게워내도 시원해지지 않았다.

거울에 봉두난발의 초점이 흐릿한 여자가 보였다. 은행나무 가지처럼 산발한 머리에 눈 밑으로 검은 그림자가 진 기괴한 여자였다. 나는 그 여자를 외면하고 샤워기 꼭지를 힘껏돌렸다. 머리 위에서 물이 쏴아 하고 쏟아졌다.

가슴 깊은 곳에서 뜨거운 것이 치밀어 올랐다. 권도, 나도불쌍하기는 마찬가지였다. 내 물이나, 권의 물이나 고여 썩으면서 늙어가겠지.

욕실에서 나오니 권은 애벌레처럼 하얀 시트를 몸에 둘둘감고 웅크린 채 잠들어 있었다. 변태하기 전까지는 결코 깨어

날 것 같지가 않았다. 새로운 탄생을 준비하는 애벌레. 기분이 씁쓸했다.

8

　권을 버려둔 채 여관을 나왔다. 건물 위로 모텔이라고 쓰인 붉은 네온사인이 깜박거렸다. 나는 어두운 골목길을 이리저리 헤맸다. 삼 년이 채 되지 않은 권과의 시간이 어둠 속을 걸어가는 내 발자취를 따라 맑은 물속 검은 잉크처럼 풀어지고 있었다. 내 가슴엔 펜촉에 긁힌 자국만이 남을 것이다. 그마저도 세월이 풍화시킬 것이다.

　걷다 보니 거대한 나무가 보였다. 나는 그 앞에 쭈그리고 앉았다. 도로를 질주하는 자동차 소리가 간간이 들려왔다. 헤드라이트 불빛이 지나갈 때마다 거대한 뿌리 같은 나무 그림자가 내 몸 위로 드리워졌다. 은행나무인가.

　권과 마지막으로 본, 봉두난발한 미친년 같은 용문사 은행나무다. 오랜 세월 견디고 기다리는 일에 지쳐버린 은행나무는 요요한 광기를 뿜어내기 시작한다. 거무튀튀한 나뭇가지에 늦은 오후의 붉은 햇살이 감겨들자 봉두난발한 미친년처럼 쭈뼛 선 머리카락에 불이 붙는다. 불은 점점 검은 몸피 사이로 번지면서 마침내 나무를 붉게 휘감는다. 저 깊숙한 곳에 숨겨두었던 광기마저 검은 몸피 갈라진 틈새를 비집고 뜨겁게 뿜어져 나온다. 벌어진 틈새 어딘가에서 희미하게 흐느끼는 소리가 들려온다.

나는 눈을 감았다. 흐느끼는 소리는 텅 빈 도로를 휘감고 돌아와 내 귀뺨을 세차게 후려쳤다. 높은 산에 올라간 것처럼 귀가 멍멍했다. 이제 나는 그 소리가 용문사에서 흘러나오는 건지, 아니면 내 가슴 밑바닥에서 올라오는 건지 알 수 없게 돼버렸다.

어디선가 새벽 예불을 알리는 법고 소리가 둥둥 울렸다.

함은 어머니와 사나사에서 새벽 예불을 올리고 있을 것이다. 함은 머지않아 함의 어머니가 나고 자란 고향 섬으로 들어간다고 했다. 양평 땅에서 어머니를 잃게 될까 봐, 자신의 산증인을 잃게 될까 봐 두려워 살 수가 없다고 했다.

어머니의 망각이 제겐 감옥이에요. 어머니 고향 섬으로 갈 겁니다. 육지에서 보면 섬이 갇힌 공간일 테지만, 적어도 그곳에 가면 어머니는 망각이라는 감옥에서 벗어날 거예요. 지나간 과거의 시간을 현재로 되살려내는 기억의 자유를 누리게 될 테니까요.

두물머리. 남한강과 북한강이 만나는 합수부의 소용돌이. 함의 부모님이 인연을 맺고 함을 낳은 곳. 옹이. 함왕혈.

어머니를 버려두고…….

함의 목소리가 자꾸 들려왔다.

나는 왜 권에게 달려갔던가. 권에게서 뭘 얻으려 했던가. 그러자고 나는 또 무엇을 버려두었던가. 나의 함왕혈은 무엇이란 말인가.

옹이는 탄생의 상처가 깃든 곳이란 생각이 들었다. 어쩌면 그게 함왕혈인지도.

함은 옹이가 진 나무 조각으로 두물머리와 그 합수부를 만들어 나에게 주고 이제는 탄생의 시원을 거슬러 올라가려 하고 있다. 함의 행보가 나에게 너무 아득한 거리로 느껴졌다.

생살에 난 상처를 치유하려는 그 몸짓이 나에게 있었던가. 언제쯤이면 나는 그 옹이의 언어로 소설을 쓸 수 있게 될 것인가.

머릿속이 텅 비어버린 것처럼 아무것도 떠오르지 않았다. 팔을 뻗어 거대한 나무의 옹이를 쓰다듬었다. 거칠고 마디진 것이 엄마의 굵고 매듭진 손가락 같았다. 갑자기 부끄러움이 엄습해서 눈을 꼭 감고 애꿎은 나무의 옹이를 자꾸 문질렀다.

백 년 후에

1

마우스만 클릭하면 끝이다. 손바닥에 흥건한 땀을 스커트에 문질렀다. 자료만 넘기면 나를 정식 디자이너로 채용하겠다고 선배가 제안한 건 지난 연말이었다. 넙죽 받아들여도 모자랄 판에 나는 새해를 넘기면서 보름 가까이 망설이고만 있었다. 그런 나를 단번에 꺾어버린 건 그제 밤 선배의 전화였다. 느물느물한 목소리로 동영상이 있다, 고 했다. 그때 니가 스물세 살이었지?

검지로 마우스 왼쪽 버튼을 꾹 눌렀다. 정의 디자인 스케치 파일이 유에스비에 담기기 시작했다. 고객과 점심을 먹는다고 했으니 정이 돌아오기 전까지 끝내자면 시간이 빠듯했다. 모니터를 노려보며 머리털을 잡아 뜯었다. 시간은 더디게 흘렀고 나는 거의 삼십 초 간격으로 벽에 걸린 시계를 쳐다보았다.

아무리 기억을 떠올려도 선배와는 사진 한 장 찍은 적이 없다. 그런데 동영상이라니…….

동영상, 그 단어를 들었을 때 처음에는 설마, 하다가 이내 선배 같은 놈이라면 나 몰래 동영상을 찍었을 것이라는 확신이 들었다. 순간, 남자들과 섹스를 할 때 보았던 포르노가 떠올랐다. 가랑이를 벌리고 털 없는 음부를 활짝 드러낸 채 풍선 같은 가슴을 출렁이면서 손가락을 입에 넣고 고양이 울음소리를 연발하는 여자들. 저 여자처럼 해봐, 하면서 내 젖가슴을 움켜쥐고 성기를 집어넣던 놈들. 화면 속 포르노 배우와 내가 다를 게 하나도 없다는 생각에 이틀 내내 한숨도 못 잤다.

파일이 다 옮겨진 것을 확인하고 다시 한 번 컴퓨터 주변을 빠르게 치웠다. 유에스비를 뽑아 들고 뛰다시피 계단을 내려왔다. 나무 계단이 삐걱삐걱 소리를 질러댔다. 머리털이 쭈뼛 섰다. 허둥대며 겨우 일층으로 내려와 더듬더듬 의자에 앉았다. 쿵쾅거리는 가슴을 다독이려 눈을 감고 길게 숨을 내쉬었다.

자리에 앉은 지 오 분도 채 지나지 않아 정이 들어왔다. 정을 보자 가슴이 다시 벌떡거렸다. 라벤더 오일 한 방울을 떨궈 손목과 관자놀이에 문질렀다.

고객은 돌아갔는지 정 혼자 돌아왔다. 그 고객도 다른 손님들처럼 이제 정의 숍에 오지 않을 것이다. 기다려달란 말도 한두 번이지, 정이 숍을 비운 석 달 사이 고객들이 우수수 떨어져 나갔다. 작년 연말부터 고객의 발길이 뜸해지더니 새해 들어서는 그마저도 끊기고 있다. 이제 좀 정신이 들었는지 며칠 반짝 일을 하고 있지만 떨어져 나간 고객이 다시 올 리 없다.

이층에서 정이 부르는 소리가 들렸다. 어깨가 부르르 떨렸다. 설마 내가 한 짓을 알아챘나. 수세미가 된 머리가 거울에 비쳤다. 숨을 크게 내쉬고 손가락으로 머리칼을 대충 쓸어내리며 이층으로 올라갔다.

정은 작업대 앞에 허리를 굽히고 있다. 시계나 반지 같은 액세서리가 전혀 없는 정의 손이 회청색 코듀로이 위를 분주히 가로질렀다. 작업대에서만큼은 커피 한 잔도, 곁눈질 한 번도 용납하지 않는 정의 숭배 어린 열정은 성스러운 의식을 치르는 사제와 견주어도 모자람이 없다. 자못 긴장이 돼서 어깨가 움츠러들었다. 발뒤꿈치를 들고 조심조심 다가가자니 다리가 후들거려서 킬힐을 벗어 던지고 싶다. 모델들 사이에서 있어도 꿀리지 않을 정도로 내 키는 큰 편이었지만 마른 체구에 키가 훤칠한 정의 곁에 서 있으면 난쟁이가 되는 기분이어서 첫 출근 다음 날부터 킬힐만을 고집했다. 정이 여기선 그런 거 안 신어도 돼, 하며 핀잔을 주었지만 그걸 포기할 수는 없었다. 그런데도 정 앞에 서면 주눅이 들곤 했다.

대체 무슨 애길 하려는 걸까.

초크 선을 따라 옷감을 마름질하던 정이 고개를 들고 나를 쏘아봤다.

"회색 안감 가져와. 그리고 너!"

정의 호통이 이층 작업실에 우렁우렁 울렸다. 깜짝 놀라서 내리깔았던 눈을 번쩍 떴다.

"정신줄 어디다 둔 거야. 똑바로 청소 안 해? 일층, 이층, 화장실까지 전부 먼지 한 톨 없이 깨끗하게 청소해."

정은 손가락으로 장소를 하나하나 짚어가며 걸레로 박박 문지르듯 말을 내뱉었다. 그러고는 눈살을 찌푸리고 고개를 젓더니 가보라며 허공에 치켜든 손을 옷에 묻은 먼지 털듯 툭툭 털었다.

오전에 고객이 와서 가봉할 때 골무 끼는 걸 잊어버리고 작업하다가 손톱 밑을 시침핀으로 찔러 피가 났다. 줄자로 고객의 허리 치수를 재던 정이 나에게 불같이 화를 냈다. 평소 나였다면 내 머리를 쥐어박는 시늉을 하면서 죄송합니다 선생님, 머리가 잠깐 어떻게 됐나 봐요, 하고 배시시 웃으며 너스레를 떨었을 것이다. 그랬다면 정신 차려, 그 한 소리를 듣고 끝났을 일인데, 자료를 어떻게 빼낼지 골몰해 있던 터라 내 몸이 말을 듣지 않았다.

정은 내가 실수를 하는 날이면 고함을 지르면서 벌을 주듯 청소를 시켰다. 그럴 일은 없겠지만, 정이 지금 야단을 치는 대신 무슨 일이 있느냐고 걱정하는 시늉이라도 했더라면 어쩌면 정에게 모든 걸 다 털어놓았을지도 모른다.

회색 안감을 가져다 놓고 작업실을 나오다 뒤돌아보니 정은 작업대 위에 엎드려 아까 하던 마름질을 마저 하고 있었다. 계단을 천천히 되밟아 내려왔다. 정은 날 붙잡을 수 있는 기회를 놓친 거야. 시큰거리던 마음이 조금씩 서늘해졌다. 삐걱거리는 소리가 아까보다 편해졌다.

오르내릴 때마다 소리가 나는 나무 계단은 옛집 모습을 그대로 살려둔 것이라 했다. 오래된 단독주택을 개조해 정이 직접 숍으로 꾸몄다고 했다. 일층은 숍을 겸한 사무실로 썼고, 이층은 정의 작업실로 썼다. 일층 조그마한 쇼윈도에는 늘 새로 작업한 옷을 걸어놓았다. 바로 그 뒤에 놓인 책상에 앉아 나는 늘 바뀌는 정의 옷을 감탄 어린 시선으로 바라보았다. 적어도 두 주에 한 번씩은 바꿔 걸었을 것이다. 그런데 삼 개월째 그 바디에는 먼지만 쌓이고 있다.

물걸레를 들고 구석구석 박박 문질러 닦았다. 정이 나를 붙잡지 않은 거야. 아니, 동영상 때문이야. 재봉질을 하는데 도 실이 자꾸 끊겼다. 벌써 세번째다. 도대체 집중이 되질 않 는다.

오늘도 바쁘냐고 남자 친구에게서 카톡이 왔다. 숨통이 트 이는 기분이었다. 저기압이야. 답글이 바로 달렸다. 쇼핑 갈 래? 퇴근 시간 맞춰서 사무실 앞으로 갈게.

맛집 프로그램에 나오는 제주도 오분자기를 보면서 지나가 는 말로 먹고 싶다고 했는데, 이틀 후 남자 친구는 제주도에 서 공수한 오분자기를 내 앞에 내놓았다. 말만 해, 니가 원하 면 원숭이 골도 가져다줄 수 있어.

정말 선배가 동영상을 갖고 있을까. 파일이 잘 담겼는지 유 에스비도 열어봐야 하는데.

나는 일하다 말고 손톱 주위의 거스러미를 잘근잘근 물어 뜯었다.

파일 안에는 수백 명의 고객 정보와 수천 장의 디자인 파일 이 폴더 별로 나뉘어 있을 것이다. 고객의 직업은 물론이고 신체 치수 변화며 피부색, 좋아하는 색깔과 옷감, 디자인 취 향, 활동 패턴까지 정은 빠짐없이 기록해두었다. 그 파일은 정의 재산이나 마찬가지였다. 처음 방문한 고객인 경우 옷 제 작에 두 달 이상 걸렸다. 고객을 관찰하는 단계만 한 달이 들 었다. 고객의 모든 것을 파악한 뒤 정이 디자인을 제안하면 고객은 정 선생이 알아서 다 해주세요, 라고 했다. 그런 정의 노하우와 뛰어난 패턴 실력에 이끌려 나도 여기까지 왔다.

정은 요 며칠 반짝 일을 하느라 숍에 붙어 있지만 그 전에는 무슨 생각인지 숍에는 붙어 있지 않고 수원 시장통이니 시골 장터니, 아니면 산이니 강이니 바다니 하면서 돌아다니기에 바빴다.

집중도 안 되고 앉아 있기도 불안해서 정에게 몸이 아파 한시간 일찍 퇴근하겠다고 했다. 작업에 몰두하던 정은 돌아보지도 않고 손짓으로 퇴근하라는 시늉을 했다.

남자 친구가 숍 앞에 차를 대고 운전석에서 나와 손을 흔들었다. 남자 친구의 얼굴을 보자 긴 하루 졸였던 마음이 풀렸다. 백화점에서 봐두었던 신상 핸드백과 구두가 전원을 연결한 전구처럼 반짝거리며 떠올랐다. 그래, 너와 나의 관계는 그런 거였지. 너는 내가 원하는 걸 해주고, 나는 네 앞에서 아랫도리를 벗으면 되는 피드백이 확실한 관계. 나에겐 섹스가 일종의 거래였지만, 남자 친구는 그걸 사랑이라고 말했다.

족히 두 달 치 월급은 될 만한 가격을 치르고 핸드백 하나를 샀는데도 남자 친구는 그 정도는 치러야 되지 않겠느냐는 표정을 지었다. 이래도, 이래도 하면서 보란 듯이 명품 매장을 가로지르며 남자 친구의 다섯 달 치 월급을 뽑아냈다. 비로소 남자 친구의 얼굴이 조금씩 상기됐다. 손에 든 쇼핑백이 무거워질수록 혈관의 피가 빠르게 돌아야 하는데, 오늘은 그렇지가 않았다. 오히려 남자 친구의 얼굴빛이 변해가는 걸 보는 게 나를 더 흥분시켰다.

"디자이너로 이름 날리는 게 어디 쉬워? 힘들면 그만두고 우리 회사에 들어와."

운전해서 나를 데려다줘야 하니까 술은 안 먹겠다며 남자 친구는 가위를 들고 능숙한 솜씨로 숯불 위에 얹은 등심을 먹기 좋게 잘라냈다. 디자이너로 이름 날리는 게 쉽냐는 남자 친구의 말이 나를 우습게 보는 것 같아서 썩 기분이 좋진 않았지만 그 말이 맞을지도 몰랐다.

"공모전 당선된 다음에……. 바닥부터 기고 싶진 않아. 내 이름으로 된 숍도 갖고 싶고. 내가 디자이너로 성공하면 약속대로 숍 차려줄 거지?"

생글생글 웃으면서 긴 생머리를 뒤로 넘기며 말하는 나를 보고 남자 친구는 고개를 크게 끄덕였다. 직장을 얻자고 디자이너를 포기하고 싶은 마음은 없었다. 어디에도 내가 설 자리가 없다면 그때 방수포를 만드는 남자 친구 아버지의 회사에 취직하는 것도 나쁘지 않겠다는 생각이 들었다.

기름이 줄줄 흐르는 등심 위에 파무침과 구운 마늘 한 조각을 얹고 쌈 없이 덥석 물어 오물거리고 있는 남자 친구의 얼굴에 미소가 번진다. 조금 있으면 내가 사준 핸드백과 하이힐을 손에 쥐고 내 몸 아래에서 교성을 지르며 몇 번이고 나를 기쁘게 해줄 네가 아니냐. 내가 네 맘 다 안다는 저 자신만만 한 표정. 남자 친구는 내 가슴을 쳐다보면서 기름이 번질거리는 자신의 입술을 혀로 핥았다. 교성 몇 번을 내지르면 그게 오르가슴일 거라고 착각하는 얼간이. 그래 놓고 섹스 몇 번에 나를 다 안다고 생각하는 등신. 섹스가 화해의 전령사가 되어줄 거라고 믿어 의심치 않는 천치.

나는 한숨을 폭, 내쉬었다. 여자는 자기를 사랑해주는 남자를 만나야 행복하다는 속설은 반은 맞고 반은 틀렸다. 그래도 저런 놈을 결혼 상대자로 삼으면 편하게 살 수는 있을 것이다. 나의 동아줄이 되어줄 사람은 이제 너밖에 없구나 하는 생각이 들었다.

남자 친구는 늘 하던 대로 서울 자기 집으로 가서 하자고 했지만, 나는 내일 일찍 출근해야 하니까 호텔로 가자고 했다. 수원의 별 다섯 개짜리 호텔에 들어갔다. 샤워를 끝낸 남자 친구는 침대 가운데에 벌렁 눕더니 빨리 오라며 손짓을 했다. 내 배꼽 아래에 있는 점이 자판기 버튼 같다면서 언제나 그렇듯 남자 친구는 띵동띵동 소리를 내며 입을 맞추었다. 비밀의 문을 열어주세요, 띵동띵동.

평소라면 어리광을 부리며 대꾸했을 텐데, 그 말을 듣는 순간 몸이 굳어버렸다.

내 몸에 점이 있다는 걸, 그것도 목이나 팔뚝이나 얼굴이 아니라 배꼽 아래에 있는 걸, 선배가 알고 있다. 배꼽 아래에 점을 가진 사람이 흔하진 않아, 그렇지? 니가 자료만 넘겨주면 그 동영상은 깨끗하게 삭제해줄게.

선배의 목소리가 스피커로 울려 퍼지는 듯했다. 어디에선가 선배가 나를 쳐다보고 있는 것만 같아서 룸 이곳저곳을 두리번거려야 했다. 남자 친구의 간절한 주문에도 내 몸은 열리지 않았다. 낯선 호텔이라서 불편하다고 둘러대자 남자친구는 그러게 집에 가자고 했잖아, 하면서 볼멘소리를 했다.

나혜석 거리로 가고 싶었다. 남자 친구에게 그 거리로 데려다달라고 했다. 남자 친구는 나혜석 거리 입구에 나를 내려놓고 들어가서 전화해, 라며 걱정 가득한 얼굴을 하고 갔다.

대학 졸업을 앞두고 숍의 디자이너로 취직하려고 보니 이력서에 쓸 경력이 한 줄도 없었다. 절박한 심정으로 여러 공모전에 출품했는데 선배가 나를 불렀다. 알고 보니 내가 출품한 대학 공모전 심사위원을 선배가 맡고 있었다.

선배는 내가 마음에 든다고 했다. 내 작품이라고 하지 않고 내가 마음에 든다고 한 선배의 그 말이 무엇을 의미하는지를 단박에 알아차렸다. 그날 선배와 술을 마시고 모텔에 함께 갔다. 공모전 대상은 당연히 내 차지였다.

나혜석 거리를 지나는데 웬 남자 둘이 나혜석 동상을 끼고 양쪽에 앉아 그녀의 가슴에 손을 얹고 키득거리며 셀카봉으로 사진을 찍고 있다. 노라를 놓아달라고 부르짖던 동상의 얼굴은 당장이라도 발딱 일어설 것 같은 표정을 지었다. 나는 동상의 얼굴을 외면하고 코트 자락을 여미며 돌아섰다.

너는 나처럼 살지 마. 엄마의 이야기는 나혜석 이야기로 시작해서 '사의 찬미'를 슬프게 읊조리는 것으로 끝났다. 훗날, '사의 찬미'는 윤심덕의 노래라는 걸 알았지만 지금도 엄마를 떠올릴 때면 나혜석과 '사의 찬미'가 한 꿰미에 걸린 구슬처럼 저절로 따라 올라왔다. 연고도 없는 수원에서 대학을 다니게 된 것은 순전히 장학금 때문이었는데 알고 보니 그곳은 나혜석이 태어난 곳이라 했다. 나혜석처럼 여류 화가가 되는 게 꿈이었다던 엄마는 유부남을 만나 나를 낳고 유부남에게 버림받은 채 고향 천수만에 주저앉아 평생을 보냈다. 엄마는 아빠를 여러 번 갈아치웠다. 한 놈이 가면 다른 놈이 오고, 그놈이 떠나면 또 다른 놈이 아빠 자리를 차지했지만, 엄마의 삶은 항상 구질구질했다.

온통 검은 빛깔로 몸을 감싼 바퀴벌레 떼 같은 취객들이 거리 양쪽으로 늘어선 상점의 크리스털 불빛을 따라 움직이고 있었다. 새로 오픈한 술집 앞에서 치어걸처럼 짧은 흰색 가죽 스커트와 가슴이 파인 털 조끼를 입고 하얀색 워커 롱부츠를 신은 토끼 같은 도우미들이 걸그룹의 노래에 맞춰 엉덩이를 흔들고 있다. 술집에서 중년 남자가 비틀거리면서 나오더니 도우미를 껴안으며 손을 잡고 안으로 끌고 들어가려고 했다.

난 이곳에서 구질구질하게 살지 않기 위해 악바리로 버텼다. 생활비며 실습에 필요한 재료비까지 나 스스로 감당하는 건 불가능에 가까웠다. 시시한 아르바이트 몇 탕을 뛰거나 저 도우미처럼 싸구려로 몸을 파는 대신 부유한 남자 친구 하나를 만드는 게 훨씬 생산적이라는 걸 이미 알고 있었다. 뽀얀 살결이며 잘록한 허리에 도도록한 엉덩이까지 엄마를 쏙 빼닮은 얼굴과 몸매는 내 유일한 무기였다. 나혜석처럼 남자들에게 휘둘려 생을 망치는 그런 시대는 박물관에나 모시라지. 필요할 땐 붙이고, 필요 없으면 떼어버리면 그만인 게 남자였다.

돈 많은 남자를 내 것으로 만들기 위해 나는 순진한 척을 했다. 섹스를 처음 하는 듯 어설픈 척했고, 성기가 너무 커서 아픈 척했고, 섹스 기술이 죽인다는 듯 숨넘어가는 소리를 질렀고, 다양한 체위를 처음 접하는 것처럼 부끄러운 척했다. 동영상을 틀어놓고 똑같이 해보자고 하면 마지못한 듯 포즈를 취했다. 내 입에 성기를 넣고 사정했을 때 내가 정액을 삼키면 너 정말 끝내줘, 하면서 내가 좋아 죽겠다는 표정으로 나를 껴안았다. 내 몸에 미쳐서 정신을 못 차리고 매달릴 즈음이 되면 나는 그놈을 가차 없이 차버렸다. 내 아버지가 나와 엄마를 버리듯이. 죽자고 매달리는 남자를 보면서 나는 희열을 느꼈고, 그 감정이 가실 만하면 나는 또 다른 돈 많은 남자를 만났다.

술집 앞에서 음악 소리가 다시 흘러나왔다. 술에 취해 난동을 부리던 남자는 보이지 않고 도우미 네 명이 걸그룹의 노래에 맞춰 다시 춤을 추고 있었다. 도우미들의 가슴은 리듬을 타고 포르노 배우처럼 출렁이고, 그럴 때마다 길가에 멈춰 선 행인들의 입이 벌어졌다. 올해도 더 짧게, 더 섹시하게라는 슬로건을 내건 패션은 식지 않을 전망이었다.

넌 내 제안을 받아들이게 될 거야. 이번엔 니가 은혜를 갚을 차례야.

비열한 놈. 걸어가다 말고 나는 발을 굴렀다. 이렇게까지 일이 더럽게 꼬일 줄 몰랐다. 눈 질끈 감고 자료를 던져줘? 그런데 정말 선배를 믿어도 될까. 우선은 동영상이 있는지부터 확인해야 했다. 나는 주머니 속에 든 유에스비를 손에 꼭 쥐었다.

집에 돌아오는 길에 김 교수의 전화를 받았다. 신년회 모임에 올 줄 알았다면서 숍에는 별일 없느냐고 물었다. 김 교수는 공모전이 끝날 때까지 숍에 붙어 있으라고 못 박았다.

정이 공모전 심사위원으로 또 위촉된 게 틀림없다. 디자이너로 성공한 번듯한 제자 하나 두지 못한 김 교수가 나를 통해 그 꿈을 이뤄보려 한다는 걸 나도 잘 알고 있다. 김 교수의 바람대로 나도 보란 듯이 디자이너로 이름을 날리고 싶다.

김 교수는 자신의 오랜 친구인 정에게 추천한 그 작품이 내 동기의 작품이란 걸 알지 못한다. 아이디어는 내 것이었으나, 그것을 디자인으로 내놓은 것은 동기였다. 난쟁이 똥자루 같은 동기가 그것을 알아챘을 때 나는 동기에게 말했다. 내가 먼저 가 있다가 널 추천할게. 넌 55 사이즈에 맞게 몸부터 만들고 있어. 지금 모든 게 밝혀지면 너나 나나 둘 다 못 가.

2

새해 벽두부터 기록적인 한파가 이틀째 계속되고 있다. 수도꼭지를 살짝 틀어놓고 집에서 나왔어야 했는데 그 생각이 작업실 문 앞에 와서야 떠올랐다. 간밤에도 뒤숭숭한 꿈으로 잠을 설쳤다. 공모전은 벌써 이 주 앞으로 다가왔는데 그놈의 동영상 때문에 도대체 진척이 없었다. 초조한 마음에 머리도 말리지 못하고 숍으로 달려온 참이었다. 책상에 앉아 커피 한 잔을 마시자 얼어붙었던 머리카락에서 물이 뚝뚝 떨어졌다.

공모전 스케치를 펼쳤다. 자유라는 주제를 정하긴 했지만 막상 시작해놓고 보니 자유로운 몸의 이미지 대신 노출만 강조한 꼴이 되고 말았다.

옷감은 좋다. 그런데 쇼 의상도 아니고 웨어러블치곤 노출 강박 아냐? 자유라는 주제도 추상적이고, 이렇게 헐벗어서야 어디 작품 특징이 드러나겠니? 정 선생 작품 비슷한 냄새도 나는 것 같고…….

김 교수의 지적은 예리했다. 현업에 종사하는 것도 아니지만 옷만 쳐다보니까 눈이 밝아진 셈인가. 굳이 조언을 듣고자한 것은 아니었으나 가끔씩 눈도장을 찍어두는 것도 나쁘지 않겠단 생각에 며칠 전 찾아갔을 때 들은 말이다.

정의 스타일을 쳐내는 작업은 만만치 않았다. 이젠 정에게 보여주고 지적 받은 걸 수정하기만 하면 된다. 정이 작년 공모전 심사위원이 아니었더라면, 지난 일 년을 괴팍한 정의 밑에서 죽어라 일하지도 않았을 것이다. 유에스비를 만지작거렸다. 정이 심사위원이 되어 나를 뽑고 나면 자료를 선배에게 넘기면 된다. 동영상 문제도 그때 해결되겠지.

정은 출근하자마자 두 벌의 옷을 내밀었다. 오랜만에 보는 정의 작품이었다.

"선생님 맨날 바쁘시더니 언제 작품을 두 벌씩이나 만드셨어요."

활짝 웃으며 감탄을 연발하는 나를 보더니 정은 피식 웃었다. 피팅을 하자면 옷을 입어봐야 하는데 어제 과식을 해서 허리가 조일까 봐 걱정이다. 피팅을 위해 하루를 한 끼로 버텨야 했지만 정에게 인정받기 위해서는 그런 건 문제가 되지 않았다. 옷을 들고 피팅룸으로 들어가려는데 정이 날 불러 세웠다.

"피팅은 안 해도 돼. 77 사이즈 바디에 걸어."

최대한 맵시 있게 보여도 팔릴까 말까 한 마당에 44 사이즈도 아니고 77 사이즈 바디에 옷을 걸라니, 어이가 없어 나는 정에게 되물었다. 한 번 말하면 알아들으라면서 정은 이층 작업실로 올라가버렸다. 동네 옷가게에서도 옷 한 벌 팔자고 몸이 날씬하게 보이는 거울을 가져다 놓는데, 거꾸로 뚱뚱한 바디에 옷을 걸겠다는 정의 심보가 도대체 이해가 되질 않았다.

업체에 77 사이즈 바디 두 개를 부탁해두고, 정이 던져준 두 벌의 옷을 꼼꼼히 살펴보았다. 독특한 패턴을 제외하면 기성복과 다를 것이 없는데다 사이즈마저 엄청 컸다. 몸의 선이 뭉개진 후덕한 여인의 몸에나 맞을 펑퍼짐한 옷이었다. 후드가 달린 회색 울 망토는 아이를 업고 뒤집어써도 될 만큼 품이 넓었다. 감색 캐시미어 재킷은 한쪽 칼라를 길게 연장해서 쇄골 라인 쪽에 달린 단추에 여미고 입을 수도 있게 만들어져 있었다.

몸의 유연한 곡선을 강조하면서 여성미를 드러냈던 예전의 디자인과는 확연히 달라졌다. 공모전 때까지만 견디어보자는 계산만 없다면 당최 종잡을 수 없게 변해버린 정을 감당해낼 수 없을 것이다.

처음 내가 이 숍에 왔을 때만 해도 서울 강남 부유층과 유명 연예인들로 숍이 붐볐다. 그들은 한결같이 숍을 서울로 옮길 수 없냐고, 수원까지는 불편하다고 불평을 했다. 그러면 정은 말없이 웃음만 지을 뿐이었다. 김 교수의 말에 의하면, 정은 돈이 없어서 서울에 가지 못하고 수원에 숍을 열었다고 했다. 정의 이름이 알려지면서 몇 년 전 서울 청담동에 숍을 열었지만 불과 몇 개월 만에 그 숍을 닫고 수원 숍만 운영한다고 했다. 수원이 고향이라서 그런 것도 있지만, 서울에서는 도대체 작품이 나오지 않기 때문에 그랬다는 것이다.

그럭저럭 운영되는 듯했던 숍의 일은 정이 사라진 한 달 동안 엉망이 돼버렸다. 이혼하고 혼자 산다던 정은 내가 들어오기 전부터 어린 모델을 바꿔가며 붙어 지낸다는 소문이 자자했다. 물론 정이 애인을 숍에 들인 적은 없었지만, 김 교수가 농담조로 정이 바람둥이니까 조심하라고 했던 말을 떠올리면서 아마도 정에게 새로운 여자가 생겼나 보다, 그렇게 짐작하고 말았다. 그런데 나중에 안 일이지만 그동안 정은 전처의 장례를 치렀다는 것이다.

장례를 치르고 돌아온 정은 무척 수척해 보였고 어디에도 마음을 붙이지 못하는 눈치였다. 어린 모델들과의 관계도 정리하는 듯했다. 그러다가 가을에 패션쇼를 열자는 김 교수의 제안을 받고 정은 뭔가를 골똘하게 생각하더니 김 교수의 성화에 못 이기는 척 미니 패션쇼를 열기로 했다. 패턴 실력으로 이른 나이에 평단의 주목을 받았지만, 두 번의 패션쇼에 쏟아지는 혹평으로 염증을 느낀 정은 더 이상 패션쇼는 하지 않겠다고 선언한 터라 김 교수는 정을 설득하는 데 애를 먹었다고 했다.

그땐 자네가 너무 앞서나갔어. 파리 패션계에서 자네를 주목하니까 질투가 나서 프랑스 유학파들이 농간을 부린 거야. 이젠 사람들도 자네가 진정한 아방가르드였다는 걸 깨달았을 거야.

정은 패션쇼 준비를 하는 동안 미친 듯이 일에만 집중했다. 패션쇼가 끝나자 기자들은 몇몇 디자이너의 견해를 인용하며 케이프를 두르고 견갑골을 도드라지게 부풀려 강조한 정의 작품을 두고 새인지 쥐인지 종잡을 수 없는 박쥐라며 혹평을 쏟아냈다. 거대한 자본력에 휩쓸려 방향타를 상실한 기존 패션계를 질타하는 시선이 정의 작품에 녹아 있었던 게 탈이었다. 정은 패션쇼가 끝난 뒤 술에 절어 숍을 나오는 둥 마는 둥 했다. 옷은 만들지 않고 마음 가는 대로 돌아다니는 것 같았다.

지난 일 년 동안 내가 정에게 배운 것은 무엇일까. 정은 밀려드는 고객들을 절대 내게 넘기지 않고 스스로 모든 것을 처리했다. 치수를 재고 안감을 마름질하고 부자재 세팅에 피팅과 가봉이 끝나면 그다음은 내 몫이었다. 재봉질을 마치면 정은 완성된 옷을 꼼꼼하게 훑어보고 수정 지시를 내렸다. 실밥까지 깨끗하게 정리해서 다림질까지 마쳐놓아야 비로소 일이 끝났다. 그때까지 계단을 수십 번 오르락내리락해야 했다.

정이 고객 옷을 내게 맡기기 시작한 것은 패션쇼를 준비하면서부터였다. 정은 내 디자인을 보고 고개를 끄덕이면서 만들어봐, 라고 했다. 내 디자인으로 만든 옷을 입어본 손님들은 만족해했다. 그러면 정은 나를 소개하면서 내 제자가 만들었다고, 이놈 재주가 보통이 아니라고 추켜세웠다.

그렇지만 정이 나를 진정으로 인정한 것은 아니다. 정이 패션쇼를 준비하느라 바빠서 나에게 몇 번 일을 맡긴 것일 뿐이다. 어쩌면 손님 앞에서 한 칭찬도 입발림이었을지 모른다. 정이 나를 제자로 키워보겠다고 생각했다면 이렇게 숍을 비워놓고 마냥 돌아다니지는 않았을 것이다. 그래, 어쩌면 선배에게 가는 게 내겐 절호의 기회일지도 모른다. 선배에게 그냥 자료를 넘기면 동영상 문제도 깨끗이 해결될 거고, 걱정 없이 잠을 잘 수 있겠지. 이번 공모전 심사 끝날 때까지만 참아달라고 선배에게 애원하면 돼. 공모전 작품만 어떻게 잘 다듬어보자.

잠깐 졸았던 모양이다. 몽산포, 라는 정의 말소리를 듣고 고개를 들었다. 정이 곁에 와 있었다. 황급히 입가에 고인 침을 쓱 훑으며 정에게 다시 물었다.

"내일 몽산포에 다녀오라고."

몽롱한 가운데 머릿속에 몽산포, 라는 말이 콕 박혔다.

몽산포라니, 나는 어금니를 꽉 물었다. 몽산포라는 말만 들어도 치가 떨렸다. 죽어서도 다시 가고 싶지 않은 곳이었다. 그런데 나더러 그곳을 가라니.

"왜 제가 몽산포에 가야 돼요?"

정은 주소를 적은 종이를 내밀었다.

"이 주소로 가면 할머니가 계셔. 할머니 옷 수선해드리고 와."

정은 이층으로 올라가다 말고 계단에서 뒤돌아섰다.

"청소 똑바로 해. 내 컴퓨터 책상에 네 머리카락이 있어."

정은 멍하니 서 있는 나를 재촉했다.

"뭐해. 챙겨서 퇴근하라니까."

나는 당황해서 고개를 끄덕이고 수선에 필요한 것들을 챙겨 숍을 빠져나왔다. 그렇지 않아도 수원역 근처 술집에서 기다린다는 선배가 내심 신경 쓰이던 참이었다.

유에스비를 어떻게 할지 아직 결정을 내리지 못했다. 근데 머리카락은 뭐지. 내가 나올 때만 해도 깨끗했는데, 대체 뭐야. 혹시 눈치챘나. 뭔가 찝찝하지만 이젠 어쩔 수 없다. 내가 자료를 훔쳤다는 걸 알면 정은 어떤 표정을 지을까. 덜 마른 옷을 입은 것처럼 기분이 꾸덕꾸덕했다. 그런데 왜 하필 몽산 포란 말인가. 몽산포 할머니는 또 누구야.

선배는 불콰한 얼굴로 빙글빙글 웃으면서 술이나 한잔하자며 술잔을 내밀었다. 내일 아침 일찍 출장 가야 한다고 하자 선배는 토요일 근무는 노동 착취라며 목에 핏대를 세웠다. 선배는 노동 착취를 운운할 만큼 트인 인간은 아니었다. 선배가 성과급제를 도입해서 디자이너들이 평일 야근은 물론이고 주말에도 매장에 나가 제품을 팔아야 한다는 건 이 바닥에 소문이 짜했다. 선배는 디자이너로 데뷔하던 패션쇼에서 자신의 작품을 입은 모델이 런웨이에서 넘어지자 무대 뒤에서 모델 머리채를 휘어잡고도 모자라 모델 일까지 그만두게 만든 일로 이미 대학 시절부터 악명이 높았다.

"자료는? 구했어?"

선배는 다짜고짜 손부터 내밀었다. 급하게 서두르는 선배의 모습을 보니 나는 좀 느긋해졌다. 시무룩한 표정을 지으며 고개를 저었다.

선배가 정의 숍에 찾아와 콜라보를 해보지 않겠느냐고 제안한 건 지난 연말이었다. 전망도 밝은데다 새로운 도전이 될 거라면서 선배는 정을 설득했지만 정은 화부터 냈다. 나로선 제법 이름이 알려진 선배가 정을 찾아온 일이 예상 밖이어서 놀라워하고 있었다. 편집숍 시스템을 매장에 도입한 것도 선배였고, 미술가들과 협업해서 콜라보를 처음 선보인 것도 선배였다. 알고 보니 선배는 부동의 두터운 고객층을 확보하고 있는 정의 도움을 받아 실버 패션을 선점하려 했던 것이다. 기껏 생각해줘서 제안했는데 그걸 걷어차냐고 볼멘소리를 하던 선배의 모습이 떠올라 나는 좀 배짱을 튕겼다.

"제 자리부터 만들어주세요. 자료는 선배 숍에 디자이너로 정식 발령을 받고 나서 제가 관리하는 걸로 하죠."

"너 정말 이러기야? 나 못 믿어?"

돌연 선배의 눈빛이 변했다.

"너, 이번 주까지 자료 안 넘기면 동영상 확 까발린다. 왜, 없는 거 같아? 지금 보여줘?"

선배는 손에 들고 있던 휴대전화를 내 눈앞에서 흔들었다. 선배가 동영상을 갖고 있다는 말은 사실임에 틀림없다. 선배의 눈빛이 그렇게 말하고 있었다. 물잔을 쥐고 있던 손이 떨려서 나는 조심스럽게 손을 탁자 아래로 내렸다.

"정 선생 자료 빼돌리고 선배에게도 팽 당하면 이 바닥에 소문 쫙 날 텐데 그깟 동영상쯤이야 별거 아니죠. 선배를 못 믿는 게 아니라 아직 자료를 못 구했다니까요."

"그깟 동영상? 아쭈, 세게 나오는데. 넌 섹스 스캔들 공식도 모르냐? 남자는 훈장, 여자는 주홍글씨거든. 하하하 하…….”

더 앉아 있다간 선배의 검은 아가리 안쪽에서 우글거리는 구더기들을 보게 될 것만 같았다. 밑바닥까지 홀랑 까뒤집어 봐야 좋을 게 하나도 없었다. 앞으로도 계속 얼굴을 봐야 한 다면 이쯤에서 멈춰야 한다.

“죄송한데요 선배, 저 먼저 일어날게요.”

선배가 내 팔목을 아프게 잡아채는 걸 간신히 빼내어 도망 치듯 카페를 빠져나왔다. 내가 어떻게 여기까지 왔는데…….

정의 자료를 넘기는 순간 정과의 관계도 공모전도 끝난다. 선 배의 눈에는 내가 자료를 가져올 거간꾼으로밖에 보이지 않 을 것이다. 나를 디자이너로 뽑아줄 마음이 과연 있기는 한 걸까.

3

밤새 뒤척이다 아침 일찍 차를 몰고 서해안 고속도로를 달 려 몽산포로 향했다. 다리를 지나면 터널이 나오고, 터널을 지나면 다리가 나왔다. 구불구불한 리아스식 해안을 도로는 직선으로 바꿔놓았다. 서해대교를 지나자 바다 위를 달리는 기분이 들었다.

십 년 전이나 지금이나 맘먹은 대로 되는 일이 하나도 없다. 몽산포가 가까워질수록 떠올리기도 싫은 질척질척한 기억들이 발목을 붙잡았다. 동영상 때문에 밤새 골머리를 썩였는데 여기 와서 보니 그것도 다 부질없는 짓 같다. 나도 별수 없는 엄마 딸이다, 발버둥 쳐봐야 거기서 거기다, 그런 체념들이 헤어 나올 수 없는 늪처럼 나를 빨아들였다.

방조제 중간에 있는 철새 탐조대 앞에 차를 세웠다. 천수만 담수호에 철새는 보이지 않고 갈매기만 떠 있다. 간척 사업으로 뱃길이 사라져 생계가 막막해진 동네 사람들은 보상금 대신 일자리를 얻었다. 외할아버지는 배를 못 타게 되자 술로 세월을 보냈고, 고등학교를 갓 졸업한 엄마가 간척 사업을 진행하는 사무소의 경리 보조로 출근하게 되었다. 엄마는 그곳에서 측량기사로 서울에서 내려온 남자를 만났고 남자가 서울로 올라간 다음에야 나를 가졌다는 걸 알았다. 부른 배를 내밀고 물어물어 서울 회사로 남자를 찾아갔는데, 남자는 엄마의 배를 보고 아이를 떼라며 돈을 쥐여 줬다. 그제야 남자가 유부남이란 걸 알고 원망했지만 아이를 지우기에도 이미 때가 늦어 있었다.

방조제를 지나 사십 분가량 더 들어간 곳에 주황색 지붕을 인 할머니의 집이 있었다. 빛바랜 마을 풍경은 내 고향이나 몽산포나 다르지 않았다. 낯익은 정경이 아슴아슴 가슴을 파고들었지만 십 년도 훨씬 지난 기억이었다. 대문 안으로 들어서기 전 옷자락을 붙드는 기억들을 떨쳐내고 싶어 옷을 탈탈 털었다.

할머니는 마루에 앉아 있다가 나를 보더니 종종걸음으로 다가왔다.

"정슨상 제자유?"

마당에 조그마한 텃밭이 있었고, 야트막한 담 너머로 멀리 갯벌이 보였다. 혼자 살기에는 집이 꽤 컸다. 방 안에 들어서자 단출한 살림들 사이로 커다란 액자 하나가 보였다. 액자 사진에는 할머니 가족인 듯 줄잡아도 수십 명은 되어 보이는 사람들로 빼곡했다.

내가 왜 이곳에 내려오게 된 건지, 할머니가 어떻게 정을 알고 있는 건지에 대한 궁금증은 이내 풀렸다.

"정슨상이 저그 곁방에서 묵었지. 한 달인가?"

작년 여름, 정이 읍을 비운 그 한 달일 것이다. 할머니는 복도를 따라 이어진 별채를 가리켰다.

정 선생 처가 아파서 여기 한 일 년 있었다고. 몸이 퉁퉁 부어서, 죽기 전에는 아주 힘들어했다고. 옷이 죄 맞질 않아서 시장에서 고무줄로 된 옷을 사서 입혔는데, 보니까 고무줄이 끼어서 허리가 빨갛게 짓물렀다고. 그걸 보고 정 선생이 펑펑 울었다고.

정은 그런 아내의 끼니며 뒷수발까지 다 챙겼다고 했다. 몸이 퉁퉁 붓자 어디선가 재봉틀을 구해 와서는 옷을 해 입히고 나중에는 수의까지 직접 만들었다고 했다. 가물가물 의식을 놓는 제 처를 붙들고 가지 말라고 정이 서럽게 통곡을 하는데, 할머니도 세상을 먼저 떠난 남편 생각이 나서 눈물이 쏟아지더라고 했다. 나야 살 만큼 살고 늘그막에 남편을 보냈지만 젊은 부부가 사별할 걸 생각하니, 너무 가여워서.

나는 정이 오래전에 어린 모델과 바람을 피워서 이혼했다는 말은 하지 않았다. 바람둥이 정이 여자관계를 정리한 이유를 조금은 알 듯했다. 툭 하면 고함을 질러대는 정이지만 그런 살가운 면도 있었구나. 하긴 내가 밤샘 작업을 하다가 소파에서 졸 때면 나 몰래 담요를 덮어주기도 했으니까.

정이 여기 머무는 동안 할머니에게 옷을 만들어주었다고 했다. 할머니는 맏며느리로 시부모 봉양에 줄줄이 딸린 시동생들 아홉까지 출가를 시키고 나니 삼십 년이 훌쩍 지나갔다고 했다. 막내 시동생 결혼식까지 끝내고 집에 돌아오니 할아버지가 옷감을 주면서, 그동안 고생 많았다, 이제는 내가 당신을 행복하게 해주겠다며 할머니의 손을 꼭 붙잡고 다독였다고 했다. 할아버지가 일 년 전에 돌아가시고, 옷 만드는 걸 차일피일 미뤘는데 고맙게도 정이 만들어주었다는 것이다.

할머니의 옷은 정이 평소 만들던 옷과는 달랐다. 몸에 꼭 맞아야 핏이 산다던 정이었는데, 할머니 옷은 판초처럼 좀 헐렁한 듯했고, 액세서리도 없이 심지어 단추도 꼭 하나만 달렸을 뿐이다. 할머니는 그 옷이 편해서 늘 입다시피 했는데, 새해에 그 옷을 입고 태안으로 나들이 가다가 얼음판에 미끄러져 옷이 찢어졌다고 했다. 할머니 옷은 수선으로 끝날 것 같지 않았다. 숍으로 가져가서 거의 다시 만들어야 할 정도였다. 나는 옷을 고쳐 다시 오겠다고 했다.

대문을 나서기 전 할머니는 주름진 손으로 내 두 손을 꼭 쥐었다. 차비라도 하라며 할머니가 내 손에 꼬깃꼬깃한 지폐를 쥐여 주는 걸, 나는 근처 구멍가게에서 사두었던 사탕 봉지와 함께 지폐를 깨끗하게 펴서 방문 앞에 놓아두고 도망치듯 나와버렸다.

골목 어귀를 빠져나오자 제법 거센 바람이 비릿하고 짭조름한 갯벌의 냄새를 실어 날랐다. 휑하니 맨살을 드러낸 갯벌이 눈에 들어왔다. 내려올 때만 해도 풀 먹인 삼베처럼 빳빳하게 서걱거리던 마음이 후줄근하게 늘어지고 있었다. 누군가를 미워하는 힘으로 버텨왔던 나에게 가슴이 몽글몽글해지는 감정은 낯선 것이었다. 눈이라도 펑펑 내려 흉한 맨살을 덮어주면 좋으련만, 눈이 올 기미는 보이지 않았다. 십 년의 기억을 거슬러 몽산포로 되돌아오고야 말았다.

고등학교 이 학년 때였다. 나는 동네에서 내로라하는 부잣집 아들과 친하게 어울려 다니다가 임신을 했다. 뚱뚱한데다 숫기도 없어 여학생을 몰래 훔쳐보기만 하던 동급생이었는데, 부잣집 아들이란 이유로 나는 그 애에게 호감을 가졌다. 입덧을 하자 엄마는 내 머리채를 붙잡고 이년아, 이 미친년아, 나처럼 되려고 환장했냐, 넋두리를 늘어놓더니 어느 놈의 새끼냐며 나를 앞세워 그 집으로 찾아갔다.

엄마는 대문이 열리자마자 그 집 안방에 나를 밀어 넣더니 내 딸 인생 말아먹었으니 책임지라며 통곡을 했다. 그 애 아버지는 숫보기 같은 내 아들이 그랬을 리가 없다면서 화냥년 딸은 어쩔 수 없다고, 애비 없는 자식이니 어련하겠냐고 욕설을 퍼부었다. 엄마는 그래, 말 한번 잘했다. 내가 화냥년이면, 동네방네 씨 뿌리고 다니는 니놈은 오입쟁이다, 니놈도 내 가랑이를 탐내지 않았냐고 악다구니를 썼다.

그날 오후에 엄마는 집에서 또 다른 싸움을 벌였다. 내가 고등학교에 입학한 후 한동안 잠잠하던 엄마에게 새로운 남자가 생겼다. 이번엔 진짜야. 아빠라고 불러. 세번째 아빠였다. 또 서울에서 내려온 대기업 직원이었다. 이번엔 그 남자의 본부인이 찾아와서 엄마 머리채를 팽이처럼 돌렸다. 동네 개들이 미친 듯이 짖어댔다.

나는 무작정 집에서 나와 걸었다. 몇 시간을 걸었을까, 눈

앞으로 펼쳐진 몽산포 갯벌 끝에서 노을이 활활 타오르고 있었다. 차라리 저 붉은빛에 나를 태워버리자. 정신없이 바다로 걸어 들어가는데 빛은 시나브로 사라지고 어둠이 깔렸다. 발목께 찼던 밀물이 허벅지까지 올라오자 겁이 덜컥 났다. 엄마……, 엄마……. 입에서 절로 엄마 소리가 새어나왔다. 머리털이 뜯긴 엄마는 골방에서 울고 있느라 내가 사라진 줄도 모를 것이다. 가까스로 빠져나온 나는 탈진해서 모래톱에 누웠다.

어둠에 섞여 밀려오는 파도 소리를 들으며 나는 내 몸이 파도처럼 일렁인다는 것을 느꼈다. 내 몸. 제 에미 닮아 요부여 요부. 동네 사람들이 그렇게 수군거리던 내 몸. 그때 나는 내 몸이 앞으로 내 삶에서 큰 무기가 될 수 있다는 것을 깨달았다. 엄마 손에 이끌려 아이를 지운 후 학교를 그만두었다. 검정고시를 치르고 엄마와 떨어져 살기 위해 수원에 있는 대학으로 진학했다.

나는 엄마와 달리 내 몸의 값어치를 최대한 높이겠다고 작정했다. 그랬는데……, 동영상이라니, 포르노 배우라니.

엄마는 살고 싶어서 그랬을까. 나를 데리고 살아야 해서, 차마 죽지 못해서 그랬을까. 손등으로 눈을 번갈아 훔치면서 목구멍을 넘어오는 흐느낌을 참기 위해 어금니를 악물었다. 몽글몽글하던 가슴이 부르르 우유가 끓어 넘치듯 주체 못할 감정들을 게워냈다. 화가 나면 머리꼭지부터 뜨거워지곤 했는데, 머리가 아니라 가슴이 뜨끔뜨끔했다. 나 없는 사이 엄마는 또 몇 번이나 드잡이를 했을까. 뜨끔뜨끔한 가슴을 삭이자면 그 꼴이라도 봐야 했다.

차를 급하게 몰아 수덕사로 향했다. 이 년 전 외사촌의 결혼식으로 천수만에 내려갔는데, 엄마는 자고 가라며 날 붙잡았다. 나는 엄마의 새로운 남자를 보게 될까 봐 바쁘다는 핑계로 밤차를 타고 돌아왔다. 그날 엄마는 사내라면 이젠 지긋지긋하다면서 혼자 살겠다고 선언했다. 천수만 생활을 접고 수덕사 근처에서 밥집을 시작할 거라고도 했다. 그래봤자 천수만에서 겨우 삼십 분 거리였다. 오십 년 가까운 천수만 세월을 버리고 새로운 인생을 살아보겠다고 작정했으면 멀리 남쪽으로나 가버릴 것이지, 겨우 삼십 분 떨어진 곳이라니. 혼자 살겠다고 했지만 내가 아는 엄마는 그럴 수 있는 사람이 아니었다.

밥집은 수덕사 아래 버스 정류장 근처에 있었다. 엄마는 나를 보더니 다짜고짜 밥상부터 차렸다.

"밥 짓는 일은 정성이 담겨야 해. 처음부터 끝까지 지키고 앉아서 불을 때야지 궁둥이를 들썩이면 밥맛도 떨어진다고 니 외할머니가 그랬다. 내가 할 줄 아는 게 뭐 있어야, 그러고 살았는데 요즘 세상엔 밥 짓는 것도 기술이더라."

이 인분밖에 나오지 않는 그릇에 쌀을 씻어 아궁이도 아니고 기껏 가스 불 위에 앉히면서도 엄마는 불 곁을 떠나지 않았다. 엄마가 지은 밥을 먹을 땐 밥이 다 똑같은 맛이라고 생각했는데 그렇지 않다는 걸 객지에 나와 살면서 알았다. 밥 짓는 냄새를 맡고 있으려니 입안에 침이 고였다.

밥집은 사 인용 식탁이 다섯 개밖에 되지 않는 작은 규모였다. 메뉴라고 해봤자 콩비지, 청국장, 된장찌개, 김치찌개가 전부였다. 벽에는 야생화 사진이 잔뜩 붙어 있고 주방 앞 선반에는 말린 야생화로 만든 꽃차가 유리병에 담겨 진열되어 있었다. 주방 뒤쪽에 딸린 작은 방에는 조그마한 앉은뱅이책상 하나와 서랍장이 있을 뿐이다. 엄마는 남자가 아니라 야생화와 살고 있었다.

"뭐해. 와서 밥 먹어."

곱돌솥에 담겨 나온 밥은 윤기가 자르르 흘렀다. 밥공기에 밥을 옮겨 담고 엄마는 주전자의 물을 곱돌솥에 부었다. 모락모락 김이 솟는 밥은 입안에서 차지게 감기면서 씹을수록 단맛이 느껴졌다. 엄마는 어리굴젓을 한 숟가락 듬뿍 떠서 내 밥 위에 얹었다. 십 년 넘도록 잊고 있었던 그 맛이 기억날 줄 몰랐다.

"이건 어리연이고, 이건 할미꽃이야. 어리연은 쌀알만 해서 눈에 잘 띄지도 않아. 조그만 게 이렇게 귀하고 예뻐. 할미꽃은 빛깔이 얼마나 근사하다고. 길가에 지천으로 피어 있어서 가져오려고 했더니, 옮겨 심으면 그냥 죽어버린대."

나물이 담긴 접시에도 밥공기에도 야생화 그림이 그려져 있다. 엄마는 내가 밥 한 공기를 다 비우는 동안 앞에 앉아 쉴 새 없이 이야기를 했다. 요즘 근처 공방에 다니면서 도자기도 빚고 그림도 그린다고 했다.

"엄마가 그릇도 만들어?"

엄마가 다기에 말린 꽃을 넣고 물을 부어 우렸다. 찻물 속에서 노란 민들레가 활짝 피어났다. 엄마가 이런 삶을 살 수 있을 거라고 생각해보지 않았다. 나혜석처럼 그림이 그리고 싶었다던 엄마를 나는 잊고 있었다. 평생 남자한테 빌붙어 사는 엄마처럼은 되지 않겠다고 등 돌리고 미워하며 살아왔는데……. 단단해 보였던 옹벽에 치명적인 균열이 생긴 느낌이다.

내 속은 시커멓게 타들어가는데 엄마는 그것도 모르고 말간 쌀알처럼 웃고 있다. 내가 언제 저런 표정을 본 적이 있던가. 진즉, 진즉에 엄마가 이렇게 살았더라면 내가 지금 이렇게까지 비참해지진 않았을 텐데. 잔잔한 호수에 돌을 던지는 심정으로 어깃장을 놓았다.

"남자도 없는데 살 만한가 봐. 뚱뚱해졌네. 그리고……, 늙었어."

요염한 엄마의 몸매도 오간 데가 없었다.

"가는 세월에 장사 없다. 넌 안 늙을 줄 아니?"

엄마는 새초롬한 표정으로 나를 흘겼다.

"갈래."

내가 벌떡 일어나자 환하던 엄마 얼굴에 그늘이 졌다.

"왜? 온 지 얼마나 됐다구, 벌써 간다 그래."

날이 어두워졌는데 어떻게 가냐면서 자고 내일 아침 일찍 올라가라고 했지만 나는 올라가서 할 일이 있다고 고개를 저었다. 엄마는 갓 도정했다는 쌀과 어리굴젓과 김치 몇 가지를 바리바리 싸서 트렁크에 넣었다. 골목을 돌아 나올 때까지 식당 앞에 서 있는 엄마의 모습은 사이드미러에서 사라지지 않았다.

엄마는 알까, 내가 왜 디자이너가 되려 했는지. 대학에 들어갈 때 디자이너가 되겠다고 하자 엄마는 네가 어렸을 때부터 인형 옷을 자주 만들었다면서 넌 나처럼 살지 말라고 했다. 종이든 천이든 인형 옷을 만들어 입히는 게 내 어릴 적 유일한 낙이었다. 어쩌면 엄마는 디자이너가 되겠다는 내 생각을 그 일과 연관 짓고 싶었는지 모른다. 그렇지만 엄마가 모르는 것이 있다.

엄마가 몸뻬 차림으로 내 손을 잡고 서울로 가서 아버지라는 작자에게 생활비를 마지막으로 뜯어낼 때였다. 아마 초등학교 사 학년 때였을 것이다. 작자는 회사 뒷골목으로 엄마를 데려가 목을 조르면서 말했다.

이 화냥년아, 내가 몇 번을 말해. 저 애가 내 씨라는 증거가 어디 있어. 네 년이 나하고만 잤냐. 이제 다시는 찾아오지 마. 정말 한 번만 더 오면 그땐 진짜 죽여버릴 거야.

아버지라는 자는 그렇게 고함을 지르면서 엄마에게 돈 봉투를 집어 던졌다. 불쌍해서 마지막으로 주는 거니까 받아. 그리고 옷이 그게 뭐냐. 여긴 서울이야. 그 돈으로 옷이라도 한 벌 사 입어.

그러곤 돌아 나오다가 콧물을 흘리면서 울고 있는 나를 보았다. 그 남자는 눈살을 찌푸리면서 나에게 작은 쇼핑백을 건넸다. 그 속엔 인형이 들어 있었다.

나는 그 인형 옷을 갈아입힐 때마다 멋진 양복을 입고서 몸뻬를 입은 엄마 목을 조르던 아버지라는 자를 떠올렸다. 내가 근사한 옷을 만들어 엄마에게 입히고 말리라. 아니, 내 스스로 빛깔 나는 옷을 만들어 입고서는 아버지라는 작자 면상에 돈을 던져주리라. 돈만 아는 개새끼.

그러고 보니 엄마에게 이제까지 단 한 벌의 옷도 만들어주지 못했단 생각에 가슴이 저 밑에서부터 아려왔다.

4

　수원으로 올라가는 동안 선배가 다섯 통의 전화를 걸고 열 개가 넘는 카톡을 보냈다. 올라가는 동안 어떤 생각도 하고 싶지 않았지만 휴대전화에서 벨이 울릴 때마다 관자놀이가 지끈거렸다. 여섯 통째의 전화벨이 울렸을 땐 더 견딜 수가 없었다. 동영상을 까발리겠다는 선배의 면상이라도 후려쳐야 속이 풀릴 것 같았다. 선배의 매장이 있는 신사동 가로수길까지 내처 달렸다. 디자이너로 성공하고 싶었다. 보란 듯이 성공해서 엄마에게 보여줘야 했다. 근데 왜 이리 일이 꼬이는지 모르겠다.

　선배는 매장에서 혼자 코냑을 들이켜고 있었다.

　"자료는?"

　"동영상부터 보여줘요."

　선배는 휴대전화를 내밀었다. 플레이 버튼을 누르자 신음 소리가 튀어나와 재빨리 음소거 버튼을 눌렀다. 화면 안에서 두 개의 벗은 몸뚱어리가 뒹굴고 있었다.

　내 몸이 만천하에 노출되는 느낌이 들었다. 내가 본 포르노 여배우와 화면 속의 나는 전혀 다를 바가 없었다. 다만 가랑이 사이가 클로즈업되지 않았을 뿐, 여배우처럼 온갖 체위를 취하고 있었다. 내 몸이 발기발기 찢어지면서 동영상 속으로 들어가고 있었다. 내 배꼽 아래 점이 나오는 장면은 선배와 격렬한 섹스를 한 후 잠시 잠들어 있는 나를 선배가 가까이서 찍은 것이었다. 선배는 이 동영상을 보고 자위를 했을 것이다. 선배의 정액에 나는 나도 모르게 그대로 노출되어왔으리라. 포르노에 나오던 섹스 인형이 생각났다. 선배의 정액을 받아들이는 무생물의 섹스 인형이 나였다.

재생이 끝난 휴대전화를 든 내 손이 바들바들 떨렸다. 잠시 숨을 골랐다. 이대로 무너질 순 없었다. 나는 턱을 치켜들고 선배를 바라보았다.

"끝내주네요."

선배는 묘한 표정을 지었다. 이 위기를 넘겨야 한다.

"선배, 이왕이면 제대로 한 번 더 찍죠. 촬영기사도 부르구요."

선배는 술잔을 털어 넣고는 야비한 웃음을 지었다.

"아, 좋지. 너라면 나야 영광이지."

개새끼. 입에서 나오는 욕을 삼키면서 나는 급하게 코냑 한 잔을 들이켰다.

"좋아요. 이번 공모전 심사 끝나면 자료도 넘기고 진한 동영상도 찍죠."

선배는 미친 듯이 웃었다.

"영악한 년. 그런데 어쩌냐. 이번에 그 새끼 심사 안 해. 심사위원 선정됐는데 얼마 전에 그만뒀어."

나는 선배가 마시려는 술잔을 뺏어 급하게 들이켰다. 그 새끼 심사위원 그만뒀어, 라는 선배의 말소리가 웅얼웅얼 낱글자로 흩어졌다. 삐걱거리면서 힘들게 돌아가던 세상이 순간 멈춰버린 기분이었다. 일찌감치 정에게 공모전 준비를 하고 있다고 말했어야 했나? 아니, 지금이라도 다시 심사위원을 하겠다고 결정을 번복하라고 애걸복걸해야 할까? 눈앞이 하얘졌다.

정의 숍으로 차를 몰았다. 심사위원을 그만두다니. 차창 밖으로 스쳐가는 신사동 거리 풍경도, 경부고속도로의 차량 불빛도 눈에 들어오지 않았다. 공모전, 심사위원, 정, 동영상, 유에스비, 선배, 배꼽의 점, 남자 친구의 모습이 어지럽게 겹쳐졌다. 동영상이 문제가 아니었다. 공모전 심사를 그만두다니. 내가 왜 지난 일 년간 그 고생을 했는데.

숍에 들어가자마자 할머니 옷이 담긴 쇼핑백을 내 자리에 던져두고 공모전 자료를 들고 이층으로 뛰어 올라갔다. 나는 짤막하게 경과를 보고했다. 말없이 고개를 끄덕이는 정에게 공모전 스케치를 들이밀었다.

이제 막 작업을 끝냈는지 정의 작업대 위에 터틀넥이 놓여 있었다. 브이 자 모양으로 가슴 앞부분을 덧댄 줄 알았는데, 터틀넥은 목에서 가슴 윗부분까지만 내려오고 각각의 가슴을 덧댄 천으로 가린 모양새였다. 터틀넥과 덧댄 천은 단추로 여미게 되어 있었다. 결국 수유기 부인을 위한 옷을 만든 모양이다. 정은 이제 패션에 대한 감각도, 상품 가치에 대한 판단도 모두 잃어버린 셈이다. 이 숍에 오래 있을 필요가 없다는 생각이 들었다.

정은 마지막 장까지 검토하고는 스케치를 책상에 내려놓았다. 스케치를 넘기는 정을 보는 동안 입이 바짝바짝 탈 줄 알았는데, 아무렇지도 않았다. 정에 대한 기대가 사라졌기 때문일 것이다. 내가 바란 것이 정의 조언이 아니라 한 표를 행사해줄 심사위원이라서 그럴지도 모르겠다.

"주제가 자유라고? 이유가 뭐지?"

정의 질문에 처음 면접하러 왔던 때가 떠올랐다. 정은 나를 데리고 나혜석 거리에 있는 술집으로 갔었다. 정은 대뜸 내게 자유가 뭐라고 생각하느냐는 질문을 던졌다. 글쎄요, 하면서 나는 눈으로 그의 얼굴을 더듬었다. 어쩌면 이건 일종의 면접일지도 모른다는 생각이 들었다. 나는 그가 만족스러워할 만한 답을 찾아내기 위해서 기를 썼다.

"자유는, 음……."

아무래도 자유를 주어로 놓아서는 답이 나올 것 같지 않았다. 어렵고 현학적인 풀이는 내가 잘 아는 바도 아니었고, 정이 기대하는 것이 아닐지도 몰랐다. 자유라……. 퍼뜩 머릿속에서 여행이 떠올랐다. 아니, 그건 너무 식상하다. 정이 왜 묻는지를 먼저 생각하자. 그러고 나니 혹시 패션쇼의 주제가 아닐까 하는 생각이 떠올랐다. 그렇다면 이미지로 떠올리는 것이 맞을 것이다. 아아, 뭐라고 해야 하나. 나는 복잡한 생각들을 죄다 지워버렸다. 이미지, 그림, 화가들, 여행. 여행이라니, 가만있자, 유럽 여행을 간다면 꼭 보고 싶었던 그림. 이탈리아, 프랑스……. 아, 생각났다.

"오를레앙의 잔다르크요. 음……, 그리고 프랑스 혁명 그림에서 가슴을 드러내고 선두에 서서 깃발을 들고 있던 여자요, 이름이 뭐더라."

"아, 자유의 여신. 넌 왜 떠올리는 게 모두 여전사 이미지니?"

글쎄요, 하면서도 나는 그가 원하는 대답을 하지 못한 게 아닐까 걱정했다. 면접, 통과인가요, 라고 간절한 눈빛으로 물었다. 김 교수에게 그토록 부탁했던 자리가 아니었던가. 작년에 공모전에 떨어진 나로서는 어떡하든 정의 제자가 되어야 했다. 게다가 정의 패턴 실력까지 가질 수 있다면 노예처럼 부린대도 상관없었다. 다행히 정은 나를 보며 웃었다. 정과 눈이 마주쳤을 때, 난 그가 나에게 호기심을 느끼고 있다는 것을 직감했다.

지금 내게 자유가 뭐냐고 묻는다면 자유는 모르겠지만 자유의 껍질 정도는 알겠다고, 휑하니 맨살을 드러낸 빈 들판이 아니겠느냐고 답하고 싶었다. 그런데 내 입에서는 대답 대신 다른 말이 먼저 튀어나왔다.

"공모전 심사위원 그만두셨다면서요."

불쑥, 나도 모르게 그 말이 튀어나왔다. 몸에 번지기 시작한 술기운이 정을 향해 차곡차곡 쌓아두었던 분노를 충동질하고 있었다.

잠시 뜸을 들이던 정은 작정이 섰는지 내 얼굴을 똑바로 쳐다보았다.

"할머님께 얘기 들었겠지만, 퉁퉁 부어가는 아내를 위해 내가 해줄 수 있는 건 옷을 지어주는 일밖에 없었다."

다른 사람들을 위해 옷을 지어주면서 정작 아내를 위해서는 한 벌도 지어주지 못했다고 했다. 부풀어 오르는 아내의 몸을 보면서 옷이 감옥이 될 수도 있겠다는 생각이 들었다면서 이제부터는 몸이 필요로 하는 옷을 만들겠다고 다짐했다고도 했다.

옷이 왜 감옥이란 건지, 몸이 필요로 하는 옷은 대체 뭔지 난 도통 알아들을 수도 없었고, 별로 궁금하지도 않았다. 다만 아내에 대해 이야기하면서 점점 평온해져가는 정의 얼굴을 더는 견딜 수가 없었다. 정의 아내는 이뇨제를 먹으며 모델처럼 말라갔다고 했다. 어린 모델에게 빠져 이혼하려는 정을 붙잡기 위해서였을 것이다. 정과 헤어지고 난 다음 아내는 이뇨제 부작용으로 신장이 망가지고 몸이 퉁퉁 부어 죽어갔는데, 기껏 한 달 옆에 있었으면서 느낀 게 많았다고 참회하듯 고백하는 정의 모습이 가증스럽기 짝이 없었다.

"선생님을 많이 사랑하셨나 봐요? 이뇨제까지 드신 걸 보면."

정은 전처에 대한 죄책감에 푹 빠져 있어 내 말에 박힌 가시를 알아차리지 못하는 듯했다.

"그걸 먹을 줄 몰랐어. 내가 끝까지 책임졌어야 했는데……."

책임, 책임을 그렇게 중요하게 생각하면 나도 책임져야지.

정은 고개를 뒤로 젖혀 형광등 불빛을 한참 동안 쳐다보았다. 그의 목울대가 출렁이는 걸 보다가 나는 단호한 목소리로 말을 꺼냈다.

"선생님, 공모전 심사 다시 맡으시면 안 돼요?"

몽롱하게 풀어지던 정의 눈빛이 순간 단단해졌다. 정은 나를 한참이나 뚫어져라 노려보았다.

"술 마시고 운전했냐? 차 주차장에 세워놓고 들어가라. 내일 이야기하자."

정은 나에게 청소며 커피 심부름, 치수 재는 일이나 단추 다는 일만 시켰을 뿐이다. 허드렛일에 보조 노릇이나 하려고 여기 들어온 게 아니다. 나는 유명한 디자이너가 되어야 한다. 나를 버린 아버지란 놈에게 내 멋진 옷을 보여주어야 한다. 내 엄마에게 몸뻬가 아니라 강남 유한마담들의 옷을 입혀주어야 한다. 내 몸을 돈으로 산 놈들에게 돈을 벌어 그놈들의 몸을 노예처럼 부려먹어야 한다. 나는 포기할 수 없다. 눈에 핏대가 서기 시작했다. 내 입에서 나도 모르게 큰 소리가 튀어나왔다.

"어떻게, 어떻게, 그러실 수 있어요, 심사위원 하세요, 다시 심사위원을 하시라구요."

나는 바락바락 악을 썼다. 그저 지금 이 순간이 지나면 내 인생은 끝난다는 생각밖에 나지 않았다. 악을 써댈수록 독기가 충전되는 느낌이 들었다. 나는 멸시 받아도 되는 그런 벌레가 아니다. 아무렇게나 대하고 만져도 되는 그런 유리 인형이, 섹스 인형이 아니다. 그렇게 외치고 싶었다.

순간 반짝 아픔이 느껴지면서 눈앞으로 별이 쏟아졌다. 볼이 얼얼했다. 금세 달아오른 볼을 어루만지고 있자니 뜨거운 물이 볼을 타고 흘렀다. 일 년 가까운 시간을 정의 밑에서 일하고, 빈 작업실을 지키며 기다려왔던 것이 모두 물거품으로 변해버렸다. 그 시간이 아깝고 정이 원망스러웠다. 정은 결코 나를 위해 자신의 생각을 바꾸지 않을 것이다. 정에게 애원해봐야 소용없다. 빼돌린 자료를 들고 선배에게 가면 된다. 선배를 만나 가랑이를 벌리면 그만이다. 그런데 눈물이 멈추질 않았다. 나는 주체할 수 없게 흐르는 눈물을 참기 위해 어금니를 꽉 깨물었다.

5

머리가 깨질 것같이 아프고 속이 메슥거렸다. 남자 친구를 부르고 술집에 들어가 술을 마시며 기다린 것까지는 기억이 나는데 간밤에 어떻게 집에 돌아왔는지 전혀 생각나지 않았다. 침대 아래 벗어 던진 속옷이 널브러져 있다. 습관처럼 출근 시간에 맞춰 일어났지만, 일요일이었다.

선배로부터 카톡이 와 있었다. 니 남자 친구가 섬유회사 아들이라며. 생각 잘해라.

야비한 새끼. 이놈은 내가 자료를 넘기지 않으면 분명 이 동영상을 남자 친구에게 보낼 것이다. 내가 왜 옷을 만들려고 했던가. 비루한 내 처지에 진절머리가 났다.

남자 친구에게 전화를 걸었다. 별일 없었냐고 물었더니 남자 친구는 스피커가 터져라 웃어댔다.

"주사 끝내주던걸. 완전 떡이 돼서 술집에서 업혀 나왔잖아. 내 등에 토하고. 그건 생각나? 더 압권은 말이야, 집에 가서 옷을 홀딱 벗고 배꼽 아래 점이 있다고 얼마나 소리를 지르던지, 내가 죽는 줄 알았다."

남자 친구가 내 표정을 들여다보고 있는 것만 같아서 나는 눈을 감았다.

"배꼽 아래 점이 있긴 하지. 그래서 몇 시에 갔어?"

새벽 세 시가 넘어서 내 차를 몰고 나를 데려다주고 갔던 남자 친구의 목소리는 피곤한 사람치곤 무척 경쾌했다. 남자 친구는 내가 내 배꼽점에 정액을 쏘라고 소리를 질러댔고 내가 정액을 두 손으로 정성스럽게 모아 삼켰다며 속은 괜찮냐는 둥, 십 분 넘게 어제 있었던 일들을 주저리주저리 떠들어댔다. 남자 친구는 정말 나를 사랑하는 걸까. 내 동영상을 보면 어떤 표정을 지을까. 동영상을 보고도 나를 사랑할까. 동영상을 보고 남자 친구가 내게 돌을 던진다면 너도 포르노처럼 하자고 했잖아, 그렇게 말하고 싶은 생각이 내게 있을까.

몸을 추슬러 엄마가 준 쌀로 밥을 하고 어리굴젓과 김치를 꺼냈다. 엄마가 해준 밥맛은 나지 않았다. 입안이 까끌까끌해서 반 넘게 밥을 남겼다.

책꽂이에서 포트폴리오를 꺼냈다. 대학 때 만들었던 것들을 스크랩해놓은 것이다. 작품을 넘길 때마다 그때의 일들이 머릿속에 환하게 떠올랐다. 처음 그렸던 일러스트는 지금 봐도 기괴했다. 비율도 엉망이고 색감도 우중충했다. 전시장에 내 일러스트가 걸린다는 게 뿌듯하기만 해서 그저 좋아만 했던 게 생각나 얼굴이 화끈거렸다. 광목으로 만든 바지며 레이온으로 만든 블라우스며 돌쟁이 한복까지 모든 게 다 생각났다.

내가 만든 옷 하나하나에 그 시절의 내가 오롯이 담겨 있었다. 정의 숍에서 만들 마지막 옷은 할머니 옷이 될 터였다. 그 옷을 제대로 마무리할 수 있을지 자신이 서질 않았다. 할머니 집 액자에 걸린 가족사진이 떠올랐다. 엄마와 나는 이 세상에서 결코 그런 사진을 가져보지 못할 것인가. 내 아버지라는 작자는 저런 가족사진을 걸어놓고 노년을 보내겠지.

월요일인데도 출근하지 않았다. 빨래를 돌리고 집 안 구석구석 대청소를 했다. 동영상에서 보았던 배꼽 아래에 있는 점이 떠오를 때마다 입술을 깨물어야 했다. 숙취가 가셨는데도 머리는 개운해지지 않았다. 머릿속에서는 삼 년 저쪽의 기억이 영사기에 걸린 필름처럼 되풀이해서 재생되었다.

미룬다고 해결될 일이 아니었다. 정을 만나야 했다.

오후 늦게야 정의 숍으로 나갔다.

"나가자. 보여줄 게 있어."

정이 나를 이끌고 간 곳은 팔달시장이었다. 정은 지난번 내가 대들던 일을 전혀 기억하지 못하는 것처럼 굴었다. 나는 얼굴을 들지 못하고 멀찌감치 떨어져 정의 뒤를 따라갔다.

늙고 쭈글쭈글한 여인들이 좌판을 펼쳐놓고 패션과는 전혀 상관없는 옷을 마구잡이로 껴입고 앉아서 마늘이나 도라지 같은 것들을 까고 있었다. 강아지 귀를 연상케 하는 축 늘어진 덮개의 털 달린 모자에 목에는 잔뜩 머플러를 휘감고 족히 다섯 벌쯤은 껴입은 웃옷과 방한용으로 만든 누비바지 위로 월남치마 같은 것을 덧입고 그 위로 방수 재질의 커다란 앞치마를 둘렀다. 밖으로 드러난 맨살은 오로지 얼굴과 손밖에 없었다.

시장을 헤집던 정은 가장 구석에 있는 순댓국집으로 들어갔다. 바닥에 낀 검은 더께에 돼지 비린내가 켜켜이 쌓여 있는지 입구에서부터 비위가 상했다. 주문한 순댓국이 나오자 정은 새우젓과 들깨가루와 부추를 넣고 숟가락으로 휘휘 저었다. 늙은 여자가 가져온 돌솥의 밥에서는 엄마의 밥 비슷한 맛이 느껴졌다. 바닥이 훤히 드러나도록 비운 정과는 달리 나는 몇 숟가락 겨우 깨작거리다가 숟가락을 놓았다.

정이 계산대에 돈을 놓고 나가자 방 안에서 아이에게 젖을 물리고 있던 젊은 여자가 아이를 떼어놓고 황급히 뛰어나왔다. 급하게 내린 티셔츠 위로 젖이 번졌다.

"어머님이 돈 받지 말라고 하셨어요. 제 옷 만들어주시는데 그럴 수는 없다고⋯⋯."

안에서 젖을 달라고 보채는 아이의 울음소리가 자지러졌다. 정은 여자에게 아이가 운다며 들어가라고 하고는 돈을 다시 건네고 시장 골목 사이로 성큼성큼 걸어갔다. 어쩌면 정이 완성한 터틀넥은 저 여자의 옷일지도 모르겠다.

시장 밖으로 나오니 찬바람이 외투 속 짧은 미니스커트 아래로 드러난 허벅지를 휘감았다. 일기예보에서 오늘 밤부터 한파가 다시 시작된다고 했지만 그렇다고 미니스커트와 킬힐을 포기할 수는 없는 일이다. 나도 모르게 몸을 부르르 떨었다. 집으로 빨리 돌아가고 싶은데 정은 집과는 반대 방향으로 걸어갔다. 술집이 즐비한 나혜석 거리 쪽이었다.

어둠이 내리는 거리 곳곳에 불빛이 모조 크리스털처럼 반짝인다. 상점 밖에 내놓은 스피커에서는 각기 다른 음악이 고막을 찌른다. 불빛이 닿지 않는 모퉁이와 드문드문 서 있는 가로수 아래에 쌓아둔 눈덩이들이 시커먼 먼지를 뒤집어쓰고 있다. 세상에 올 때는 순백의 때 묻지 않은 순수로 온다고 해도 떠나갈 때는 너나없이 검은 때를 묻히고 돌아간다는 것을 칠 년 동안의 도시 생활에서 뼈저리게 겪었다.

"밑동이 시리겠구나."

앞서 걷던 정이 멈춰 서더니 나무 밑동에 쌓아놓은 눈을 보며 중얼거렸다. 그의 시선은 나무 밑동에서 나의 다리로 이동했다. 킬힐에서부터 종아리를 거쳐 올라온 정의 시선이 나와

맞부딪혔다.

　잠깐 여기 있으라며 정은 빠르게 인파를 헤치고 사라졌다. 정의 뒷모습은 검은색 부츠를 신고 거리를 활보하는 젊은 여성들에 가려 보이지 않았다. 새로 오픈한 술집 앞에는 여전히 짧은 스커트와 가슴이 깊게 파인 블라우스 위로 타이트한 조끼를 입은 도우미들이 버튼만 누르면 자동으로 웃음과 춤을 재생하는 인형처럼 움직였다.

　정이 쇼핑백을 들고 왔다. 중저가 여성 의류점의 로고가 새겨져 있다. 그가 쇼핑백에서 꺼낸 건 울로 만든 숄이었다.

　"추운데 짧은 스커트를 입고 다니면 부인병에 걸리기 쉬워."

　정은 이리저리 모양을 만들어보더니, 숄로 엉덩이를 감싸고 남은 부분을 드레이핑해서 옷핀을 찔러 고정시켰다.

　"편하게 걸어봐. 어디 불편한 덴 없는지."

　갑자기 눈물이 나려고 했다. 고개를 돌려 애써 정을 외면했다.

　"보는 것과 입는 건 다르거든. 움직임이 편해야지."

　나는 벤치에 앉아보았다. 별로 불편하진 않다. 이것저것 묻고 확인하는 정의 모습이 이제 막 옷을 만들기 시작한 초심자 같기만 해서 또 낯설다. 무척이나 차갑던 정이 따뜻해진 것도 같다. 내게 살가운 정이라도 생겼나, 아님 내가 불쌍해 보여서? 내 마음은 갈피를 모르고 허우적거리는데 정작 정은 옷만 바라볼 뿐이다.

"아내가 죽기 전에 이런 말을 했어. 사람이 다른 누군가를 사랑할 때 가장 아름답다고, 내가 당신을 사랑할 때 그 몸이 가장 아름다운 몸이었다는 걸, 그걸 이제 알았다고."

정의 말을 음미할 여유도 주지 않으려는 듯 내 휴대전화가 울려댔다. 정이 전화를 받으라고 했지만 전화를 건 사람이 선배인 걸 확인하고 받지 않았다.

"나는 이상적인 인체 비율을 상상하고 그 몸에 맞춰서 옷을 만들어왔어. 그런데 아내가 죽고 난 뒤 생각이 달라졌어. 오로지 이상적인 몸만이 아름답다는 건 환상이고 편견일 뿐이야. 그걸 깨야 비로소 몸을 볼 수 있거든."

나는 아무런 말도 할 수가 없었다. 스승을 배신한 제자.

"여길 그만둘 거냐?"

나는 깜짝 놀라 정의 얼굴을 바라보았다. 어떻게 알았을까. 대체 어디까지 알고 있을까.

"어딜 가든 이거 하나만 명심해라. 사는 것이 출세만을 위한 게 아니라는 걸. 네 공모전 작품은 내가 아니라도 아마 당선될 거다. 너는 나의 가장 똑똑한 제자라고 내가 인정하마."

어금니를 깨물었다.

"패션쇼 끝나고 네 디자인 스케치북을 봤다. 내가 가르쳐

주지 않았는데 내가 가진 걸 거의 익혔더구나. 엄마 옷이라고
메모된 스케치를 보고 깜짝 놀랐다. 엄마니까 네가 제일 잘
알겠지. 그래서 엄마한테 딱 맞는 옷을 만든 것 같더구나. 그
스케치를 보고 내가 어떤 옷을 만들어야 되는지 깨달았다. 그
러고 보니 네가 내 스승이구나."

고개를 떨궜다. 왜 갑자기 그 남자가 엄마에게 돈 봉투를
집어 던지는 모습이 떠올랐는지 모르겠다. 정이 둘러준 숄을
움켜쥐었다.

정은 나혜석 동상을 가리켰다.

"이 여인이 백 년 후에 태어났으면 행복했을까?"

계속 전화가 울리자 정은 바쁜 약속이 있는 줄 모르고 시간
을 빼앗았다면서 일어섰다.

눈발이 흩날렸다.

"너를 나혜석이란 이름보다 더 사람들의 가슴에 남을 제자
로 키워보려 했는데……."

정은 그 말을 뒤로하고 나혜석 거리를 걸어나갔다.

사라져가는 정의 뒷모습에서 나는 내가 그렇게 안기고 싶
었던 아버지를 보았다. 돈만 아는 아버지. 엄마와 나를 버린
아버지. 정은 그런 아버지와 다른 어른이란 말인가.

눈이 펑펑 내려 내 몸에 긴 시커먼 더께를 벗겨주었으
면…….

두 시간 전에 해가 졌고, 다시 열두 시간이 지나면 해가 뜰 것이다. 일출과 일몰 사이에 낮이 있고, 밤이 있다는 것을 새삼 깨달았다. 그러나 이곳은 불야성이다. 밤의 어둠을 몰아내려는 모조의 태양빛이 지천이다.

복잡하게 생각할 거 없어. 넌 자료만 가져오면 돼. 그다음엔 내 숍에 와서 디자이너로 일하면 되는 거야. 다른 디자이너 눈도 있고 하니까 한 일 년 수습으로 일하다가 정직원이 되면…….

선배가 남긴 카톡을 읽다가 꺼버렸다. 노점상의 전구들이 집어등의 불빛처럼 반짝이며 사람들의 발길을 끌어당겼다.

"엄마……."

"오늘은 무슨 바람이 불어서 전화를 다 했냐?"

전화 너머로 들리는 엄마의 목소리는 너무 멀었다. 그랬는데도 그 목소리는 광속으로 날아와 가슴을 후벼 팠다.

"내가 한 밥은 왜 엄마 밥맛이 안 나?"

"그래? 곱돌솥이 없어서 그런가? 그걸 하나 준다는 걸 내가 깜박했네. 한번 내려와."

곱돌솥 때문이 아니라 엄마가 만든 야생화 그릇이 없어서 그런 걸지도 모르겠다. 노랗게 피어나던 민들레 꽃차가 엄마의 얼굴과 함께 겹쳐 떠올랐다.

"또 누구랑 싸웠냐? 성질 좀 죽이래도 그렇게 말을 안 들

냐. 옷 짓는 거 힘들면 그만두고 내려올래? 아무렴 내가 너
하나 못 먹여 살리겠니."

누군가 블로그에 정말 맛있는 밥집이라고 올려놓았는데 소
문이 퍼져서 방송국에서도 오겠다고 약속을 잡았다고 했다.
사람들이 줄을 서서 기다리는데 다 먹이지도 못하고 돌려보
내는 것이 미안해 죽겠다고, 그 사람들 다 먹이자고 전기밥솥
에 밥을 지을 수도 없는 일이라고 했다.

"그렇다고 옷 짓는 년이 밥을 짓겠냐. 다 자기 할 일이 따
로 있는 게지. 넌 절대 나처럼 살지 마라. 추운데 밥 잘 챙겨
먹고 따뜻하게 입고 다녀. 엄마 밥 먹고 싶으면 내려오고."

코가 찡하고 목이 메어 서둘러 전화를 끊었다.

정이 나에게 숄을 둘러주던 자리. 자유가 뭐냐, 아름다움이
뭐냐고 물었던 그 자리. 백 년 후에 태어났다면 과연 행복했
을까를 물었던 그 동상이 앉아 있던 자리. 동상의 여인은 어
제와 다름없는 그 광경들을 하나도 빼놓지 않겠다는 듯 눈 한
번 깜빡이지 않고 바라보고 있다.

정은 자리에서 일어나면서 중얼거리듯 말했었다. 여자든
남자든 늙든 젊든 몸은 자기만의 빛깔과 향기를 지녀. 그런
몸을 사랑하지 않으면 몸은 나를 떠나버리지. 몸이 상처받으
면 마음도 상처받아. 특히 여성의 몸은 생명을 잉태하는, 세
상에서 가장 고귀한 몸이야. 상처를 받으면 안 돼. 네가 디자

이너가 되려거든 먼저 네 몸부터 사랑해. 그러면 쭈글쭈글한 할머니의 몸도 살이 터진 임산부의 몸도 다 사랑스럽게 보이지. 그런 사랑을 옷으로 표현하는 게 디자인이야.

'인형의 가(家)'라는 시비 위로 하얀 눈발이 날렸다. 그 뒤에 서 있는 앙상하게 뼈대를 드러낸 나뭇가지 위에도 눈이 쌓이고 있었다.

밑동이 시리겠구나, 하던 정의 말이 이해될 듯했다. 돌아보니 동상의 머리에도 어깨에도 눈이 소복이 쌓였다. 홑저고리, 홑치마가 춥겠구나. 여인이 푸르게 질린 얼굴로 오들오들 떨고 있는 것만 같았다.

여인에게도 따뜻한 옷을 지어주고 싶다는 생각이 스멀스멀 피어오른 건 날이 너무 추운 까닭일까. 눈은 하염없이 내리는데 발걸음이 떨어지질 않았다.

마고할미의 오줌

1

두 줄의 붉은 선이 임신 테스트기에 선명하게 나타났다. 어제 아침과 똑같다. 나는 하얀 플라스틱 막대기를 들고 입술을 잘근잘근 씹다가 헛구역질이 나와 얼른 변기를 붙잡았다. 다리에 힘이 쭉 빠져 한참을 앉아 있다가 방으로 갔다. 어제 단양에서 올라온 그는 아무것도 모른 채 마르고 긴 다리로 홑이불을 말고 잠들어 있다.

간밤에 강의 준비를 하다 잠들었는데, 잠결에 내 어깨를 감싸는 손길을 느꼈다. 그의 향기가 코끝을 간질였다. 들숨을 타고 온몸으로 번지는 향기로 나는 금세 나른해졌다. 뜨거운 숨을 내쉬며 그를 향해 돌아누웠다. 임신인데, 이러면 안 되는데 하면서도 몸은 활짝 열렸다.

　나는 길게 한숨을 내쉬었다. 시계를 보니 벌써 일곱 시가 넘었다. 아홉 시 첫 강의니 서둘러야 했다. 일어나면 알아서 밥 차려 먹겠지. 다행히 버스에 자리가 있었다. 번잡한 머리를 식히려 눈을 감았다.

　육 개월째 같이 지내는 동안 그는 늘 역사 자료를 수집한다고 지방을 떠돌아다니다 주말에나 내 집에 온다. 요즘 한 달 동안 단양을 들락거리더니 지난 주말을 건너뛰고 수요일인 어제 저녁에 올라와 나를 안았다. 아니 내가 그를 안았다는 것이 옳으리라.

　가만히 배를 쓸었다. 애 아빠는 직장도 없이 저렇게 방랑객처럼 돌아다니는 백수건달인데, 내가 미쳤지. 어쩌자고 애를 덜컥 뱄는지.

　여섯 시간 내리 교양 글쓰기 수업을 하고 나자 진이 빠지는 느낌이다. 종강인데 강의를 어떻게 끝냈는지 기억이 나지 않는다. 서둘러 버스를 타고 어제 눈여겨 봐두었던 허름한 산부인과로 갔다.

　병원 실내가 의외로 규모가 있어 당황스러웠다. 대기실 의자에 앉아 기다리고 있는 임산부들도 꽤 있었다. 혹시라도 아는 사람이 있을까 봐 주위를 둘러봤다. 소변검사를 끝내고 초조하게 내 이름을 불러주기를 기다렸다.

"임신이네요. 검사할 거니까 하의 탈의하고 누우세요."

의사는 나에게 말할 틈도 주지 않고 재촉했다.

옷을 벗고 눕자 금속성의 차가운 이물감이 허벅지에 느껴졌다. 십 년 전 수술대에 올라 그의 아이를 지웠던 끔찍했던 기억이 고스란히 떠올랐다. 다시는 이 자리에 눕지 않겠다고 다짐했건만.

"서른여덟이야? 나이가 꽤 많네. 배에 힘 빼고. 엄마, 모니터 보세요. 아기집이 자리 잘 잡았네. 폴립도 없고. 그래도 노산이니까 조심해야 돼."

엉뚱하게도 나는 그 순간 임신 테스트기가 정확하네, 라는 생각을 했다. 그런데 엄마, 라니. 내가 엄마라니. 그 단어가 던져주는 낯선 어감 때문에 소름이 돋았다.

나는 후다닥 옷을 주워 입고 도망치듯 진료실을 빠져나왔다. 멍하니 대기실에 앉아 있는데 선배에게서 메시지가 왔다. 프로젝트 기획안 파일 메일로 보냄. 수고.

망할 놈의 수컷들. 나도 모르게 욕이 튀어나왔다. 고개를 들어 보니 주위 사람들이 나를 쳐다보고 있었다. 나는 민망해서 화장실로 갔다. 단발 웨이브에 푸른색 꽃무늬 원피스를 단정하게 차려입은 내 모습이 거울에 비쳤다. 학생들이 교수님 대학생 같아요, 라고 감탄하던 옷이다. 덥고 긴장해서 땀이 났는지 아이라인이 번져 있다. 가까이 얼굴을 들이대니 눈가에 주름이 자잘하다. 이 꼴로 진료를 받다니.

어제 지도교수에게 부탁한 추천서를 받으러 갔다. 지방 국립대에 지원할 작정이었다. 약속 시간에 맞춰 연구실 문을 열고 들어서자 지도교수와 마주 앉아 있는 선배가 보였다. 지도교수는 나를 보고 들어오라며 손짓했다. 이 양, 올해 몇인가. 나이가 그렇게 됐나, 그래도 이번엔 김 군에게 양보하지. 생계를 책임져야 하는 가장인데다 선배가 아닌가. 이번엔 양보하지. 지도교수는 잊고 있는지 모르지만 나는 똑똑히 기억하고 있다. 박사학위를 받고 추천서 서열에서 밀려난 게 벌써 네번째였다.

예, 알겠습니다. 그렇게 말하면서 나는 나도 모르게 눈물을 흘리고 말았다. 저도 생계를 책임져야 합니다. 제 배 속에 아이가 있어요. 아이 아버지는 무능력자라구요. 나는 그렇게 외치고 싶었지만 눈물부터 쏟아졌다.

지도교수와 선배는 놀란 눈으로 나를 바라보았다. 그런 일로 눈물까지 흘리나. 강한 줄 알았는데. 아직 기회는 많으니까 열심히 해.

죄송합니다, 열심히 하겠습니다. 고개를 꾸벅 숙이고 나오는데, 선배가 엉거주춤 따라 나왔다.

"다음번엔 니가 꼭 받을 수 있게 내가 잘 말씀드릴게. 아, 그리고 아까 교수님께서 말씀하셨는데, 이번 프로젝트 너한테 맡기래. 알고 보면 우리 선생님 널 엄청 편애하신다니까."

연구실로 들어가다 말고 선배는 내 얼굴을 보며 말했다. 화장실에 가서 거울 좀 봐. 화장이 번졌어.

땀으로 번진 아이라인을 티슈를 적셔 닦아내고 얼굴 위로 파우더를 덧발랐다. 말끔해진다. 여자의 맨얼굴은 화장으로 가려진다. 나는 내 자궁 속 일을 비밀에 부친 대가로 이 바닥에서 살아남았다. 그동안 아무 일이 없지 않았는가. 돈도 되지 않는 일을 하면서 바람처럼 떠돌아다니는 그와, 내 추천서를 가로챈 선배 새끼의 살찐 얼굴과, 아직 기회가 많다는 지도교수의 말을 떠올렸다. 그래, 이번에 한 번만 더 나를 위장하자. 교수만 된다면 임신했다고 잘릴 일은 없지 않겠는가. 그때 아이를 가지면 된다.

나는 진료실에서 나오는 간호사의 옷깃을 잡아당기면서 나지막하게 물었다. 저, 사정이 있어서 그러는데 수술은 어떻게…….

나이 든 간호사는 나를 물끄러미 보더니, 익숙한 듯 병원 한쪽 벽면을 손가락으로 가리켰다.

1. 우생학적 또는 유전학적 정신장애 또는 신체 질환이 있는 경우. 2. 전염성 질환이 있는 경우. 3. 강간 또는 준강간으로 임신된 경우. 4. 혈족 또는 인척간에 임신된 경우. 5. 모체의 건강을 심하게 해치는 경우.

다섯 가지 중에 해당 사항이 있나요? 간호사의 물음에 나는 할 말이 없었다. 강간 또는 준강간. 내가 낙태를 할 수 있는 사유는 그것밖에 없었다. 나는 그날 강간당했다고 말해야 하나.

그놈의 향기, 그의 몸 어디에선가 풍기는 향기 때문에 그를 안으면 가끔, 정말 가끔, 정신을 놓아버린다. 그날 밤에도 배란일이다, 배란일이다, 새기고 또 새겼건만. 결국에는 그의 향기에 도취되어 한사코 질외 사정을 하려는 그의 허리를 놓아주지 않았다.

대기실에 있던 여자들이 수군거렸다. 대부분 남자와 같이 와 있었다. 얼굴이 달아올랐다. 난들 이러고 싶겠냐고 바락바락 소리를 지르고 싶었다. 내가 정신 못 차린다고 해도 사정을 참아야지. 그런다고 빤히 알면서 사정을 하다니. 나쁜 놈.

병원 문을 나서자 다리에 힘이 풀려 주저앉을 것만 같았다. 간신히 버스 정류장 벤치에 앉았다. 어디서 꾸역꾸역 나오는지 퇴근 시간이 가까운 도로에는 벌써 차들이 꽉 들어찼다. 이 더위에 버스에서 내려 이십 분을 더 걸어야 한다고 생각하니 그가 더욱 미워졌다.

집에 들어서자마자 가방을 거실에 집어 던지고 욕실로 갔다. 역겨운 병원 냄새를, 쉬지근한 땀 냄새를 지우고 또 지웠다. 편한 옷으로 갈아입고 거실 선풍기를 세게 틀었다. 젖은 머리가 날리면서 얼굴에 엉겨 붙었다.

"덥지? 시원한 국수 만들어줄게."

주방에서 또각또각 칼질하는 소리가 들렸다. 나는 평소 그가 만든 국수라면 국물까지 남김없이 먹었다.

"낮에 출판사 갔다가 박 사장 만났어. 설이, 니 소식 묻더라. 언제 같이 술이나 한잔하자고."

그를 다시 만나지 말았어야 했나.

그를 다시 만난 건 올 초 출판사에서였다. 올해는 기필코 교수 자리를 얻고 말리라는 생각에 그동안 써온 논문으로 책을 내려고 출판사에 갔다가 번역 원고를 들고 온 그를 만났다. 그가 대학원을 떠난 지 십 년 만이었다. 그가 재야 학자로 뜻이 맞는 사람들과 함께 연구소를 차려 논문도 쓰고 번역도 한다는 걸 나는 잘 알고 있었다. 그가 내게 보낸 번역 책만 해도 여섯 권은 되었다.

그는 예전과 달라진 것이 없었다. 짧았던 머리가 치렁치렁해졌고, 더 깡말라서 키가 작아 보인다는 것만 빼고는. 아니 그의 눈빛은 좀더 깊어졌다고 해야 할까, 빛나고 있다고 해야 할까, 그랬다. 어쨌거나 나는 그가 아직 결혼하지 않았다는 말에 불쑥 술이나 한잔하자고 했다.

어떻게 살았는지 궁금하기도 했고, 학교를 그만두고 어떻게 버틸 수 있었는지 이야기를 듣고 싶기도 했다. 아니, 그건

다 핑계였다. 무엇보다 그의 몸에서 풍기는 특유의 향기가 나를 들뜨게 했다. 오래전 내 몸을 미치게 만들었던 그 향기에 취해 나는 헤어져 있던 사람이란 걸 까맣게 잊고 마치 어제저녁 뜨거운 밤을 보낸 연인처럼 그를 대했다. 그와 몸이 가까워질 때마다 느껴지는 향기 때문에 나는 정신이 혼곤해져서 술자리가 끝나고 가려는 그를 붙잡았다. 그날 이후 그는 서울에 올라올 일이 있을 때면 항상 내 집에 머물렀고, 이제는 건넌방이 그의 차지가 되었다.

배가 고팠으나 뭘 먹고 싶은 생각은 없었는데 살짝 얼린 동치미 국물에 송송 썬 오이와 백김치를 올린 국수를 보자 입맛이 당겼다. 허겁지겁 먹다가 비위가 뒤틀려 나는 급히 화장실로 달려갔다. 몇 젓가락 먹지 않은 걸 모두 게웠다.

기진맥진해서 다시 식탁에 앉았는데 입맛이 싹 가셨다.

"왜 그래, 입맛이 없어?"

그가 내 얼굴을 들여다보며 물었다. 나는 미간을 찌푸리며 고개를 저었다.

"피곤한가 봐. 얼굴이 반쪽이 됐네. 내가 빨리 국수 다 먹어치우고 다른 거 해줄게. 뭐 먹고 싶어?"

그는 젓가락으로 바닥에 남은 국수 가락을 두어 번 휘감아 후루룩 빨아올렸다. 국수를 한 그릇 다 비운 그가 내 국수 그릇에 손을 뻗었다. 내 상황도 모르고 맛있게 먹는 그를 보니 갑자기 울화가 치밀었다.

"지금 국수가 들어가?"

그가 가져가려는 국수 그릇을 확 잡아챘다. 그 바람에 국수가 식탁에 쏟아지면서 국물이 바닥으로 주르륵 떨어졌다. 그가 멍하니 입을 벌리고 나를 쳐다봤다. 나는 한 글자 한 글자를 또박또박 끊어 말했다.

"나, 임, 신, 했어."

2

느지막이 일어나 거실로 나왔다. 그는 아침부터 또 국수를 먹고 있다. 아마 어제 내가 쏟은 국수를 담아둔 것이리라. 나는 맞은편에 앉아 그를 빤히 쳐다보았다. 그는 고개도 들지 않고 퉁퉁 불은 국수를 한 가락 한 가락씩 건져 먹고 있다.

석사에 갓 입학해 기말 리포트 준비로 바빠서 학교 간이식당에서 국수를 먹고 있을 때, 우리 세미나 같이 안 할래요, 라면서 그가 앞자리에 털썩 앉았다. 학부 수업 때 발표를 유난히도 잘하던 그가 생각났다. 그는 사학도로 소설에 관심이 많다고 했다. 국문학도로 역사를 알고 싶어 하던 나는 국수가 많은데 좀 먹을래요, 로 답했다.

가끔 논쟁이 붙으면 시간 가는 줄 모르고 떠들다가 탱탱 불은 국수 가락을 보면서 깔깔대기도 했었다. 언젠가 페미니즘 관련 책을 읽다가 클리토리스가 제거된 이집트 여성 미라 사례가 나왔는데, 이집트 여성들은 음순을 봉합했다가 아이를 낳을 때만 절개한다는 것이었다. 정절을 강요하는 성 문화니 남성 중심주의 사회니 하면서 내가 핏대를 세우자, 그는 내 국수를 집적거리면서 이집트 여성들이 뭘 먹고 뭘 입고 무슨 생각을 하면서 살았는지 궁금하지 않느냐고 했다. 그의 엉뚱한 소리에 내가 다 처먹어라 이 식충아, 하면서 국수 그릇을 밀쳤는데 그릇이 엎어지면서 그의 바지를 흥건히 적셨다. 그는 맑고 큰 눈으로 나를 뚫어져라 보면서 귀한 음식을 버리면 안 되지, 하더니 바지에 쏟아진 국수를 손가락으로 집어 맛있게 먹었다. 설아, 나 원래 국수 안 좋아해. 근데 니가 좋아하니까 나도 좋아.

해맑다, 그게 내가 그날 그에게서 느낀 감정이었다. 그 해맑음에 매료되어 그와 난 세미나가 없는 날에도 만나 국수를 먹고 깔깔댔다. 그때만 해도 우리는 열심히 하다 보면 서로에게 마땅한 기회가 찾아와주리라고 믿었다. 그런데 그와 나는 여전히 아무것도 아닌 채로 있다.

내 눈길을 의식해서인지 그는 국수를 먹다 말고 한참 말없이 내 얼굴을 바라봤다. 나는 아무 말도 하지 않는 그가 원망스럽다. 어쩌면 어제 나는 그가 예전처럼 쏟아진 국수를 맛있게 먹기를 바랐는지 모른다. 먹으면서 해맑은 눈으로 설아, 니가 좋아하는 거라면 나도 무조건 좋아, 그렇게 말해주기를 바랐는지 모른다.

그는 벌떡 일어나 국수 그릇을 개수대에 넣고는 담뱃갑을 쥐고 베란다로 갔다. 거실에 재떨이가 있는데도 베란다에서 담배를 꺼내 무는 그를 보고 있자니 가슴 사이로 칼바람이 지나간다.

선배에게서 메시지가 왔다. 힘내, 내가 자리 잡으면 도와줄게. 프로젝트 다음 주 목요일에 교수님이 검토하신대. 그때까지 잘 마무리 지어. 연구소 생기면 너한테 연구원 자리 맡기신대.

책상에 앉아 선배가 보낸 메일을 확인했다. 소설 작품에 나타난 서울의 관광 명소를 콘텐츠로 개발하는 프로젝트다. 지도교수는 프로젝트가 채택되면 서울시에서 지원하는 막대한 예산으로 학교에 연구소가 설립될 것이라 했다. 지도교수가 말한 자리는 오 년짜리 계약직 연구원이다.

이 기획안을 만들기 위해 소설 작품을 읽고 관련된 서울의 문화 유적을 답사하느라 얼마나 많은 시간을 투자했던가. 내가 만든 기획안에 한 글자도 보태지 않은 선배의 이름이 선임 연구원으로 버젓이 박혀 있다. 나는 선배 이름을 지우고 내 이름을 적어 넣었다.

교수도 아니고 계약직 연구원이라니. 화가 또 치민다. 도대체 내가 왜 밀려나야 하는가 말이야. 씩씩거리며 거실로 나왔다.

그가 배낭을 챙겨 소파에 앉아 있다. 불어터진 국수나 먹고 그러면 내가 측은하게 생각할 줄 아는 모양이지. 내 아침밥도 차려주지 않고. 제 애를 가졌다는데 또 가방을 챙겨 단양으로 가겠다고. 도둑놈. 내가 누구 때문에 이 지경이 되었는데.

"왜 답 안 해?"

그는 으레 그 해맑은 눈으로 나를 그윽이 바라보았다. 하룻밤 사이에 더 야위었다. 바보, 병신, 쪼다, 등신. 나는 어떡하라고.

"자기가 애를 배게 했으니 자기가 책임져, 어떻게 할 거냐고."

나는 그에게 쏘아붙이기 시작했다.

선배 때문에 추천서를 못 받았다고, 더러워서 못 견디겠다고. 지도교수는 뭐하는 사람이냐고. 내가 모자라는 게 뭐 있어. 나보고 또 양보하라고. 더는 못 참겠어. 지금도 이 지경인데, 애까지 낳아봐. 내가 거기 발이나 붙일 수 있겠냐고. 좋아, 교수 안 돼도 돼. 내가 애 낳고 기르는 동안 자기가 돈 벌어오면 되니까. 근데 자기처럼 지방이란 지방은 다 쑤시고 다

174

니면서 돈벌이도 안 되는 자료 수집이나 하는 사람이 그걸 감당할 수 있어?

조용히 듣고 있던 그가 나를 껴안고는 어깨를 다독였다.

"설이가 하고 싶은 걸 하면 돼. 나머진 내가 다 할게."

나는 그를 밀치고 불같이 화를 냈다.

"자기가 뭘 할 건데? 겨우 번역료 이삼 백 받는 걸로 살 수 있어? 번역을 한 달에 한 권씩 해? 일 년에 두 권도 벅차잖아. 나는 이렇게 힘들게 사는데 자긴 혼자 하고 싶은 거 다 하고 살잖아."

나는 분통이 터져서 애꿎은 그의 배낭을 집어 던졌다. 위로가 필요했던 건데, 힘내라고 용기를 북돋아주는 그런 말이 듣고 싶어서 그랬는데.

"눈에 보이는 게 다가 아닌 건 설이도 알잖아."

그는 나를 소파에 앉히더니, 마고할미 설화 이야기가 전국에 있는데, 단양에 가면 석문에도 그 설화가 있어, 라며 말을 이어갔다.

그의 석사논문에도 마고할미 이야기가 나온다. 석사논문을 교수들 앞에서 발표하기 전에 그는 내게 자신의 논문을 읽어보라 했다. '충청도 지역을 중심으로 한 민중의 역사'라는 제목의 논문은 마고할미 설화 자료에 대한 그의 주관적 견해가 장황하게 언급되고 있었다. 심지어 가상의 한 민중을 등장시켜 그 민중의 삶을 통해 일제강점기를 다루고 있었다. 이게 역사 논문이 돼? 소설이잖아. 내 말에 그는, 설이도 그렇게 생각해? 실망인데, 라고 했다.

"그러니까 마고할미는 산과 강과 꽃과 나무와 곡식과 과일 같은 천지만물을 창조하고 그들에게 생명을 불어넣은 여신이지. 모든 생명 창조의 근원, 대지모신이지."

눈에 보이지 않는 것과 대지모신은 무슨 관계란 말인가. 무슨 뜬금없는 소리지. 자기 때문에 내 배 속에 애가 있다는데.

"지금 무슨 말 하는 거야. 그럼 나도 여성이니 대지모신이고 생명체의 근원이다, 이 말이야? 그래서 내 배 속의 아이도 생명체니 나보고 무조건 낳아 키우란 거야?"

그는 배낭을 어깨에 걸쳤다.

"난 지금 단양 가야 돼. 나중에 얘기해."

이 인간이 또 내 곁을 떠나려고 마고할미 이야기를 꺼냈나. 나는 그를 사납게 노려보았다.

석사논문 발표를 끝낸 그는 발표장에서 쫓겨났다면서 우리가 늘 만나던 간이식당 앞에 쭈그려 앉아 담배 연기를 길게 내뿜었다. 담담하게 견디고 있었지만, 그의 몸에서 뿜어져 나오는 열기를 느끼면서 나는 그가 거대한 태풍 한가운데를 가로질러 가고 있다는 것을 직감했다.

그래서일까. 나는 그를 안아주고 싶었고, 그날 밤 나는 그를 온몸으로 받아들이며 새벽을 맞이했다. 마른 나뭇등걸 같은 그의 몸을 안았을 때, 나는 그가 꿈꿨던 세상이 뒤틀리며 소용돌이치는 굉음을 들었고, 그의 몸과 마음이 갈가리 찢기는 아픔을 느꼈다. 그의 몸에서 향기를 처음 느낀 것도 그날이었다. 그 향기에 정신이 혼미해져 그의 아이를 갖게 된 것도 그날이었다. 미구에 닥칠 일을 알지 못한 채, 그는 나에게 마고할미처럼 아름답고 풍요로운 대지모신이 되길 바라, 라면서 석사논문 한 편을 남기고 학교를 떠났다.

나는 그의 배낭을 확 낚아채고 그를 소파에 앉혔다. 지금은 그가 아픈 것이 아니다. 내가 아프다. 내가 지금까지 달려온 길이 사라지려 한다. 난 마고할미 따위에는 관심이 없다. 교수가 되어 결혼하고 애 낳고 그렇게 살고 싶을 뿐이다.

"나중? 언제, 애 낳고 난 뒤에?"

그가 빤히 나를 또 쳐다본다. 그때처럼 해맑은 눈으로. 그런데 그 눈이 몹시 흔들린다. 눈동자가 붉어진다. 내 곁을 떠날 때도 저랬다. 저놈의 눈.

"나 애 뗄 거야. 십 년 전에도 자기 애 뗐으니까 문제 될 거 없지."

그가 학교를 떠난 후 임신한 걸 알았다고, 그때 난 박사과정에 막 들어간 참이었고, 학교를 떠난 곳에서 내 미래를 꿈꿔본 적은 없었다고, 자리를 잡기 전까지는 결혼도 아이도 걸

림돌일 뿐이었다고.

그의 얼굴은 쳐다보기 무서울 정도로 일그러졌다. 나는 그가 식탁에 엎드려 왜 한참을 울먹였는지, 짐승처럼 울부짖으며 거실 벽에 머리를 짓찧었는지 알지 못한다. 내가 임신한 줄도 모르고 떠났다는 것 때문인지, 아니면 내가 낙태를 했다는 것 때문인지, 그것도 아니면 지금 내가 임신했다는 걸 받아들이기 힘들어서인지, 그것도 아니라면 자유로운 삶과 아버지로서의 책임 사이에서 번민하느라 그런 건지 나는 알 수가 없다.

그는 고개를 푹 숙이고 전화할게, 라는 말을 남기고 현관문을 열고 나갔다.

그에게 휴대전화를 집어 던지면서 욕설을 퍼붓든지 해야 하는데 손가락 하나 까딱하기도 싫었다. 침대에서 잠시 쉰다는 것이 언제 잠들었는지, 깨어보니 두 시간이 훌쩍 지났다.

아직 형체도 갖추지 못한 배 속의 아이가 내 몸을, 내 정신을 온통 흔들어놓고 있다. 낭떠러지 끝까지 떠밀려서 더 갈 곳도 없는데, 내 몸도 내 마음대로 할 수 없는 이 상황에 진절머리가 났다. 축 처진 어깨로 집을 나가던 그의 모습이 자꾸 어른거렸다.

어제 학생들에게서 걷은 기말 보고서를 꺼냈다. 살면서 가장 아팠던 일과 앞으로 하고 싶은 일을 글로 쓰라 했다. 다섯

편을 첨삭하고 여섯번째 글을 펼쳤다.

저는 농어촌 특별 전형으로 들어왔습니다, 로 시작되는 글이었다. 그래, 강의실 맨 구석에서 목이 늘어난 라운드 티를 입고 태블릿이나 노트북도 없이 열심히 강의를 듣던 학생, 민준이구나. 다른 학생들과 쉽게 어울리지 못하고 혼자 다니던 모습이 떠올랐다. 졸업반 학생들을 위한 글쓰기 수업인 내 강좌 수강생들은 거의 과학고 아니면 외고 출신이었다. 내가 강남 학원에서 가르쳤던 학생도 세 명이나 있었다.

민준이의 글은 계속되었다. 강원도 영월에서 농사를 짓는 부모 밑에서 자랐는데, 가슴 아픈 일은 엄마가 돌아가실 때 자리를 지키지 못한 것이라고. 엄마는 밭에 가면 늘 중얼거린다고. 배추야 잘 잤니, 감자야 고생했다, 고추야 목마르지 않니, 라고 중얼거린다고. 집에서는 밥을 하다가도 빨래를 하다가도 바느질을 하다가도 우리 민준이 잘 자라게 해주세요, 빈다고. 그런 엄마가 암으로 돌아가실 때 자신은 서울에서 입시 면접을 치르고 있었고, 면접이 끝나 집에 내려간 뒤에야 엄마가 돌아가신 것을 알았다고. 엄마가 위독해 면접을 가려 하지 않자 엄마는 민준이 두고 죽지 않으니까 면접하고 오라면서, 평생 밭일로 거칠어진 손으로 자신의 볼을 어루만지더라고. 아버지에게 왜 연락하지 않았냐고 울부짖자 아버지는 담배만 뻑뻑 피우더라고. 대학에 와서 과학고를 나온 동기들을 보면서 자신이 어떻게 여길 왔는지 후회가 되더라고. 시골에서 부모님께 효도하고 이웃에게 봉사를 많이 해서 학교장 추천을 받아 왔지만, 이 대학은 자신 같은 학생이 발붙일 수 없는 곳임을 절감했다고. 그래도 엄마가 늘 우리 민준이 착한 사람 될 거야 하면서 환하게 웃는 모습을 떠올리며 견딘다고. 앞으로 졸업해서 고향에 가서 자신이 배운 걸 되돌려주고 싶다고.

휴대전화가 울렸다. 엄마였다. 양재역에 내렸는데 집에 있지?

금요일, 엄마가 매주 밥과 음식을 갖고 오는 날이다. 나는 재빨리 재떨이를 치우고 건넌방에 그의 흔적이 남아 있는지를 살폈다. 책 몇 권뿐이다. 욕실에 가서 그의 칫솔과 면도기를 감췄다.

엄마는 들어서자마자 니 아버지 때문에 죽겠다며 선풍기 앞에서 땀을 훔치며 넋두리를 늘어놨다. 내일이 니 아버지 생일이라 아침부터 땀을 삐질삐질 흘리면서 고기 재고 곰국 끓이고 있는데, 세 시가 다 돼서 전화를 하더니 내일 작은아버지랑 고모들이랑 외식을 한다고. 진즉에 말해줬으면 내가 이 고생을 안 하지.

내일이 아버지 생신인가. 왜 이렇게 정신이 없지.

"시부모 수발에, 시동생에 시누이들 시집 장가가는 일까지 다 내 손으로 했다. 다달이 있는 이 집안 제사 지내느라 친정

아버지 제사에도 가본 적이 없는 사람이야, 내가. 그런데 어쩌면 니 아버지가 그러니. 진짜, 이젠 니 아버지랑 못 살겠다."

엄마는 참, 내 정신 좀 봐, 하며 가방을 풀어 찬합을 꺼냈다.

"내일 올 필요 없다. 오늘 내가 끝장을 낼 거다. 내가 니 아버지 만나 죽어라 고생만 했는데, 이게 뭐냐."

엄마는 반찬을 냉장고에 넣다 말고 갑자기 반찬통 하나를 식탁에 탁 소리 나게 내려놓으며 목소리를 높였다.

"어제가 그년 죽은 날이라 내가 눈물을 좀 짜면서, 내가 힘든 일 안 하고 잘 먹었으면 그런 일 없었을 거라 니 아버지한테 그랬지."

가난한 집에 시집온 엄마는 첫애를 가진 줄도 모르고 밤낮으로 일하다 미숙아를 낳았고 일 년도 안 돼 저세상으로 보냈다고 했다.

"그랬더니, 글쎄 뭐라는지 알아. 그러게 먹고살기도 힘든데 왜 애는 덜컥 가졌냐고 퉁을 놓는 거야. 기가 막혀서. 애를 나 혼자 만드냐? 손뼉도 마주쳐야 소리가 나는 법인데, 망할 놈의 영감탱이."

엄마는 내게 늘 그랬다. 언니 잃고 나를 임신하고는 행여나 무슨 일이 있을까 봐 삼신할머니께 빌고 또 빌었다고.

눈물을 훔치던 엄마는 남은 반찬을 냉장고에 마저 넣고 부리나케 일어났다. 내가 차 한잔 마시고 가라 하자, 라면 하나 못 끓이는 니 아버지 저녁 밥상 차려주러 빨리 가야 한다고 했다. 시계를 보니 다섯 시였다.

"이혼한다며? 근데 뭘 밥을 차려줘."

엄마는 눈을 흘기면서 시끄럽다 이년아, 니 책이나 주라, 아버지가 자랑한단다, 하고 소리를 꽥 질렀다.

당장의 쓸모조차 사라져버린 내 책은 포장도 뜯지 않은 채 출판사에서 보내준 종이 상자에 그대로 담겨 있다. 나는 포장을 뜯어 책 상자를 열었다. 이 책을 내자고 없는 돈까지 축내 출판비에 보탰건만, 추천서도 받지 못한 마당에 지금으로선 무용지물이다. 전공 강의를 맡아 하는 것도 아니고 기껏 글쓰기 강의나 하고 돌아다니고 있으니 이 책을 교재로 써먹을 길조차 막힌 셈이다. 불쏘시개로나 써야 할까. 책 다섯 권을 꺼내서 쇼핑백에 담았다.

"밥 꼬박꼬박 챙겨 먹고. 교수도 좋지만 시집가 애도 낳아야지. 오죽하면 인꽃이라 하겠니. 뭐니 뭐니 해도 여자한테는 새끼 농사가 제일이다."

엄마가 늘 하는 잔소리가 오늘은 가시로 박혔다.

머리가 아프고 몸이 무거웠다. 소파에 몸을 기댔다. 언니를 먼저 저세상에 보내고 가슴에 대못을 박고 살아온 엄마. 자식을 위해 죽음도 감춘 민준 엄마, 엄마의 임종을 지켜보지 못한 민준이, 모두 얼마나 아팠을까.

나는 살아오면서 아파한 적이 있는가. 구청 공무원을 하던 아버지의 열성적인 뒷바라지를 입고 넉넉지 않은 집안에 강남도 아닌 강북 성북동 주택가에 살면서 학원이란 학원은 다 다니고 심지어 과외도 받으면서 이 대학에 들어왔다. 이 집도 아버지가 퇴직금으로 노후대책 삼아 산 강남 변두리 아파트다. 대학원 박사 시절 논문을 쓴다고 성북동 집을 나와 지금껏 이 아파트에 살고 있다. 물론 월세로 부모님께 매달 백만 원을 송금하지만, 시간 강사를 해서는 어림도 없는 일이다. 한 강좌 강의하면 한 달에 오십만 원도 되지 않는다. 모자라는 돈은 일요일 하루 강남 대치동에 있는 학원에서 수능 국어를 가르치고 받는 이백만 원으로 메운다.

내가 아픈 적이 있는가. 그의 아이를 떼고 나는 아파했는가. 아팠다. 정말 아팠다. 그런데 세월이 지나면서 그 아픔을 잊고 살았다. 그리고 지금 또 낙태를 생각한다.

내가 죽은 다음에 지워버린 아이를 만난다면 나는 무슨 말을 할 수 있을까. 잊고 있던 그때의 아픔이 자꾸 떠올라 가슴이 무지근하다. 배 속의 이 아이를 지운다면 난 어쩌면 다시는 아이를 갖지 못할지도 모른다.

교수만을 바라보고 살아왔는데, 그 꿈이 무너지려 한다. 이 바닥을 떠나야 하는가. 이젠 너무 지치고 힘이 든다.

그에게 전화를 걸었다. 받지 않았다. 메시지를 남겼다. 당장 올라오라고. 내가 아프니까. 너무 아프니까. 올라오라고.

3

토요일인데도 단양행 버스에는 승객이 몇 되지 않았다. 멀미를 하게 될까 봐 지정 좌석 대신 비어 있는 맨 앞자리에 자리를 잡았다.

밤새 뒤척이다가 점심때가 가까워 눈을 떴다. 배가 고프고 속이 울렁거려 누워 있을 수가 없었다. 냉장고를 열자 시큼한 김치 냄새에 바로 신물이 올라왔다. 소파에 앉아 찬물을 한 잔 마시는데, 휴대전화에 메시지가 와 있었다.

단양 와서 바람 쐬고 갈래? 보여줄 것도 있고.

어제 그를 그렇게 떠나보내선지 자꾸만 그의 뒷모습이 아른거렸다. 메시지를 확인하자 나는 그에 대해 아는 게 거의 없다는 생각이 들었다. 근 한 달을 그가 단양에 머문다는 것만 알았지 단양 어디에서 밥을 먹고 잠을 자는지 전혀 몰랐다.

뭘 보여준다는 거지? 배 속의 애 아버지로 책임을 지겠다는 건가. 단양에 숨겨놓은 땅이라도 보여주겠다는 건가. 이런저런 생각을 하다가 부리나케 집을 나섰다.

두어 시간쯤 지나자 버스는 단양 터미널에 도착했다. 낯선 곳에 서는 걸 두려워하는 성격이라 혼자 여행을 떠난 적이 없건만 단양은 초행길인데도 몇 번 와본 곳처럼 편했다. 그가 있기 때문일까.

버스에서 내리자마자 숨이 턱 막히는 후텁지근한 습기가 확 몰려들었다. 마중 나와 있어야 할 그는 보이지 않았다. 버스를 타고 오면서 기분이 조금 나아졌는데, 다시 화가 솟기 시작했다.

나를 사랑하는 거 맞아? 내가 도착하면 와 있어야 하는 거 아냐? 이런 인간을 믿고 어떻게 애를 낳아.

이마에 흐르는 땀을 닦았다. 나는 씩씩거리면서 주위를 두리번거렸다. 커다랗게 입을 벌린 쏘가리 조형 뒤로 다누리 센터가 보였다. 안으로 들어가니 민물고기 수족관이었다. 널찍한 실내는 시원했다. 목이 말랐다. 커피가 꺼림칙했지만 한 잔이야 괜찮을 거란 생각에 자판기에서 커피 캔 하나를 뽑아 들고 바깥이 보이는 의자에 앉았다.

한 무리의 아이들과 엄마로 보이는 여자들이 우르르 들어와 내 뒤쪽에 앉았다. 찐다, 쩌. 여기 있다가 학원 버스 오면 나가자. 초등학교 저학년쯤으로 보이는 아이들은 실내가 울리도록 소리를 지르며 뛰어다니기 시작했다.

영철 엄마, 서울로 이사 간다며. 좋겠다. 그럼 영철이는 강남에 있는 중학교 가겠네. 우리 애는 여기서 빌빌대다가 지방 대학도 못 가는 거 아냐? 걱정된다. 학원을 하나 더 보낼까? 자식 하나 키우는 게 이렇게 힘이 드니. 진짜 등골이 빠진다, 빠져.

내 아버지는 교수가 되겠다고 결혼도 안 하고 버티는 나를 대놓고 타박하지 않는다. 나에게 쏟아부은 돈을 셈하며 나를 노후연금 삼아 살 기대를 품고 있는지도 모른다. 우습게도 개천에서 용 나는 호시절은 이미 아버지 대에서 끝났다. 내 아버지는 백 있는 고급 관료도 판검사도 의사도 아니다. 말단 공무원일 뿐이다. 게다가 난 아들도 아닌 딸이다.

나는 여자들의 수다가 듣기 싫어 밖으로 나왔다.

메시지가 왔다. 이 선생, 내일 수업 늦지 마. 학원 원장 신 선배다. 선배에게 전화를 해서 내일 가기 어려울 것 같다고 했다. 선배는 두말없이 알아서 처리하겠다며 전화를 끊었다.

박사논문을 쓴 신 선배는 대학에 취직하기가 어렵다는 걸 알고 강남 학원계로 뛰어들었다. 명강사로 이름을 날리고 자기 학원을 세운 선배는 내게 강의를 부탁했다. 너는 똑똑하니까 나처럼 여자라고 물먹지 않을 거야. 그냥 용돈 번다고 생각하고 좀 도와줘. 아파트 월세를 걱정하던 나는 흔쾌히 수락했다. 학원에서 나는 강남의 일등급 학생들을 가르친다. 수능 국어 98점, 100점만 나오게 해주세요. 돈은 얼마라도 좋습니다. 반을 더 늘리자는 원장의 말에 나는 구역질난다고 했다.

단양천 건너편 산 정상에서 패러글라이딩을 하는 모습이 보였다. 먹이를 구하는 새가 그 아래를 빠르게 스치고 날아간다.

내 고향 단양에는 향기가 있어. 하늘에도, 산에도, 물에도, 나무에도, 사람들에게도. 눈에 보이지도 맡아지지도 않지만 나는 그걸 느낄 수 있어. 난 그 향기를 잊지 못해. 언젠가 너랑 단양에 간다면 그 향기를 꼭 느끼게 해주고 싶어.

그와 처음 밤을 보냈던 날, 자기 몸에서 향기가 나, 라고 하자 그가 들려줬던 말이다.

뭐야, 단양의 향기라니. 웃기네. 수족관도 패러글라이딩도 눈에 보이는 것 천지다. 후텁지근한 공기에 실린 물비린내를 단양의 향기라고 우겼단 봐라. 이 허풍쟁이.

뒤에서 누가 내 어깨에 팔을 감는다. 그의 향기가 난다. 나는 내 어깨를 잡은 그의 손을 뿌리치고 몸을 홱 돌렸다. 뭐야, 더워 죽겠는데.

째려보던 내 눈에 땀으로 범벅이 된 그의 티셔츠가 보였다.

"미안, 버스를 놓쳐서 뛰어왔어."

나는 입을 삐쭉 내밀고는 손으로 부채질을 하면서 고개를 돌렸다. 피멍이 든 그의 이마를 봤다. 나는 그의 상처를 만지려다 그만두었다. 그깟 상처, 지금 나보다 더 아플까.

"마고할미는 어디 있어? 그것부터 봐야겠어."

한참을 기다렸다가 도담삼봉행 버스를 탔다. 그는 버스 안에서 연신 땀을 훔쳤다. 나는 가방에서 손수건을 꺼내 내밀었다.

"우리 설이가 오니까 단양이 확 달라지네."

싱긋 웃는 그의 얼굴은 얼마 만인가. 단양에서 보는 그의 모습은 때 묻지 않은 어린아이 같다. 서울에서와는 사뭇 다른 그를 보면서 나는 그에 대해 뭘 알고 있는 걸까 하는 생각이 새삼 들었다. 또 심통이 난다. 내 손을 잡는 그의 손을 밀쳐냈다.

도담삼봉에 도착해 나는 적이 실망했다. 설화 속 인물이 있는 곳이 관광지라니. 드넓은 주차장은 차들과 행락객들로 북적댔다. 짜증이 확 났다.

마고할망구는 어디 있는데, 라고 하자 그는 주차장 끝에 있는 야트막한 산 정상을 가리켰다. 나는 올라가기를 포기하고 나무 그늘이 드리워진 강 쪽 벤치에 앉았다. 강 중앙에 세 개의 바위섬이 있다. 그와 결혼해 애를 낳으면 우리는 저 바위섬처럼 세상에서 고립되겠지.

"아까 패러글라이딩 봤는데, 그거나 타러 갈까? 그거 타고 하늘을 날면 이 지겨운 세상도 잠깐 잊히려나."

"너 겁이 많아서 쉽지 않을걸."

내가 겁이 많다는 걸 그가 알고 있었던가.

"인간은 땅에 발 딛고 있는 게 자연스러워, 새는 나는 게 자연스럽고."

그가 내 손을 다시 잡았다. 가만히 있었다. 자꾸 심통 부리고 싶고, 그를 괴롭히고 싶다. 커피도 함부로 먹지 못하는 내 몸의 변화가 나를 그렇게 만들고 있다.

"뭘 보여주겠단 거야? 내 눈에 보이는 거라곤 관광 상품뿐이네. 민물고기 수족관은 뭐고 패러글라이딩은 뭐야. 이 난장판은 또 뭐야. 대지모신은 개뿔. 마고할미가 벌써 다시 하늘로 올라갔겠네. 완전 허풍쟁이 아냐."

나는 서울 관광 명소를 콘텐츠로 개발하는 내 프로젝트를 떠올리고는, 서울이랑 단양이랑 다를 게 하나도 없다고 그의 고향을 마구 입방아 찧었다.

"맞아. 관광 상품만 득실거리는 단양. 수족관도 그래. 서울 사람들은 그곳에서 온갖 민물고기를 다 볼 수 있지. 근데 단양 사람들은 물고기를 왜 어항에 전시하느냐며 쳐다보지도 않아."

어항에 갇힌 물고기라니. 그는 자신을 연못 속 물고기에 비유하면서 대학원을 떠났다. 갑자기 낙태하던 때가 생각났다.

"그렇지만 그게 다는 아냐. 눈에 보이지 않지만 이곳에는 단양만의 향기가 있어. 그걸 볼 수는 없어. 다만 느낄 수 있을 뿐이지."

　나는 벌떡 일어섰다. 시커먼 구름이 몰려드는 게 보였다. 드러난 살갗이 끈적끈적한 게 한바탕 소나기가 퍼부을 것만 같았다.

　"뭘 느낀다는 거야? 가. 나 피곤해. 시원한 데서 쉬고 싶어."

　그는 택시를 타자고 했다.

　"돈이 어디 있어 택시를 타. 버스 없어?"

　버스가 드문드문 다닌다며 그는 택시를 잡아 천동마을로 가자고 했다. 십 분이면 도착하니까 좀 쉬어. 잠깐 졸았나 보다. 택시에서 내리는데 온몸이 물 젖은 솜처럼 무겁다. 나는 주위를 두리번거리며 이맛살을 찌푸렸다.

　그가 내 손을 잡고 걷기 시작했다. 어딜 가는데. 더워 죽겠어. 못 걷겠어. 내가 투정을 부리자 그는 미안, 조금만 가면 돼, 내가 업어줄까, 라며 내 얼굴에 연신 손부채질을 했다.

　소백산 자락이어서 그런지 공기가 달랐다. 야트막한 오르막길 양쪽으로 옥수수밭과 고추밭이 펼쳐지고 그 너머로 민가가 드문드문 보였다. 굽잇길을 도니 잡풀이 무성하게 우거진 공터가 나왔다.

　"내가 다니던 초등학교야. 지금은 폐교가 됐지."

　이층으로 된 학교는 낡아 허물어질 듯했다. 그는 공터 가장 자리 울창한 나무 그늘로 나를 데려갔다.

"여기에 열린 학교를 세우려고 해. 아이들이 상추와 깻잎과 풋고추를 심고, 닭과 토끼와 염소를 기르고, 저 공터에서 마음껏 뛰놀고, 계곡에서 벌거벗고 물놀이를 하고, 밤이면 반딧불과 대화를 나누고……. 그런 학교를 만들고 싶어."

연구소 사람들과 많은 이야기를 나누었고 구체적인 실행 단계에 있다면서, 그는 야생화 같은 아이들을 키우고 싶다고 했다. 개망초꽃 아이, 찔레꽃 아이, 초롱꽃 아이, 붓꽃 아이, 그런 아이들이 저만의 독특한 색깔과 향기를 지니면서 함께 어우러지는 공동체를 만들고 싶다고 했다.

한 방울씩 듣던 빗방울이 후두후둑 떨어졌다. 자연과 일체가 된 아이들, 서로를 위하는 공동체 따위를 떠들던 그가 서둘러 일어나더니 학교에서 조금 떨어진 아담한 기와집으로 들어섰다. 간신히 처마 밑으로 비를 피했을 때는 옷이 흠뻑 젖고 난 다음이었다. 얇은 면 소재의 원피스가 몸에 찰싹 달라붙어 평소보다 커진 가슴이 도드라졌다. 하필이면, 여기서.

그는 자기 집처럼 무람없이 마루 위로 올라가더니 방 안으로 들어가 수건을 꺼내왔다. 멀뚱하게 서서 의아한 눈으로 바라보자 그는 여기, 우리 집이야, 했다.

나는 비로소 마음을 놓고 주위를 둘러보았다. 기와집 본채는 가운데에 커다란 마루를 두고 양쪽으로 방 두 칸이 있고,

왼쪽으로 별채가 하나 있었다. 마당에는 나무들과 여름 꽃들이 소나기에 시원하게 몸을 씻었다. 진초록의 빛깔이 푸들푸들 살아나 당장이라도 싱그러운 즙을 쏟아낼 것만 같다.

나는 어깨에 멘 가방을 마루에 두고 젖은 몸 그대로 마당에 나섰다. 운동화가 젖어드는데도 아랑곳하지 않고 머리꼭지부터 쏟아지는 비가 온몸을 타고 주르르 흘러내리는 것을 가만히 느껴보았다. 마스카라도 아이라인도 하지 않은 맨얼굴을 쳐들었다. 오늘은 검은 눈물을 흘릴까 봐 걱정하지 않아도 된다.

"들어가자 그만, 감기 걸려."

언제 왔는지 우산을 받쳐 든 그가 걱정스런 눈으로 나를 보았다.

소름이 하나둘 번지면서 몸이 부르르 떨렸다. 나는 그가 주는 수건을 받아 들고 안으로 들어가 그가 내준 옷으로 갈아입었다. 그의 옷인가 보다. 그의 옷을 입은 나에게서 그의 향기가 난다.

그는 감자를 쪄 내왔다. 이제 막 수확한 감자라고 했다. 반으로 쪼개니 하얗게 분이 인다. 그와 나란히 앉아 감자 한 알을 오물거리며 비가 쏟아지는 마당을 하염없이 바라보았다.

아까부터 느낀 건데 이 집은 정말 깔끔하고 아늑하다. 볼썽사나운 장식품도 없다.

"여기서 언제부터 살았어?"

그는 대학원 떠나고 여기 와서 살았다고 하면서, 옛 단양을 아느냐고 물었다. 자신이 초등학교 삼 학년 때 충주댐이 생기면서 지금 이곳으로 왔다고 했다. 그의 엄마는 자주 그의 손을 잡고 단성역에 서서 물에 잠긴 옛 단양을 하염없이 바라보았다고 했다. 물에 잠겨도 내 눈에는 다 보이네. 하늘길로 가는 우화교 다리 위에서 네 아버지하고 동네 사람들이 소백산 산신령님께 제를 올리고 흥겹게 춤을 추는 게. 우리 집 마당에는 초롱꽃하고 분꽃도 활짝 피었네.

눈을 감고 한참을 뭔가 생각하던 그가 입을 열었다.

"너에게 말 못한 게 있어. 나 여기 돌아와서 어머니 상 치렀어. 이후론 줄곧 여기 머물면서 이곳저곳 돌아다녔지."

옷을 갈아입고 나오면서 마루 가운데에 커다랗게 걸려 있는 가족사진을 보았다. 그는 어머니를 쏙 빼닮았다.

"너한테 전화하고 싶었는데 못했어. 너와 난 갈 길이 다르다고 생각했거든. 너랑 떨어져 있으면서 생각했어. 넌 나를 잊겠지만 그래도 난 여기 이렇게 있다, 그렇게라도 말하지 않으면 안 될 것 같았어. 그래서 책을 보냈지. 여기에서 번역을 해서."

한참 쏟아지던 비가 그쳤다. 처마 밑으로 똑 똑 물이 떨어진다. 어디선가 계곡물 소리가 들린다. 그는 비 오기 전 계곡물처럼 조르르 조르르 맑게 흐르고, 나는 비 온 후 계곡물처럼 콰르르 콰르르 흙탕물 범벅으로 그렇게 흘렀을까.

"출판사에서 다시 널 만났을 땐 도망치고 싶었어. 넌 나와 다른 꿈을 갖고 있구나, 그런 생각이 들어서."

내가 그동안 탁류에 몸을 맡기고 살아왔대도 그의 향기를 잊은 건 아니었다. 다시 그를 만났을 때 그의 향기와 함께 묻혀 있던 기억들이 어제 일처럼 되살아나지 않았던가.

"넌 눈에 보이는 것만 좇는 것 같아. 우리가 처음 만나 세미나 할 때만 해도 넌 잘못된 모든 것들에 대해 분노했지. 특히 여성의 억압에 대해서. 그런 건 볼 수 없는 거잖아. 근데 다시 만난 너는 교수라는 자리만 보고 있어. 눈에 보이지 않는 교수를 넌 보려고 하지 않아. 진정한 스승으로서의 교수 말이야. 그래서 널 떠나려고 했어."

마고할미가 있는 석문에 올라가볼걸 그랬다. 그런데 그는 왜 여기에 나를 데리고 왔는가. 눈물방울이 떨어질 것 같아 고개를 쳐들었다. 산 사이로 구름이 날아오르고 있다.

"난 이곳에 살 거야, 평생."

비는 왜 그친 거야. 빗속에 앉아 이야기를 나눌걸 그랬나. 비가 눈물을 가려줄 텐데.

"니가 아파하니까 내가 못 떠나겠어. 아이 때문에 아파하지 마."

벌떡 일어나 마루에서 내려와 신발을 꿰었다. 잘 들어가지 않는다.

"하고 싶은 걸 하면서 살아."

맨발로라도 풀숲을 함부로 가로질러 마당가로 나가고 싶은데 시야가 흐릿해져 한 발짝도 움직일 수가 없다.

"너랑 내 아이, 건강하게 키우고 싶어. 그런데 지금은 그 방법을 모르겠어. 그렇지만 무슨 일이 있어도 찾고 싶어."

마당가 나무며 풀들이 한껏 빨아들인 빗물을 토해내는지 비 올 때와는 또 다른 향기가 마당가를 에워쌌다.

"난 여기에서 단양 곳곳에 숨어 있는 향기를 되살리고 싶어. 옛 단양의 향기도."

개망초꽃, 찔레꽃, 초롱꽃, 붓꽃 냄새일까. 아니면 대추나무, 앵두나무, 감나무에서 나는 냄새인가. 이 냄새, 익숙하다. 그의 향기다. 내 배 속에 있는 이 아이는 나를 전혀 닮지 않고 아빠를 닮아 야생화를 찾아 돌아다닐 것 같다.

가슴이 터질 것 같아 나는 주저앉았다. 주체할 수 없게 눈물이 흘렀다. 흘러내리는 눈물에 내 지난 더럽혀진 것들이 배어나는 것 같았다. 울고 싶었다. 마음껏 소리 지르며 울고 싶었다. 나는 어깨를 들썩이면서 울었다.

그가 나를 일으켜 세웠다.

"국수 먹자."

나는 그의 가슴에 얼굴을 묻고 또 한참을 울었다.

내 얼굴을 더듬는 그의 입술이 느껴졌다. 나는 눈물 콧물이
범벅이 된 채 그와 긴 입맞춤을 했다.

4

지상에서 가장 숭고한 직업이 어머니라 했던가. 그 이야기
를 한 사람은 어머니의 희생을 거름으로 해서 세상에 나온 아
들일 것이다. 어머니나 딸은 그런 얘길 하지 않는다. 어머니
가 되는 순간 어떤 대가를 치러야 하는지 잘 알고 있으니까.
나는 그걸 알고 있는 내가 무섭다.

서울에 올라와서 내가 먹은 것이라곤 물이 전부였다. 단양
에서 그와 함께 먹던 음식이 생각났다. 땅거미가 질 무렵, 그
는 국수를 내놨다. 나는 한 그릇을 순식간에 훌훌 먹었다. 배
고파, 더 없어, 하면서 나는 반쯤 남은 그의 국수도 남김없이
먹었다. 그가 집 뒤쪽에서 따온 새콤하고 달달한 오디는 입술
이 보랏빛이 될 때까지 집어 먹었다.

입맛이 돌까 싶어 마트에서 국수와 오디를 샀다. 단양에서
의 그 맛을 느낄 수 없었다. 몇 입 먹다가 화장실로 달려가야
했다.

틈틈이 눈을 붙여가며 기획안을 수정하는데도 초저녁부터는 정신없이 졸기 일쑤였다. 목요일에 지도교수를 만나기로 했으니 잠을 잘 수는 없었다.

푸르스름한 빛이 창문으로 비쳐들면 거실 소파에서 잠시 눈을 붙였다. 그럴 때면 내 옆에는 아이를 재우고 잠든 그가 있었고, 내가 있는 그곳은 단양이었다. 거실을 침입해 들어온 따가운 햇살에 눈을 뜨면 내 옆에는 아무도 없었다.

내가 아이를 낳고 기르겠다고 한다면 단양에서 살아야 할 터였다. 이십 년 가까이 공들여서 받은 박사학위까지 팽개치고 단양으로 가서 애를 키우고 농사를 지으며 살 수 있을까. 야생화처럼 자라는 아이를 보고 함박웃음을 지을 수 있을까.

목요일에 완성한 프로젝트를 들고 연구실로 찾아갔지만 지도교수를 만날 수 없었다. 연구실은 선배가 지키고 있었다. 선배 말로는 오늘 아침에 출국하셨다고 했다.

선배가 프로젝트 기획안을 보자고 했다. 선배는 첫 장을 보자마자 인상을 쓰며 말했다.

"선임연구원은 난데 왜 니 이름으로 했어."

"프로젝트 저한테 맡기셨다고……."

선배는 첫 장을 북 소리가 나게 찢었다.

"내가 취직 준비 때문에 바쁘니까 교수님이 너보고 날 도와주라 한 거지. 뭘 들은 거야. 교수님 돌아오시면 내가 잘 말씀드려볼게. 오늘 안으로 기획안 파일 보내."

한 대 얻어맞은 것처럼 머리꼭지가 욱신욱신하더니 뜨겁게 열이 올랐다. 선배 농간인 줄도 모르고 프로젝트를 붙들고 계약직 연구원이라도 되면, 하는 꿈을 꾸고 있었단 말인가.

"아 참, 글쓰기 센터에 급하게 자리가 하나 났대. 연구원 하나가 임신해서 재계약에서 잘렸다나 봐. 교수님이 너보고 서류 내보래. 그 자리도 경쟁이 장난 아닐걸."

나는 말없이 연구실을 나왔다. 머리에 열이 더 오르는 느낌이다. 날카로운 유리 조각이 혈관을 타고 흐르는 것처럼 따끔따끔했다. 독한 술을 한껏 들이켜도 취하지 않을 듯한 기분이었다. 벼랑 끝까지 왔는데 여기에서 더 나락으로 떨어지란 말인가.

휘청거리는 다리를 겨우 끌고 교양공통 시험 문제를 받으러 과사무실에 들렀다. 조교는 계절학기가 폐강되었다면서, 다음 학기 교양 강의는 이번 학기처럼 목요일 같은 시간인데 괜찮겠냐고 물었다. 나는 혹시나 해서 지도교수님이 언제 출국하셨는지 물었다. 네? 내일 학과 회의 있어서 나오신다고 하셨는데요.

기말고사를 감독하는 동안 나는 멍하니 창밖을 쳐다보았다. 시험이 끝나고 학생들이 사라진 강의실은 썰물이 빠져나간 자리처럼 적막하다. 나는 가방을 챙겨 강의실 밖으로 나가려다가 멈춰 섰다. 전자교탁 앞에 서서 강의실을 휘 둘러보았다. 다시 이곳에 오게 될까.

엄마 전화가 왔다. 니 아버지 항복했다. 앞으로 돈도 못 벌면서 까불면 쫓아낸다니까 니 아버지 고개 푹 숙이더라. 남자는 경제력 없으면 끝이야. 참, 니 아버지, 니 책 엄청 자랑하더라. 우리 딸 교수 된다고.

우산도 챙겨 오지 않았는데 소나기가 쏟아진다. 나는 강의실 건물 앞에 서서 오도 가도 못하고 섰다. 아스팔트 바닥에 흰 거품이 보글거렸다.

단양에서 그가 한 말이 떠올랐다. 소나기는 마고할미 오줌이야. 그 오줌이 땅에 거름을 주지.

나는 소나기가 쏟아지는 거리로 한 발을 내딛었다. 후두둑 이마 위에 떨어진 물방울에서 풀 향기가 나는 듯했다.

맞바람

1

결혼기념일 선물이야. 오늘 아침 남편은 붉은 리본이 달린 상자를 내밀었다. 열어보니 그 안에는 하늘하늘한 크림베이지색 레이스에 노란 리본이 달린 삼각팬티와 실크 브래지어와 백만 원짜리 상품권이 담겨 있었다.

남편이 출근한 뒤 속옷을 바꾸러 백화점으로 갔다. 남편이 선물한 속옷이 입기 싫었다. 남편은 자신이 바람을 피우는 걸 내가 전혀 모를 거라 생각하지만, 천만의 말씀이다. 나는 남편이 어디서 뭘 먹고 무슨 짓을 하는지 속속들이 파악하고 있다.

보랏빛 꽃에 노란 수술이 수놓아진 팬티와 브래지어가 눈에 들어왔다. K가 꽤 좋아할 만한 빛깔에 디자인이었다. 모레 K를 만나 점심을 먹기로 했다. 그때 입을 것이다.

남편이 바람을 피운다는 걸 알게 된 날, 나는 결혼 후에도 내게 가끔씩 연락을 하던 K에게 울부짖으며 전화를 했고, 밤 늦게까지 술을 마시고 K의 오피스텔로 가서 K와 몸을 섞었다. 남편 아닌 남자를 끌어안으며 나는 남편에게 저주를 퍼부었다. 니놈이 나를 여기 보낸 거야. 너도 당해봐.

남편은 내가 K를 만나는 사실을 모른다. K와는 한 달에 한 번 마지막 주 목요일 점심때 만나기로 약속을 했다. 평소에는 K와 그 어떤 연락도 주고받지 않는다. 그렇게 K와 난 전혀 모르는 사람으로 지내다 한 달에 한 번 서로의 몸을 탐한다. 카톡카톡, 하는 소리만 나면 스마트폰을 들고 욕실로 달려가는 남편처럼 뻔뻔하게 바람피우는 냄새를 질질 흘리고 다니지 않는다.

새로 고른 속옷을 점원에게 내밀자 가격이 다르다며 카드 승인을 취소하고 다시 결제해야 한다고 했다. 나는 내 카드로 결제하고, 가져온 속옷은 내일 남편 카드를 가져와 바꾸겠다고 했다. 직원은 K를 위해 산 속옷과 남편이 선물한 속옷을 따로 포장해 쇼핑백에 같이 넣어주었다.

상품권으로 가을 정장이나 살까 해서 여성복 매장에서 옷을 고르다가 그만두었다. 쇼핑백에 남편이 준 팬티와 K를 위해 산 팬티가 함께 있다는 것이 영 불편했다. 결혼기념일 전날 남편 아닌 남자와 몸을 섞는다 생각하니 내가 막된 인간이라는 생각이 들었다. K에게 전화해서 한 주 늦출까. 아니야, 그동안 열 번 정도 만나면서 그런 일은 한 번도 없었잖아. 점심만 먹으면 되지 않을까. 그래, 결혼기념일만큼은 남편의 아내라는 자리를 지키자. 남편도 그날만은 남편의 자리를 지키지 않을까.

백화점을 나와서 마포에 있는 남편 회사로 갔다. 아침에 선물을 안기면서, 어때 감동이지, 하는 표정으로 남편은 나를 바라봤다. 오늘 회사에서 저녁이나 먹자, 사모님답게 잘 차려입고 나와. 남편은 그렇게 나를 가끔 회사로 불러낸다. 회사에 가면 남편과 나만한 잉꼬부부가 없다. 남들은 그게 전부인 줄 안다.

이벤트 사업을 하는 남편의 회사는 한강이 내려다보이는 강변에 있다. Magic of Love. 건물 이층에 이벤트 전용 카페와 사무실이 있다. 이 년 전 결혼과 함께 시아버지가 마련해준 돈으로 레스토랑 체인점을 하다가 일 년 만에 말아먹고 작년 가을 무렵 시아버지 건물 한 층을 빌려 이벤트 카페를 차렸다.

시아버지는 그딴 게 사업이냐고 핀잔을 주었지만, 이벤트가 남편과 어울리는 사업인지 주말은 물론 주중에도 예약을 하지 않으면 안 될 만큼 제법 쏠쏠한 재미를 보고 있었다. 사랑 고백에 불황은 없다는 것이 남편의 지론이었다.

2

　체리목으로 된 테이블이 십여 개 놓인 홀에는 이벤트가 한창 진행 중이었다. 남편은 카페 구석에 있는 사무실 통유리로 나를 보더니 손짓을 했다. 사무실로 들어가자 남편은 내 어깨에 손을 두르고 같이 보자고 했다.

　남자가 무대에 서서 여자를 바라보며 편지를 낭독했다. 여자는 테이블에 앉아 기도하듯 두 손을 모으고 남자만 바라보았다. 조도가 낮아지면서 카페 곳곳에 놓인 촛불이 밝게 빛났다. 낭독을 마친 남자가 꽃다발을 들고 여자에게로 다가가 키스를 했다. 여자는 부끄러워하면서 남자의 품에 안겼다. 폭죽이 터졌다. 커플은 카메라 앞에서 꼭 껴안고 키스를 하는 포즈를 취했다. 사진을 찍는 직원은 한 번 더요, 라고 여러 번 짓궂게 외쳤다. 여자는 멈칫멈칫하는 게 보였지만, 남자는 그런 여자를 능숙하게 이끌었다. 매끈한 남자의 얼굴이 이상하게 낯익다. 어디서 봤을까.

　직원이 원두커피를 들고 왔다. 그 순간 나는 남자의 얼굴을 어디서 봤는지 정확히 기억해냈다.

이벤트 카페를 막 시작할 무렵, 남편은 고객으로 왔던 여자 때문에 골머리를 앓은 적이 있었다. 늦게까지 일을 하고 집에 들어온 남편은 그런 싸가지 없는 년은 처음 보겠다면서 험한 소리를 해댔다. 그렇게 흥분해서 욕을 해대는 모습은 처음 보았던 터라, 나는 좀 놀랐다.

개업 초창기에 커플 이벤트를 하러 온 여자였는데, 다짜고짜 카페로 찾아와서 상도덕도 없느냐고 사장 나오라고 소리를 질러댔다고 했다. 알고 보니 여자와 함께 왔던 남자가 얼마 전 다른 여자와 와서 커플 이벤트를 하고 갔다는 것이다. 그 사진을 홈페이지 자료실에 올려놓은 것이 화근이었다. 찾아와서 난동을 피우고 간 여자는 남편이 고개를 숙이며 죄송하다고 해도 아랑곳하지 않고 무시로 찾아와 영업을 방해한다는 것이었다.

"이년, 알고 보니 얼마 전에 아프리카티브이 비제이가 됐더라고. 지가 햅번이래."

남편은 아프리카티브이에 로그인해서 화면을 보여줬다. 남편의 아이디는 '우쭈쭈'였다. 남편은 집안에서 나를 우쭈쭈라 부르며 어린애 취급을 했다.

여자가 화면에 나타났다. 채팅방 이름은 '갓 스물의 연애 일기—연애가 처음이라 부끄부끄. 함께 물어봐요, ^앙^'이었다.

"이제 겨우 스물이야? 연애가 처음이라는데?"

"이년, 하는 말이 죄다 거짓말이야. 괜히 순진한 척 밑밥 뿌려서 돈깨나 있는 남자 낚으려는 된장녀라니까."

여자가 있는 곳은 분홍색 커튼이 벽에 걸려 있고 하얀 시트가 깔린 침대가 뒤로 보이는 평범한 방이었다. 긴 갈색 생머리에 햅번 스타일의 모자를 쓴 여자는 가슴이 깊게 파인 흰색 튜브 탑에 짧은 청치마를 입고 책상 앞에 앉아 있다.

"이거 봐. 날 잡아잡슈라고 얼굴에 몸에 써 붙이고 있는 거 봐, 이년."

"그냥 벗고 있는 거네. 근데 날 잡아잡슈, 하는 게 어디서 느껴지는데."

"남자들은 보면 그냥 알아. 느낌이 와."

여자는 별 움직임이 없고, 오른편에 뜬 채팅창에 글이 새로 추가되고 있었다. 톤이 높고 가느다란 여자의 목소리가 귀에 부드럽게 감겼다. 입안의 혀처럼 군다는 건 아마도 여자의 목소리를 두고 하는 말이란 생각이 들었다. 여자가 전 햅번이라고 해요, 라고 말하는데, 요, 라고 할 때마다 입술을 모아 내밀면서 뒤집는 게 보였다. 그 입술을 보고 있으려니 술안주로 먹던 닭똥집이 떠올랐다.

앉아 있는 탓에 짧은 치마는 쑥 올라가 움직일 때마다 가랑이 사이로 팬티 색깔이 살짝살짝 드러났다. 마이크 위치를 조정한다고 자리에서 일어나 가슴을 숙이자 모니터 화면으로 가슴골이 훤히 드러났다.

"이거 봐. 골빈 놈들이 스물세 놈이나 있네. 이런 거에 낚여 별풍을 천 개씩이나 쏘아대고."

별풍선 하나에 백 원이라고 했다. 천 개면 십만 원이다. 남편은 단정하듯 말했다. 이년, 나한테 돈 뜯으려는 거야, 틀림없어.

내가 잘못 본 것이 아니라면 햅번과 함께 커플 이벤트를 하러 왔던 남자가 맞을 것이다. 남자는 이번에 데려온 여자를 위해 바닷가재를 주문했다. 세 등급의 메뉴 중에서 최상위 등급이다. 남자는 의자를 뒤로 뺐다가 여자가 앉기를 기다려 다시 안으로 밀어 넣었다. 매너가 몸에 밴 바람둥이다.

내가 소파에 앉자 남편이 옆자리에 와서 앉았다.

"저 남자애, 햅번하고 같이 왔던 애 맞지?"

햅번이라는 말에 남편은 당황했는지 입가에 커피를 흘렸다. 테이블에 티슈가 있는데 굳이 자신의 책상까지 가서 티슈를 가져왔다.

햅번이라는 그 이름을 내가 어떻게 잊을 수 있겠는가. 남편은 카톡은 물론이고 아프리카티브이도 매일 드나들면서 잡소리를 지껄인다. 남편 카톡을 보면 햅번과 무슨 짓을 하고 돌아다니는지 다 들여다볼 수 있다. 자기야 등록금 땡큐. 샤넬 신상 체인 숄더백 ㄱㅅㄱㅅ 넘 이쁨. 치즈등갈비 완전 맛남,

또 머꼬십쟈나.

그건 약과다. 연애 시절 나랑 다닌 남산 힐튼호텔은 두 사람의 단골 섹스 장소였다. 힐튼호텔에서 남산 야경 보면서 하니까 꿀잼. 햅번 넘넘 조아서 별 다섯 번 따쟈나. 담엔 열 번 ^^ㅋㅋ 부ㄲ부ㄲ. 햅번은 일주일이 멀다 하고 그런 카톡을 보냈다.

남편은 카페 안쪽 룸으로 나를 이끌더니 주방장을 불러 저녁을 주문했다. 바닷가재 좋은 게 들어왔다면서 그걸로 먹자고 했다.

창밖으로 한강의 야경이 한눈에 들어온다. 연애할 때 남편은 자주 나를 강변 레스토랑으로 데려갔다. 그때마다 남편은 바닷가재를 시켰다. 남편은 살을 하나하나 발라 내 접시에 담아주었고, 집게다리를 깨서 뽀얀 속살을 입에 넣어주었다. 남편의 한마디 한마디에 나는 입안 가득 살을 물고 함박웃음을 터뜨렸다.

지금 남편과 나는 서로 창밖만 바라본다. 강변도로를 달리는 자동차 불빛이 뒤섞이면서 한강의 어둠을 헤젓고 있다. 남편과 나는 어둠 속에서 서로를 속이고 정면충돌하기 직전의 자동차처럼 전조등을 번쩍이며 달리고 있다.

어떻게 하다 이 지경까지 오게 된 걸까. 내 책임일까, 남편 책임일까, 아니면 햅번, 아니면 K……

"또 문제 생기면 어쩌려고 저런 놈을 받아."

나는 어색한 침묵을 깨려고 슬쩍 눈짓으로 커플을 가리켰다. 남편은 커플을 보면서 씩 웃었다. 양복 상의를 벗어 옷걸이에 걸고 습관처럼 소매의 커프스단추를 가지런히 모아 테이블 옆에 올려놓았다. 그런 남편을 보고 있으면 영국 신사도 남편보단 못할 거란 생각이 들곤 했다.

"괜찮아. 사진만 올리지 않으면 돼. 돈은 두 배로 받기로 했어."

저 여자는 남자의 바닷가재급 사랑이 몇 개월도 지속되지 못할 시한부라는 걸 언제쯤 알게 될까.

"저 여자앤 뭐가 돼."

"결혼도 아니고 연애야. 요즘 이십 대 애들은 우리 때랑 달라."

남편은 햅번과 연애하고, 나는 K와 연애한다. 그런데 남편과 나는 결혼한 지 이 년밖에 안 되었다.

벌겋게 익은 바닷가재의 날카로운 집게가 눈에 들어왔다. 두 집게가 마주보고 서로를 잡아먹으려는 듯하다. 두 집게처럼 남편과 나는 언젠가는 서로를 물어뜯을 것이다. 입맛이 싹 가셨다. 남편은 맛있게 가재를 먹어치운다.

직원이 커피 주문을 받으러 왔지만, 나는 아까 마셨다며 자리에서 일어났다. 남편은 내가 일어나도 되는데 꼭 의자를 빼준다. 직원들 보라는 것이다. 내 허리를 부드럽게 당기는 남편의 손길을 느끼며 발걸음이 엉키지 않게 뾰족한 하이힐 앞부리를 보며 걸었다.

"가슴 다 들여다보이겠다. 내 여자답게 조신하게 입고 다녀."

가슴이 제법 파인 브이라인 니트에 스키니진을 입은 내 입성을 남편은 못마땅한 듯 훑었다.

"밤길 위험하니까 돌아다니지 말고 바로 집으로 들어가. 당신은 동안이라 다른 놈들이 처녀로 알고 덤벼들까 봐 걱정돼. 도착하면 전화하고."

연애할 때 남편은 서울 외곽에 위치한 내 집까지 늘 데려다주고 내가 대문을 열고 들어가는 걸 보고 나서야 돌아섰다. 버스 정류장에서 집까지 이백 미터쯤 되는 그 거리는 보안등이 곳곳에 놓여 있어 환했다. 하지만 남편은 안심이 안 된다고 했다. 그거 알아? 오십 미터쯤 가서 니가 뒤돌아서 손을 흔들면 누군가 널 확 낚아채가진 않을까, 걱정된다고. 백 미터쯤 가서 긴 생머리를 날리며 또 손을 흔들면 오빠, 무서워, 하면서 나를 부르는 거 같아서 도저히 걸음이 떨어지지 않는다고. 집에 들어가면 꼭 전화해. 남편과 나는 대학 동기지만, 나는 말 잘 듣는 어린애처럼 고개를 끄덕이고 환하게 웃으며 손을 흔들었다. 골백번도 더 들어 귀에 딱지가 앉

왔건만, 그래도 그때 남편의 걱정은 사랑한다는 말만큼이나
듣기 좋았다.

3

"아, 두 벌 사셨군요. 이제 생각나네요. 승인 취소하고 다
시 결제할게요, 고객님."

당연하다. 남편은 햅번 것도 샀을 것이다. 남편이 여름 원
피스를 선물할 때, 햅번 것도 산 걸 알았다. 그날 나는 백화
점으로 달려가 남편의 와이셔츠를 사면서 K의 셔츠도 하나
샀다.

작년 늦가을에 남편은 집에서도 좀 예쁘게 하고 있으면 안
돼, 하면서 나를 끌고 백화점으로 갔다. 남편이 날 위해 골라
준 옷은 단아한 투피스였다. 이제야 좀 정숙한 마누라 같네.
내 마누라가 다른 여자들처럼 허연 살 드러내는 거 싫어.

나는 새로 사업도 시작했으니 자기 양복도 사자고 남성복
매장으로 남편을 데리고 갔다. 삼십 대 중반에 들어선 남편이
좀 중후해 보이라고 짙은 감청색 양복 두 벌을 골랐다. 남편
은 도리질을 쳤다. 남편이 고른 건 후드티, 청바지, 야구점퍼,
스냅백 그런 것들이었다. 사장이 젊은 감각을 알아야 이벤트

도 감각 있게 뽑아내는 거야, 뭘 좀 알아야지, 라고 했다. 이제 사업가 다 됐네. 나는 남편의 팔짱을 끼고 콧노래를 흥얼거리며 쇼핑을 했다. 그런데 그때 이미 남편은 햅번과 바람을 피우고 있었다는 걸 한 달도 채 지나지 않아 알게 되었다.

공평해야 한다. 나만 당하고 살 수는 없다. 나는 그렇게 중얼거리며 입술을 앙다물었다. 백화점 오층 캐주얼 매장을 두 시간 가까이 돌아다니며 스냅백과 청바지와 야구점퍼와 후드티를 샀다. 남편에게 줄 결혼기념일 선물이다. 남편 것보다 허리가 한 치수 작고 길이가 더 짧은 청바지와 후드티를 한 벌 더 샀다. K에게 어울릴 것이다.

백화점에서 나와 남대문 버스 정류장으로 걸어갔다. 한남동 집에서 명동 신세계백화점을 오갈 때면 늘 남산 소월길로 다니는 405번 버스를 탔다. 노란 은행잎이 날리는 명동 거리는 젊은 남녀와 중국인 관광객으로 뒤섞여 수요일인데도 북적북적하다. 대학생으로 보이는 젊은 애들은 스마트폰에 푹 빠져서 고개도 들지 않고 거리를 걷는다. 앳돼 보이는 청년이 속바지가 다 보일 만큼 짧은 스커트를 입은 여자애 허리를 두 팔로 감고 입을 맞춘다.

햅번도 대학 일 학년이라 했다. 햅번은 왜 나이 많은 남편을 좋아하는 걸까. 햅번은 이런 데 없을 것이다. 햅번은 자기 또래의 남자가 아니라 삼촌 같은 남편과 호텔방에서 뒹굴고 있을 것이다. 햅번은 돈이 필요한 걸까. 섹스의 쾌락이 필요한 걸까. 불륜을 즐기는 걸까. 아니면 남의 가정을 파탄 내는 데 희열을 느끼는 걸까.

버스가 소월길로 들어선다. 앞에 달리는 승용차 바퀴를 따라 도로에 떨어진 낙엽이 회오리쳤다. 소월길에도 가을이 깊어가고 있다. 남산 힐튼호텔이 보인다. 눈을 질끈 감았다. 햅번과 바람을 피우는 걸 알기 전만 해도 힐튼호텔을 보면서 남편과 함께 다시 가보고 싶다는 생각을 했다. 연애 시절 남편과 힐튼호텔에서 하룻밤을 묵고 나면 세상이 다 내 것인 것처럼 우쭐했었다. 그런데 이젠 힐튼호텔만 보면 피가 거꾸로 솟는다.

작년 연말 한 해를 보내는 아쉬움으로 나는 서프라이즈 파티를 준비했다. 그런데 남편은 저녁때가 지났는데도 집에 들어오지 않고 전화를 했다. 제주도에 분점을 내는 일로 지금 급하게 제주도로 출장을 가야 하니까 못 들어온다면서 문단속 잘하고 자라고 하고는 끊어버렸다.

다음 날 정오쯤, 카페 아르바이트 직원이 집으로 전화를 해서 남편을 급히 찾았다. 꽤 큰 이벤트 의뢰가 들어왔는데 빨리 결정해야 한다며 사장님 핸드폰으로 연락이 안 된다고 했다. 내가 제주도 출장 가지 않았냐고, 일이 있어 꺼놓은 모양이라고 하자 직원은 당황한 목소리로 아 참 그렇죠, 제가 깜박했네요, 하면서 끊었다.

저녁에 돌아온 남편에게 물어보자 남편은 직원과 통화했다고, 그때 배터리가 나갔다고 했다. 남편 짐을 푸는데 남편 옷에서 힐튼호텔 조식권이 나왔다. 서울 힐튼호텔, 제주도. 도저히 연결이 되지 않았다.

그날부터 나는 남편의 메일 아이디와 비밀번호를 알아내기 시작했다. 남편이 완전히 곯아떨어지면 남편의 스마트폰을 열어 카톡과 문자도 확인했다. 남편의 카톡에서 햅번의 카카오스토리로 들어가보니 남편과 같이 뭘 했는지가 조목조목 기록되어 있었다. 하루하루 연애 일기를 쓰듯 사진을 곁들여 놓았는데 날이 갈수록 아주 가관이었다. 남산타워 야경을 배경 삼아 힐튼호텔에서 찍은 사진에서 남편은 백화점에서 산 청바지에 스냅백을 쓰고 활짝 웃고 있었다. 남편 스마트폰 갤러리에는 벌거벗고 침대에 누워 아양을 떨고 있는 햅번의 사진이 여러 장 있었다.

어떻게 이럴 수가 있을까. 이년, 저년 욕설을 내뱉던 남편이 햅번과 몸까지 섞은 걸 확인하면서 나는 남편과 햅번을 찢어 죽이겠다고 다짐을 했다. 나만 이렇게 당할 순 없다고, 피멍이 드는 줄도 모르고 입술을 깨물다가 나는 결국 K에게 달려갔던 것이다.

가슴이 답답해지면서 멀미가 난다. 나는 하차벨을 황급히 눌렀다.

길 건너편으로 남산도서관이 보였다. 숨을 크게 들이켜고 내쉬면서 울렁이는 속을 가라앉혔다.

사랑해. 평생 웃게 해주고 싶어, 자신 있어.

남편은 그렇게 말하면서 해 지는 오후 남산 소월길에서 청혼을 했다. 대학을 졸업하고 다니던 작은 무역상사에 신물이 날 무렵이었다. 아니, 리먼브라더스 사태인지 지랄인지 때문에 여자인 나는 그만두어야 할 상황이었다. 서른이 되는 일요일, 밤꽃 향기가 정액 냄새를 풍길 때였다.

그날 나는 낮부터 K의 자취방에서 K와 뒹굴었다. 직장에서 받은 스트레스 때문인지, 나는 일요일이면 K의 자취방을 찾았다. 물론 그때도 남편을 만나고 있었다. 남편과는 주중에 한 번 정도 만나 영화를 보고 고급 레스토랑에서 저녁 식사를 했다. 회사 일로 바빠 오늘 힘들다고 하면 남편은 내가 퇴근할 때까지 밤늦도록 회사 앞에서 기다렸다.

대학 선배인 K는 그 무렵 국전에 당선되었으나 표절 시비에 걸려 만신창이가 되고 있었다. 금방이라도 한 줌 재로 삭아버릴 것 같은 K를 보면서 마음이 쓰이는 걸 나도 어쩌지 못했다. 그날도 K가 멍하니 캔버스 앞에 앉아 소주를 들이켜는 걸 지켜보다 남편의 전화를 받고 나온 길이었다.

남산도서관에서 공부를 하다 나왔다는 남편은 깔끔한 셔츠에 카디건을 입고 있었다. 큰 키와 호리호리한 몸매를 돋보이게 하는 차림이었다. 경영학과를 나와 잘나가는 증권회사를 다니던 남편은 주말이면 늘 남산도서관을 찾았다. 내가 학교 도서관을 가지 왜 그러냐고 묻자, 남편은 학교에 가면 내가 없어 너무 썰렁하다고 했다. 내가 다니는 회사 근처 남산에 있으면 편하다고, 남편은 하얀 치아를 드러내며 수줍게 웃었다.

사람은 햇빛을 쬐어줘야 덜 우울하대. 봄볕에 얼굴이 얼마나 잘 타는지 알지. 자외선 때문에 주근깨 생기면 예쁜 얼굴 딸기 되니까, 자, 선크림도 바르고. 점심 아직 안 먹었지? 내가 이태원에서 제일 잘한다는 맛집에서 수제 마약 햄버거 사 왔지. 어디 가고 싶은 데 없어? 말만 해, 어디든 모실게. 우리 가평에 있는 아침고요수목원에 갈까? 차 가져왔거든. 너 태워주려고 어제 깨끗하게 세차했어.

두서없이 손발을 휘저으며 주절대는 남편을 보고, 참 맑다, 때 묻지 않은 이른 아침의 햇살 같은 남자구나, 그런 생각을 하며 남편을 빤히 쳐다보았다. 이 남자, 정말 나를 사랑하는구나.

봄볕이 따스한 오후라서 그런지 나는 나른해졌다.

"아침고요수목원은 저번에 갔잖아. 그리고 거긴 멀어. 그냥 조용한 곳에서 쉬고 싶어."

내가 왜 그런 말을 했는지 모르겠다. 다만 남산을 뒤덮은 그놈의 밤나무가 풍기는 냄새 때문이라 생각했다. 아니 지친 K를 잊고 싶었다.

남편은 차를 몰고 가까운 힐튼호텔로 갔다. K와 자취방 아니면 싸구려 모텔만 가던 나는 이런 곳도 있구나, 라는 생각을 했다. 남편의 몸짓에 내 몸은 민감하게 반응했다. 그렇지만 나는 그런 내 몸의 반응을 숨기기로 했다. 적어도 이 남자에게만은 그래서는 안 된다는 생각이 들었다.

호텔에서 나와 소월길에 다시 섰을 때 해가 뉘엿뉘엿 지면서 서울 하늘을 붉게 물들이고 있었다. 남편은 걱정스런 표정으로, 이럴 생각은 아니었는데 미안하다며 평생 나를 책임지겠다고 했다.

남편은 내게 청혼을 하고 있었다. 나는 선뜻 대답을 할 수 없었다. 자꾸만 K와 낮에 몸을 섞은 일이 내 뇌리를 떠나지 않았다. 누구 앞에서도 부끄럽다고 생각해본 적 없지만, 그 순간만큼은 나는 고개를 들 수가 없었다. 소월길을 걸어 올라가 남산 팔각정 앞에 섰을 때 나는 남편에게 말했다.

"내가 너의 사랑을 받을 자격이 있을까?"

"대학 다닐 때부터 나한텐 너뿐이었어. 넌 그냥 바라보고만 있어도 눈이 부셔. 자격이 없는 건 나야."

남편은 수줍게 손을 비볐다.

"회사 그만두려고. 적성에 안 맞아. 월급은 쥐꼬리만큼 주면서 온갖 잔소리야. 아버지께 말씀드려 사업을 해보려고. 너랑 결혼하겠다고 부모님께 다 말씀드렸어."

남편은 결혼 후의 미래에 대해서 이야기하면서, 우리, 라고 계속해서 말했다. K에게서는 들어보지 못한 말이었다. K는 언제까지나 너는 너, 나는 나였다. K의 재능만 믿고 뒷바라지로 평생을 살 자신도 없었고, 더군다나 나는 당장 회사를 그만두어야 할 처지였다. 무역상사 말단 직원인 내게 증권회사의 월급이 쥐꼬리만 하다고 말하는 남편, 재산이 넉넉한 부모 밑에서 어떤 사업이든 벌여볼 수 있는 그런 남편을 거절할 이유가 없었다.

결혼을 결심하면서 나는 소월길에서 느꼈던 남편에 대한 죄스러운 마음을 평생 잊지 않으리라 다짐했다. 결혼하고 나서 일주일에 한 번씩 시댁을 찾아가 문안인사를 드렸고, 계절이 바뀔 때마다 시부모님 보약도 챙겨드렸다. 남편 일이 잘되지 않아 힘들어할 때도 남편 기를 살려주기 위해 애를 썼다.

그런데 이게 뭔가. 혼인 서약을 한 지 일 년도 안 돼서 바람이라니.

4

집 안을 청소하고 남편 저녁을 준비해놓고 컴퓨터 전원을 켰다. 남편 메일을 열어보고 햅번의 카카오스토리에도 들어 갔다. 둘 사이에 새로운 이야기는 없었다. 혹시나 싶어 햅번 의 카카오스토리를 이 잡듯 뒤졌다. 그러는 사이에 아홉 시 가 되었다. 아프리카티브이에서 햅번이 생방송을 할 시간이 었다.

남편은 내가 집에서 밥하고 빨래하고 인터넷에서 쇼핑을 즐기면서 사는 그런 주부로만 알고 있다. 그건 맞다. 하지만 남편이 착각하고 있는 것이 있다. SNS를 안 하는 건 잘 못해 서가 아니라 하고 싶지 않아서다. 스마트폰을 잘 다루지 못한 다고 생각하지만 그것 역시 착각이다. 나는 남편이 사용하는 비밀번호를 속속들이 알고 있다. 메일도, 카톡도, 아프리카티 브이도, 은행통장의 비밀번호도. 나는 남편 몰래 스마트폰 비 밀번호 패턴을 눈여겨봐두었다가 비밀번호가 바뀔 때마다 스 마트폰에서 그걸 모조리 빼낸다.

나는 메데이아라는 아이디로 햅번의 채팅방에 입장했다. 햅번과 남편은 메데이아가 그리스 신화에 나오는 복수의 화 신이라는 걸 알까. 우쭈쭈가 채팅방에 입장해서 글을 올렸다. 채팅방에는 햅번사마 등장이라고 난리가 났다. 배용준을 좋아하는 일본 팬들이 욘사마라고 부른다더니, 햅번사마까지. 별풍선을 얼마나 많이 쐈으면 그런 별명이 붙었을까. 햅번의 얼굴이 환해졌다.

햅번과 우쭈쭈 사이에 비밀글이 오가더니 우쭈쭈가 별풍선을 오천 개 날렸다. 햅번은 카메라를 떨어뜨렸다면서 호들갑을 떨었다. 어딨지, 카메라를 찾는 목소리가 들리고 화면에는 바닥에 엎드린 햅번의 뒷모습이 보였다. 속이 훤히 비치는 얇은 흰색 스커트 아래로 가느다란 끈만 있는 햅번의 보랏빛 T팬티와 희멀건 엉덩이가 적나라하게 드러났다. 갑작스럽게 채팅 인원이 올라갔다. 채팅창에 감탄사와 별풍선이 쏟아졌다. 화면에 우쭈쭈가 올린 별풍선 오천 개가 또 떴다.

햅번에게 T팬티가 섹시하다, 어디서 샀냐고 물었다. 햅번은 수입 한정판이랍니다, 실은 사랑하는 오빠가 선물한 거라 가격은 잘 모르겠네요, 라고 답을 올렸다. 사랑하는 오빠라니, 내 남편이 오빠라니.

남편이 바람을 피우기 전이었다. 밋밋한 섹스가 끝나고 남편과 나란히 누워 이야기를 나누다가 T팬티 얘기가 나왔다. 남편 친구는 자기 마누라와 섹스하면서 그걸 입힌다는 거였다. 나는 솔깃해져 우리도 그럴까, 하자 남편은 부부가 그게 무슨 짓이냐며 화를 버럭 냈다. 그런 짓은 남자가 바람피울 때나 돈 주고 여자를 살 때 하는 거야.

나는 남편이 바람피우는 걸 상상도 하지 못했다. 잠자리에서 내가 남편 위로 올라갈라 치면 남편은 기겁을 했다. 자기 표정을 내려다볼 수 없는 게 나는 싫어. 자기 긴 머리칼이 하얀 시트 위에 깔리면 얼마나 가슴 설레는데.

그랬던 남편이 햅번에게는 T팬티를 선물했다. 그걸 입은 모습을 생중계해서 보여주는데도 백만 원씩이나 별풍선을 날리면서 시시닥거린다. 혼자 보는 것도 아니고 온갖 놈들이 다 들여다보는데도 좋아한다. 내겐 가슴 보인다고 타박을 하면서. 남들은 침 흘리면서 감상만 하는 저년 몸뚱이를 직접 만지고 가질 수 있어서인가. T팬티를 입히고 섹스를 하겠지, 저년을 자기 배 위에 올려놓고 미쳐 날뛰겠지.

대체 둘은 어떤 관계일까. 사랑하는 사이? 애첩? 그럴 리 없다. 그저 T팬티로 자극을 주고받는 섹스 파트너일 것이다. 저년은 몸 파는 여자다. 저렇게 제 몸을 팔고 돈을 번다. 한 달에 천만 원 넘게 번다고 한다. 남편에게서 용돈은 물론이고 학비며 온갖 명품까지 뜯어낸다. 돈벌레가 따로 없다.

나는, 우쭈쭈님 완전 내 스타일, 우리 번개 할까요? 라고 올렸다. 번개같이 햅번이 우쭈쭈에게 비밀글을 달았다. 햅번과 비밀글이 서로 오가더니 우쭈쭈는 대답 없이 퇴장해버렸다.

도망가겠단 말이지? 나는 로그아웃하고 남편의 아이디로 다시 로그인을 했다. 채팅방에 들어가자마자 햅번이 비밀글로 말을 걸어왔다.

햅번: 오늘 갈까? 붕붕이 힘세졌지?

우쭈쭈: 응.

햅번: 응??? 어휴, 촌시러ㅋㅋㅋ. 오키. 끝나고 카페로 고고. 근데 카페 소파 쫌 불편ㅠㅠㅠ 바꿔줘잉.

우쭈쭈: 응.

햅번: ㄱㅅㄱㅅ 우쭈쭈 짱. 쫌만 참아죠. 내가 붕붕이 앙 물어줄게. 기다려욤^^

오늘 저녁 햅번이 남편 회사 소파에서 남편 붕붕이를 입으로 물어준다……

붕붕이는 남편과 나만 아는 별칭이다. 결혼 전에 K와 섹스를 할 때는 서로의 몸 구석구석에 입술이며 손길이 닿지 않은 곳이 없었다. 특히나 K는 오럴을 할 때면 쾌감에 못 이겨 몸을 사정없이 비틀었다. 처음에 내가 오럴을 거부하자 K는 오럴이야말로 성기 중심주의를 벗어나 죽음의 쾌락에 닿는 행위라 했다. K는 나를 자신의 배 위에 올려놓고 내 성기를 부드럽게 혀로 핥았고, 내 입은 자연스레 K의 성기를 받아들였다. 그럴 때마다 나는 정신을 놓았고, 내가 여자인지 K가 여자인지, 아니면 둘 다 남자인지 알 수가 없었다. 벌거벗은 동물적 인간의 사랑, 그런 걸 느꼈다.

결혼 직후 남편의 성기를 손으로 만지다가 입으로 가져가려 하자 남편은 화들짝 놀랐다. 내가 이 붕붕이는 한 번도 뽀뽀당한 적 없나 봐, 내가 해보고 싶어, 너무 귀여워, 라고 하자, 남편은 단호하게 자리를 박차고 일어났다. 자기야, 그런 건 창녀나 하는 거야, 자기 같은 착한 여자가 그러면 이상해, 그리고 그건 좀 더럽잖아. 내가 부부 사이는 그런 줄 알았다고 하자, 남편은 부부 사이는 서로 잠자리에서도 존경해야 한다고 엄마가 말했다고 했다.

솔직히 말하면, 나는 남편과 오럴을 하고 싶었다. K와 나눈그 쾌락을 남편에게는 도저히 느낄 수 없었다. 이후 남편은나와 몸을 섞고 싶을 때면, 자기야, 내 붕붕이 힘세졌어, 라며내 몸을 탐했다. 남편의 붕붕이가 희열에 떨 때, 나는 달아오른 내 몸을 식히느라 안간힘을 써야만 했다.

햅번과 남편이 주고받은 카톡이 떠올랐다.

자기 마눌 자기 붕붕이 엄청 굵기나 봐.

내 붕붕이는 마눌 앞에 서면 힘이 빠져. 마눌 허리 굵어안 돼. 자기랑 하면 엄청 세지는데.

왜?

자기 거 완전 죽여줘.

하긴 나 만났던 늙다리 다 내 그거 장난 아니래.

동감ㅋㅋㅋ.

남자 놈들 다 똑같아. 마눌은 밥쟁이, 나는 요물.

남편의 카톡에 있던 글자들이 벌레가 꿈틀거리는 것처럼 채팅창 위를 기어 다녔다. 벌레들은 먹이를 찾는 것처럼 일제히 나를 향해 고개를 치켜들었다. 벌레들이 화면 밖으로 스멀스멀 기어 나와 나를 향해 달려들 것만 같아 진저리를 쳤다. 황급히 마우스로 로그아웃 버튼을 눌렀다. 꾸물거리는 벌레의 잔상은 오래도록 사라지지 않았다.

5

다음 날 나는 평소대로 남편에게 아침을 차려주고 다림질한 옷을 내밀었다. 남편이 출근한 후 집 안 청소를 하고 빨래를 했다.

K의 오피스텔은 한남동에서 한강 다리를 건너자마자 있다. 학원에서 미대 입시생을 가르치는 K는 낮에는 시간이 한가했다.

점심을 먹고 나자 K는 먼저 일어나서 오피스텔로 갔다. 나는 커피 전문점에서 커피를 한 잔 마시고 나서야 들어갔다. 커피를 마시면서 나는 내일 결혼기념일이니 오늘은 K의 몸을 탐하지 말자고 다짐을 했다. 하지만 엘리베이터에서 내려 K의 오피스텔 비밀번호를 누를 때부터 나는 허물어지고 있었다.

K를 위해 속옷을 입었지만 보여줄 겨를도 없었다. K와 나는 활활 벗어젖히고 부둥켜안았다. 배고픈 염소 새끼처럼 젖꼭지를 물고, 서로의 가랑이 사이를 뱀 혀처럼 날름거리고, 사마귀처럼 서로 잡아먹을 듯 붙잡고 매달렸다. 쉼 없이 몸을 부딪쳐 마침내 산란하는 은어처럼 발끝까지 밀려드는 전율에 진저리를 치고 난 뒤에야 두 몸뚱어리는 떨어졌다.

K는 담배를 꺼내 물더니 나에게도 내밀었다. K와 나는 천장을 바라보며 말없이 담배 연기를 내뿜었다.

늘 그랬듯이, 나는 K에게 아무것도 묻지 않는다. 왜 이혼을 했는지, 왜 그림을 그만두고 학원 강사를 하고 있는지 묻지 않는다. 미간에 잡힌 세로 주름을 보며, 관자놀이 근처에 희끗희끗하게 돋아나는 흰머리를 보며 나는 신산한 K의 삶을 읽을 뿐이다.

신입생인 나에게 영문학이 학문인가, 영어는 아이 러브 유만 알면 돼, 근데 넌 얼굴은 전도연인데 몸매는 샤론 스톤이네, 내 모델로 선택해주지, 라며 집적거리던 K의 장난기 가득

한 입술, 표절 시비로 허물어지면서 자신 곁에 있어달라며 시끄러운 술집에서 눈물을 흘리던 K의 애절한 눈, 내가 결혼한다고 하자 고개를 숙이고 축하한다고 말하던 K의 침울한 목소리, 그 모든 흔적이 K에게는 지워져버린 듯하다. 내가 사랑했고, 함께 청춘을 가슴 아파했고, 내 미래를 꿈꾸게 했던 그 예술가의 모습은 찾을 수 없다.

가정을 꾸리고 아이를 낳고 하는 동안 K는 돈을 벌어야 했을 것이고, 그림밖에 그릴 줄 모르는 가난한 화가는 예술을 버리고 코흘리개 아이들이나 가르쳐야 했을 것이다. 그리고 다 잠든 밤이면 술을 마시고, 한때는 삶의 전부였던 예술을 배반한 대가가 이런 것인가 곱씹었을 것이다. 취하고, 또 취하고. 아내는 더 참아내지도 감당해내지도 못했겠지.

K는 몸을 일으켜 싱크대로 갔다. 수돗물을 받아 벌컥벌컥 들이켜고 냉장고를 열어 소주를 꺼냈다. 헐렁한 면바지 하나를 걸친 K의 마른 몸을 바라보았다. 사십 대 초반의 나이건만, 대학 시절처럼 다시 말라가고 있다.

K는 맥주잔 반쯤 되게 소주를 채우고 두 번에 걸쳐 나눠 마셨다. 바닥에 찰랑거릴 만큼 담긴 소주를 나도 한입에 털어넣었다. K도 내게 아무것도 묻지 않는다. 느닷없이 내가 왜 울부짖으며 자신에게 전화를 했는지, 왜 만취가 되도록 술을 마셨는지, 몸을 섞으면서 퍼부은 욕설은 대체 누굴 향한 것이

었는지를.

내일 결혼기념일인데, 이게 아닌데, 라고 중얼거리면서 나는 옷을 챙겨 입었다. 하이힐을 신으려는데 평소와는 달리 K가 낮은 목소리로 말했다.

"너는 하나도 변한 게 없구나. 몸도 예전 그대로 아름답고."

내가 변한 게 없다고? 내 몸이 아름답다고?

"세월이 흐르면 모든 게 변하지. 예술가가 되고 싶던 내가 예술을 돈으로 팔고 있으니까."

뒤돌아보니 K는 캔버스를 쓰다듬고 있다.

"나 다시 예술로 돌아가고 싶다. 더럽고 탐욕에 찌든 내가 순수한 예술을 할 자격이 있는지는 모르겠지만……. 예술이 나를 용서한다면 다시 그림을 그리면서 살고 싶다."

나는 그 자리에 얼어붙었다. 무슨 말을 하는 걸까. 내가 지금 이렇게 사는 것에 대해 K도 최소한의 책임이 있다. 순진한 나를 꾀어 예술이니 여성해방이니 하면서 나를 눈멀게 하고 내 몸을 들뜨게 하지 않았던가. K는 지금 나를 괴롭히는 얘길 하면 안 된다.

오피스텔 문을 여는데 K가 서류봉투를 하나 내밀었다.

"얼마 전에 짐 정리하다가 나왔어. 아무래도 네가 갖고 있는 게 좋을 거 같아서."

나는 봉투를 받아 들고 나오면서 말했다. 다음 달에 봐.

버스를 타고 집으로 오다가 한남대교 전망대에서 내렸다. 저 멀리 남산 소월길 쪽에 노을이 깔리고 있다. 다리 아래로 흐르는 강물에도 붉은 기운이 번졌다.

무아지경으로 육체를 탐하는 K와의 관계가 끝나고 나면 남편을 향한 분노와 증오 같은 감정들이 다 부질없는 것처럼 느껴지곤 했다. 모든 감정들이 끓어 넘치고 결국에는 남김없이 소멸되어버리는 그 카타르시스를 느끼기 위해 나는 K를 찾았던가. K에게 아무 말도 하지 않았지만 아마도 내가 K에게 감정의 찌꺼기를 토해내고 있다는 것을 K는 느꼈을 것이다.

강물을 붉게 물들이는 노을을 남편도 카페에서 바라보고 있을까. 남편은 지금 무엇을 하고 있을까. 햅번과 만나고 있을까. 햅번과 만나면서 내 생각을 할까. 남편은 오래전 내 가슴을 뛰게 했던 사랑 고백을 햅번에게도 했을 것이다. 남편은 사랑을 일회용 이벤트로 생각하는 걸까. 남편이 내게 소월길에서 고백을 하고, 그런 남편 앞에서 나는 다시는 죄를 짓지 말자고 다짐을 하고, 신혼여행을 가서 우리의 미래에 대해 꿈을 꿨던 그 모든 것이 잠깐 사위를 붉게 물들이고 사라지는 일몰에 불과했던 것일까.

나는 휘청거리는 다리를 애써 가누며 집으로 발길을 돌렸다.

집 안은 텅 빈 고요로 가득했다. K와 남편, 남편과 K가 자꾸 머리를 어지럽힌다. 나는 어쩌면 남편도 K도 없이 홀로 남은 시간을 보내야 할지 모른다. 다시 젊은 그때로 돌아간다면 나는 어떤 선택을 할까. 남편일까 K일까. 아니면 전혀 다른 남자일까. 어떤 선택이든 지금보다 덜 가슴 아프고 덜 외로웠으면…….

햅번은 젊다. 햅번은 남편을 버리고 얼마든지 새로운 선택을 할 수 있다.

햅번의 방송에 접속했다. 햅번은 오늘따라 더 요염해 보인다. 그런데 가만 보니 햅번의 얼굴에는 스무 살다운 순진함도 보인다. 남편은 햅번의 탱탱한 저 육체에 혼이 쪽 빨린 걸까, 아니면 햅번의 청순한 이미지에 넋을 잃은 걸까.

옷을 벗고 거울 앞에 섰다. K는 내 몸이 변하지 않았다고 했다. 뭐가 변하지 않았다는 건가. 눈가에 주름살도 생기고 피부도 윤기를 잃고 엉덩이 탄력도 예전만 못하다. K와 나눈 쾌감 때문인지 젖꼭지만 유난히 도드라져 있다.

나는 이제 햅번과 같은 젊음을 결코 되찾을 수 없을 것이다. 햅번의 젊은 육체에 빠졌다면 남편이 다시 내게로 돌아오기는 힘들 것이다. 햅번의 몸이 시들해지면 남편은 또 다른 햅번을 찾겠지.

햅번의 방송은 저녁 열두 시 무렵 끝났다. 새벽 두 시쯤에 집에 들어온 남편은 컴퓨터 앞에 앉아 있는 내게 맨날 쇼핑이냐며 핀잔을 놓고는 피곤하다며 침실로 바로 들어갔다. 남편의 눈이 퀭했다.

6

결혼기념일 아침에 남편은 출근하면서 불꽃축제 때문에 종일 이벤트가 잡혀 있다고 했다. 결혼기념일인데 미안해. 대신 주말에 시간 내서 맛있는 거 먹자. 남편은 그렇게 말하면서 내 손에 카드를 쥐여 주었다. 사고 싶은 거 다 사. 새벽에나 들어올 거야. 문단속 잘하고 먼저 자. 근데 머리가 그게 뭐야, 좀 단정하게 해.

신혼 초에 등을 덮는 긴 생머리를 만지작거리며 남편은 말했다. 진짜 청순해 보여. 긴 생머리에 사슴 같은 눈. 바스라질까 겁나고 날아갈까 걱정돼. 널 꼭 안고 있으면 세상 다 가진 거 같아. 절대 머리 자르지 마.

머리가 엉겨 붙어 남편 말처럼 볼썽사납다. 결혼 생활 내내 긴 머리를 간수하는 일은 여간 힘든 게 아니었다. 청소를 끝낸 방바닥에 머리카락 한 올만 떨어져도 청소 안 한 것처럼 지저분해 보였고, 욕실 수챗구멍에 잔뜩 감긴 머리카락 타래를 집어 올리는 것도 징그러웠다. 숱이 많은 편이어서 샴푸도

금방 떨어졌고, 젖은 머리를 말리는 데만도 족히 삼십 분은 걸렸다. 겨울이면 정전기 때문에 일주일에 세 번 이상은 트리트먼트를 해야 했다.

그 고생을 하면서도 긴 머리를 고집하고 있는 건 남편 때문인가. 내 긴 머리는 남편의 바람을 용서하고 있는 건가. 아니면 K와 바람을 피우면서 이 긴 머리로 남편의 아내라는 걸 스스로에게 각인시키고 있는 건가. 이 긴 머리를 그대로 두면 남편과 내 사이가 예전으로 돌아갈 수 있을까. 아니다. 남편도 언젠가는 내 비밀을 눈치챌 것이다. 그때 나는 긴 머리를 잘라야겠지.

남편 아닌 남자를 만나지만 그래도 결혼기념일만큼은 남편과 함께 시간을 보내고 싶다는 생각을 하면 안 되는 걸까. 어쩌면 남편은 나를 위해 또 이 가정을 위해 결혼기념일인 오늘만큼은 일하느라 바쁠지도 모른다. 가슴 한구석에 찬바람이 일었다.

남편의 메일도 카톡도 확인하기가 싫어졌다. 낮 시간이 지루하기 그지없다. 문득, 어제 K가 준 봉투가 생각났다. 봉투를 열자 누드화 한 장이 나왔다. 대학 시절 나를 모델로 해서 K가 그린 그림이었다. 앳되고 청순하다. 내가 이랬던가.

대학 이 학년 봄 축제가 있던 때였다. 새 천년이 시작되는 해라며 모두가 들떠 있었다. 이십 세기의 마지막 학번인 1999

학번 신입생인 내게 모델이 돼달라며 접근해 내 처녀성을 가져간 K는 대학 졸업을 앞두고 작품을 만든다며 누드모델이 필요하다고 했다. 나는 오후 수업 시간도 빼먹고 K의 자취방에서 전라의 몸으로 포즈를 잡았다. K는 내 벌거벗은 육체를 보고도 그림에 열중했다. 땀을 삐질삐질 흘리면서 서너 시간 그림을 그리던 K가 드디어 붓을 놓고는 수고했다고 했다. 나는 당연히 K가 내 몸을 탐할 것이라는 생각으로 옷을 입지 않고 있었다. 그런데 K는 의외의 말을 했다. 지금은 안 돼. 넌 지금 내게 예술품이야, 성스럽고 소중하고 내가 가장 사랑하는 예술품. K는 작업을 마무리해야 한다며 내게 바람을 쐬다가 저녁에 오라 했다.

K는 이 그림을 보면서 잊고 있던 소중한 예술혼을 떠올리고, 다시 그림을 그리고 싶다는 생각을 한 걸까. 이 그림을 그릴 때만 해도 K는 내 몸과 마음을 사랑한다고 했다. 그런데 지금 내 몸과 마음은 수십 수백 번 물감을 덧칠한 캔버스처럼 마르고 갈라졌다. K는 내가 증오와 복수의 껍데기만 뒤집어쓰고 있다는 걸 알고 있다. 그리고 옛날의 나로 돌아가라고 무언의 압박을 하고 있다. 이젠 K와도 결별해야 할 시간이 다가오는 것인가.

긴 한숨을 내쉬며 커피를 한 모금 마시다 말고 흠칫 놀랐다. 그러고 보니 이 그림에는 남편과 처음 만났던 그 시간이 아로새겨져 있었다. 그걸 이제야 알다니.

그날 나는 K가 시킨 대로 저녁때까지 시간을 보내려고 축제에 들뜬 교정을 거닐고 있었다. 본관 앞을 지나는데 누군가 내 앞을 가로막았다. 저, 걸개그림 만들고 있는데 도와주실래요. 지금의 남편이었다. 영문도 모르고 끌려가서 보니 바닥에 피씨천을 깔고 아크릴 물감으로 손바닥이며 발바닥 도장을 찍고 있었다. 축제 마지막 행사에 쓸 그림을 만드는 중이라고 했다.

보시다시피 남학생뿐이라서. 남편은 머리를 긁적이며 씩 웃었다. 손이고 발이고 할 것 없이 물감 범벅이다. 그걸 보고 나는 흔쾌히 고개를 끄덕였다. 좋아요. 나는 양말을 벗고 청바지를 걷어 올렸다. 꽤나 번거로운 작업이었다. 서로 다른 색으로 발도장을 찍어야 해서 내가 노란 물감을 발바닥에 묻혀 찍고 나면 남편이 달려와 나를 번쩍 들어서 밖으로 옮기고 발을 닦아주었다. 다시 분홍 물감을 발바닥에 묻혀 찍고 나면 다시 달려와 나를 옮기고 발을 닦아주었다. 처음에는 어색하고 부끄럽던 것이 마지막 발도장을 찍을 때는 더 찍을 자리가 남아 있지 않은 게 아쉽기까지 했다.

나는 벤치에 앉아 두 발을 내밀었다. 비눗물을 푼 대야에서 남편은 내 발가락을 만지작거렸다. 발이 참 예쁘시네요. 발가락 사이를 닦는 남편의 손길이 조심스러웠지만 그럴수록 나는 자꾸만 간지러워서 몸을 비틀었다. 남편은 발톱에도 물감물이 들었다면서 비누를 칠하고 또 칠했다. 남편의 발은 여전히 물감 범벅이었다.

나는 남편이 새로 떠 온 물에 비눗물을 풀고 이번에는 내 차례라며 남편을 벤치에 앉혔다. 자기가 하겠다는 걸 나는 열 번 넘게 발을 닦아준 의리를 보답하고 싶다고 남편을 주저앉혔다. 남편의 발은 생각보다 부드러웠고, 왼쪽 발에 티눈이 박혀 있었다. 남편이 그랬듯 나도 비눗물로 발가락 사이사이를 문질러 닦아내고 손바닥으로 발뒤꿈치를 감싸 발부리 쪽으로 훑어 내렸다. 남편이 몸을 비틀었다. 거 봐요, 간지럽죠. 남편은 더 못하겠다며 벌떡 일어서다가 대야를 엎었다. 그 바람에 청바지에 물이 튀었다. 선배의 자취방에 가기로 한 시간은 한참 지나 있었지만, 나는 뒤풀이하러 가자는 사람들 틈에 어느샌가 스며들었다.

교정으로 까르르 퍼지던 웃음소리가 지금도 귓가에 들리는 듯 선명하다. 남편은 그 일을 기억하고 있을까. 나른한 봄밤에 퍼지던 그 웃음소리를.

가슴이 아릿해지더니 눈물이 뚝, 뚝 떨어졌다. 지난 일 년 동안 눈물이 메마른 줄 알았다. 햅번과 남편에 대한 분노를 삼키느라 내 몸의 감정이 모두 빠져나간 줄 알았다.

오랫동안 울음이 그치지 않았다. 어떻게 하다가 여기까지 오게 된 건지 알 수가 없다. 남편과 나는 서로에게 돌이킬 수 없는 자리로 나아가고 있다. 머지않아 우리는 배신의 칼을 서로에게 깊숙이 찔러 넣고 말 것이다.

돌아가고 싶다. 그 시절로. 남편과 다시 발도장을 찍고 싶다. 남편과 내 앞으로 남아 있는 긴 시간에 서로를 믿고 사랑하는 그런 발도장을 무수히 찍고 싶다. 돌아가고 싶다. 정말, 돌아가고 싶다. 그렇지만 이 몸으로, 이 마음으로 그게 가능할까.

나는 벌떡 자리에서 일어났다.

우리, 라고 기억하는 그 시절이 있는 한 다시 시작할 수 있지 않을까. 나도, 남편도. 그래, 남편에게 내 모든 걸 털어놓자. 그럼 남편도 자신의 모든 걸 털어놓지 않겠는가. 나와 가정을 위해 밤늦게까지 일할 남편에게 이제 정말 죄를 지어서는 안 된다. 그때처럼 남편의 발을 씻겨주고 싶다. 그럼 남편도 깨끗해지겠지. 남편도 나의 발을 씻겨줄 거야.

샤워를 하고 이십 대의 내 모습을 떠올리며 공들여 화장을 했다. 축제가 있던 봄날처럼 흰 셔츠에 니트 카디건을 걸치고 물 빠진 청바지를 입고 흰색 단화를 신었다. 헤어숍에 가서 긴 머리도 다듬었다. 희미하게나마 십오 년 전 내 모습이 보이는 것 같기도 하다.

남편의 카페로 갔다. 저녁 일곱 시가 넘어서 시작된 불꽃축제는 여덟 시가 넘어서면서 점점 절정을 향해 치닫고 있었다. 축제는 아홉 시가 되기 전에 끝난다고 했다.

나는 폭죽이 터지는 소리를 들으며 계단을 올라갔다. 이층에 도착했을 무렵, 폭죽 소리는 잠깐 멈췄고, 나는 귓가에 들려오는 묘한 마찰음을 들어야 했다. 삐익 삐익 하는 소리는 날카롭게 내 귀를 후벼 팠다. 헐떡이는 숨소리가 적막한 복도를 뱀처럼 미끄러졌다. 삐익 삐익 하던 소리는 테이블 모서리가 벽에 부딪히는 소리와 뒤섞여 쿵, 삐걱 삐걱, 쿵 삐걱 삐걱 하고 묘한 리듬을 자아내고 있었다.

나는 카페 문 앞에 서서 망설이고만 있었다. 쿵, 삐걱 삐걱, 쿵 삐걱 삐걱. 봄날 교정의 하늘로 날아오르던 그 웃음소리가, 쿵, 삐걱 삐걱, 쿵 삐걱 삐걱, 간지럽던 발바닥의 감촉이, 쿵, 삐걱 삐걱, 쿵 삐걱 삐걱, 내 발을 닦아주던 부드러운 그 손길이 산산이 깨어지고 있었다. 쿵, 삐걱 삐걱, 쿵 삐걱 삐걱.

남편에게 오래전 봄날 축제의 그 기억을 떠올려주려면 지금 들어가야 한다. 카페 문을 밀었다. 철컥, 하고 뭔가에 문이 부딪히는 소리가 났다. 잠겨 있다. 카페 안에서 들려오는 소리가 멈췄다. 잠깐 사이 정적이 흐르고 남편의 낮은 목소리가 들렸다. 괜찮아, 지금 여기 올 사람 아무도 없어. 쿵 찌걱 삐걱 삐익, 쿵 찌걱 삐걱 삐익……. 곧이어 울분을 토해내는 것 같은 소리가 터지더니 목이 잠긴 남편의 목소리가 들렸다. 사랑해.

나는 귀를 막고 무너지듯 주저앉았다. 복도를 엉금엉금 기었다. 무릎이며 손바닥으로 통증이 느껴졌는데도 나는 일어설 수가 없었다. 뿌옇게 흐려지는 시야 때문에 자꾸만 눈을 깜박거렸고, 몇 번씩 허방을 짚어 고꾸라질 뻔했다. 한 계단, 한 계단 짚고 내려가면서 마지막 계단에 이르러서야 계단 난간을 힘겹게 잡고 일어섰다.

불꽃축제가 끝났는지 거리에는 삼삼오오 짝을 지어 흩어지는 사람들의 모습이 보였다. 축제가 끝난 자리에는 쓰레기와 악취만이 가득했다.

누가 정신이 육체를 지배한다고 했는가. 아니다. 육체가 정신을 지배한다. 내가 K를 만날 때면 K만 생각하듯이 남편은 지금 햅번만 생각하고 있을 것이다. 그것도 결혼기념일에.

온몸이 부들부들 떨렸다. 남편보다는 햅번 그년을 갈기갈기 찢어 죽이고 싶었다.

핸드백에서 스마트폰을 겨우 찾아 K의 번호를 눌렀다. 받지 않는다. 스마트폰이 부서져라 K의 번호를 눌러댔다. 여전히 받지 않는다. 메시지를 보냈다. 힐튼호텔로 와. 안 오면 나 죽어버릴 거야.

호텔에서 샤워를 하고 향수를 뿌리고 남편에게 전화를 했다. 받지 않는다. 다시 K에게 전화를 했다. 받지 않는다. K에게 메시지를 또 남겼다. 빨리 와, 제발, 제발 빨리 오라고.

컴퓨터를 켜고 아프리카티브이에 접속했다. 아홉 시 반이니 햅번은 방송 중일 것이다. 남편과 더러운 교배를 하면서 다섯 번씩이나 별을 땄다는 그년이 어떤 얼굴로 방송을 하는지 내 두 눈으로 확인해야 했다.

햅번은 토끼 머리띠를 하고 가느다란 어깨끈이 달리고 속이 훤히 비치는 하늘하늘한 블라우스만 입고 있다. 그런데 뭔가 익숙했다. 자세히 보니 뒷배경이 카페 유리창이다. 강 건너편으로 보이는 건물은 63빌딩이 틀림없다. 이젠 아주 대놓고…….

나는 남편의 아이디 우쭈쭈로 들어가 채팅방에 입장했다. 햅번사마 등장이라고 난리가 났다. 나는 마눌 총알로 별풍 쐈는데 총알 떨어짐, 오늘은 못 쏨, 하고 올렸다. ㅋㅋㅋㅋ 헐 대박, 그런 댓글이 잔뜩 올라왔다. 비밀글이 떴다. 햅번이었다. 너 누구야. 우쭈쭈 여기 있는데.

나는 신명 나게 타수를 올렸다. 난 우쭈쭈 마눌. 넌 내 총알로 별풍 받은 사기꾼. 거긴 마포에 있는 내 남편 회사네. 이벤트 회사. 주소도 알려줄까? 거기 가면 내 남편 우쭈쭈가 여자 고객과 바람도 피워줘.

갑자기 채팅방이 조용해졌다. 헐 대박이란 댓글만 무시로 올라왔다. 침묵하고 있던 햅번이 입을 열었다. 이 아줌마, 사기꾼이네, 남의 아이디나 도용하고.

내 손가락이 부리나케 자판 위를 달렸다.

그 코에 쌍수, 가슴도 우쭈쭈가 쏜 별풍으로 했다면서. 야, 우쭈쭈! 우쭈쭈 해주니까 좋냐, 붕신 같은 새끼. 너 거기 있지. 햅번과 카페 소파에서 그 짓 하고 힘 딸려서 널브러졌냐? 빨리 접속해야지, 이 팔푼이 상등신아. 그리고 햅번, 너, 연애가 처음이야? 제목부터 갈아. 갓 스물의 변태 일기, 돈만 주면 몸 대줘요.

카페 야경만 비추던 카메라로 햅번이 얼굴을 들이밀었다. 토끼 머리띠는 어디 갔는지 사라지고 없다. 평소 나긋나긋한 표정이 사라지고 요, 라고 말할 때마다 뒤집어 까던 입술도 야무지게 꼭 닫고 있다. 햅번의 댓글 말투가 거칠어졌다. 욕구불만 쩔어, 오죽하면 남편이 바람났겠냐.

그 글 아래로 댓글이 마구 달렸다. 이 아줌마 빡쳐서 환장했네, 열불 나겠다, 그런 댓글이 올라오더니 기 센 여자 존나 싫어, 강퇴시켜, 그런 글들이 올라오기 시작했다.

인터넷에 기생하는 쓰레기 같은 벌레들이 무리를 지어 꿈틀거린다. 한 무리의 벌레는 나를 향해 달려들고 다른 무리는 손가락질을 하며 비웃는다. 나는 글을 또 올렸다.

야, 벌레 새끼들아. 니들도 햅번과 자려고 별풍 날리지. 변태 깔때기 같은 새끼들. 다 죽여버릴 거야.

벌레들은 죽기는커녕 고개를 빳빳이 들고 덤벼들었다. 극혐부터 시작해서 ㄱㄴ, ㅆㅂㄴ, ㅁㅊㄴ 따위의 자음들이 댓글에 달리더니, 곧이어 강퇴시키라는 댓글이 화면을 도배했다.

나는 벌레들을 비웃으면서 열 손가락을 부지런히 움직였다.

햅번과 우쭈쭈, 니들은 피와 불이 뒤범벅이 되어 더러운 고깃덩어리로 녹을 거야. 니들 뼈다귀는 내가 잘근잘근 씹어주지.

다음 글자를 쓰려는데 채팅방이 닫혔다. 나는 굴하지 않고 자판을 두드렸다.

우쭈쭈! 너! 니놈 발바닥은 기념으로 남겨두지. 니놈 그 더러운 발바닥에 햅번 년의 따끈따끈한 피를 발라 도장을 찍어주마. 그래서 니놈과 햅번 년의 시체와 함께 광화문 네거리에 걸개그림으로 걸어두겠어.

열린 객실 창문으로 돌연 바람이 휘몰아쳤다. 긴 머리가 요동치면서 얼굴을 때렸다. 머리를 손가락으로 빗어 넘겼다. 이놈의 머리카락, 잘라버리고 말 거야.

눈물이 흘러내리더니 콧물마저 흘러내렸다. 가슴 깊은 곳

에서 비명 같은 단어들이 터져 나왔다. 우쭈쭈 너 죽여버릴
거야, K 너는 왜 안 와.

　손가락은 내 절규를 그대로 자판에 옮겼다. 의자에서 벌떡
일어섰다. 자판을 두드리는 열 손가락이 벌레처럼 꿈틀거리
고 있었다.

길 위의 길

1

누군가 내 어깨를 툭 친다. 소스라치게 놀라 눈을 떠보니 그다. 풀려난 모양이다. 날이 희끄무레하게 밝고 있다. 유월 초라서 그런지 아직 새벽 공기는 서늘하다. 파출소 옆 쉼터 벤치에 옹송그리고 앉아 졸았더니 몸이 으스스하다.

나도 모르게 배 속 아이가 추울까 봐 몸을 웅크리며 양팔로 배를 감쌌다. 여자와 배 속의 아이를 기묘하게 그린 그의 그림이 떠올랐다. 여자는 울고 있는 듯했다. 눈 밑을 검은 물감으로 두껍게 칠한 뒤 그것이 흘러내리도록 내버려둔 작품이다.

파출소 문이 열리면서 경찰들이 나온다. 새벽에 교대한다더니 퇴근하는 모양이다.

나는 그들을 노려보며 고함을 쳤다.

"내가 이 사람 잘못이 아니라고 했죠? 근데 왜 이제 풀어 주는 거예요. 그러고도 당신들 대한민국 경찰이라 할 수 있어요?"

나이 많은 경찰이 허허 웃으면서 말했다.

"아가씨 성질 진짜 더럽네. 어제 아가씨 공무집행방해로 잡아넣었어야 했는데."

그는 담배만 피우며 허공을 바라본다.

경찰들이 어 피곤하다, 하면서 흩어진다. 내가 다시 고함을 지르려 하자 그가 내 입을 손으로 막더니 팔을 세게 잡아끈다. 한시라도 이곳을 빨리 벗어나고 싶은 건지 서둘러 파출소에서 멀리 떨어져 있는 선지해장국집으로 끌고 들어간다.

자리에 앉은 그는 자꾸 주위를 두리번거린다. 파출소에 갇히더니 겁을 먹었나.

나는 앉자마자 소주 맥주 한 병씩 주세요, 하고 소리를 버럭 질렀다. 이제 고함지르는 것도, 욕하는 것도 그에게 전염되었나 보다.

어제저녁에도 그랬다. 나는 그에게 임신 사실을 알리려고 그를 인사동으로 불러냈다. 그는 그림이 안 그려진다면서 간장게장에는 손도 안 대고 술만 들이켰다. 나도 꼭지가 돌도록 술을 마시고 싶었지만 그가 따라준 술잔을 옆으로 밀쳐두고 찬물만 마셨다.

내가, 언제 전시회 할 거야, 라고 묻자 그는 긴 앞머리를 손가락으로 빗어 올리면서 눈썹을 치켜올렸다. 내가 목소리를 높이려는데, 그가 먼저 옆 테이블에 대고 소리를 질렀다. 씨발, 못 들어주겠네.

옆자리 중년 남자 셋이 자기네 여직원 몸매를 두고 온갖 소리를 지껄이면서 낄낄거리는 게 내 귀에 거슬리던 차에 그가 선수를 친 것이다. 야, 이 개새끼들아, 니들은 엄마도 여동생도 없냐, 니네 엄마나 여동생이라도 그딴 소리 할 거야, 인간 말자 같은 새끼들, 나이 처먹으려면 곱게 처먹어.

그러자 저쪽에서 젊은 놈의 새끼가 하면서 달려들었고, 나는 그를 말리려 그의 허리를 붙잡았고, 그러는 사이 그들이 그의 멱살을 잡았고, 그는 단지 그들을 밀어내기만 하면서 너같은 놈들 때문에 대한민국이 이런 거야, 라며 계속 고함을 질렀다.

파출소까지 갔는데 경찰은 조목조목 따지는 그의 얘기는 듣지도 않고 회사 간부라는 상대편 얘기만 귀담아들었다. 나는 속이 뒤집어져, 저놈들이 여직원을 성희롱했으니 잡아 처넣으라고 바락바락 악을 썼고, 그가 일방적으로 맞았으니 너희들도 맞아야 된다면서 상대편 남자들을 향해 주먹을 흔들었고, 경찰에게 똑바로 처리하지 않으면 언론에 터뜨리겠다고 으름장을 놨다. 경찰이 아가씬 뭐하는 사람인데, 백이 굉장한가 봐 하는걸, 그래요 전 문학평론가예요 글로 다 폭로할 거예요 하자, 경찰들과 중년 사내놈들이 웃었다.

나는 씨발놈들 개좆같은 새끼들 하면서 파출소 밖으로 나와 아버지가 형사과 과장이라는 후배에게 전화해 니가 알아서 해보라고 고함을 쳤고, 조금 있다 후배가 전화를 해 선배 아무 일 아니니 새벽쯤 훈방될 거라고 했다.

붉은 선지해장국 두 그릇이 소주 맥주와 함께 테이블에 놓인다. 나는 그의 맥주잔에 소주와 맥주를 반반 쏟아부었다. 내 맥주잔도 그렇게 채웠다. 잔을 채우기가 무섭게 그는 단숨에 들이켠다. 그러곤 휴, 하며 한숨을 내쉰다.

"무서웠나 보네. 자기 광기도 경찰 앞에서는 개뿔이네."

광기. 나는 엄두도 못 내는 짓을 그는 너무도 자연스럽게 한다. 원로니 선배니 후배니 그런 건 따지지도 않는다. 미술을, 미술의 혼을 사랑하지 않는 놈들은 그의 광기 앞에 작살이 났다. 그래 맞아, 자기 같은 사람이 미술을 해야 돼, 다들 쓰레기야, 라며 나는 늘 그의 편을 들었다.

그런데 지금 내 사정도 모르고 술만 마시는 그를 보니 짜증이 확 치밀었다.

"언제까지 광기만 부리면서 이렇게 살 거야? 나도 지쳐."

씩씩거리며 내가 술을 마시려 하자, 그가 잔을 든 내 손을 부드럽게 잡으면서 고개를 절레절레 흔든다.

"어제 보니 자기 몸이 안 좋은 거 같더라. 밥만 먹고 들어가. 데려다줄게."

나는 순간 화가 치밀었다.

"이 씨발놈아, 그렇게 나를 생각하는 놈이 어제 그 지랄을 해."

나는, 여기 생두부 한 모 주세요, 라고 소리쳤다.

앞치마를 두른 사내가 조용히 좀 주문하세요, 라며 얼굴을 찡그리고 두부를 놓고 갔다. 이번 일을 계기로 제발 제도권 안으로 들어와 너의 아이를 지켜줘, 하는 심정을 담아 그의 앞으로 두부 접시를 밀었다.

그가 내 눈을 들여다본다. 저놈의 눈. 난 저 맑은 눈만 보면 그 속에 풍덩 뛰어들고 싶어진다. 하지만 오늘은 그런 티를 내면 안 된다. 그런데 그의 부모님을 만나 인사드리고 싶다는 말이 자꾸 튀어나오려 한다. 나는 한숨을 푹 내쉬었다. 지금 그의 아버지 얘기를 꺼내는 게 좋을 리 없다.

그는 나에게 아버지 얘기를 자세히 한 적이 없다. 그저 틈틈이 주워들은 얘기를 종합해보면, 그의 아버지는 관료 출신으로 서울에 빌딩을 몇 채 갖고 있고, 중간은 필요 없고 무조건 최고가 되어야 한다고 늘 입버릇처럼 말하고, 집 안에 볼

펜 한 자루도 제자리에 놓여 있지 않으면 엄마를 쥐 잡듯이 잡고, 외동아들인 그가 그림을 그리겠다고 하자 우리 집안에 환쟁이는 없다면서 이 집에서 나가라고 고함을 질렀다고 한다. 그가 한국 최고의 미대에 들어가자 그의 엄마가 자유롭게 살라면서 아버지 몰래 수유리에 단독주택을 하나 마련해주었다고 했다.

난 아버지처럼 살지 않아. 난 집을 만들지 않을 거야. 내가 그저 집인 삶, 내가 머무르고, 내가 존재하는 이 시간이 나의 집인 것처럼 살 거야.

나는 가방 속에서 만지작거리던 초음파 사진을 깊숙이 집어넣었다. 파출소에서 밤을 새우면서 그는 무슨 생각을 했던 것일까. 아무래도 오늘은 애기를 못할 것 같다.

해장국을 반도 비우지 않았는데 그가 벌떡 일어선다.

"작업을 해야겠어."

그는 두부에는 손도 대지 않고 내 어깨를 두어 번 두드리더니 나가버렸다.

나는 반쯤 남은 해장국을 휘휘 젓다가 눈물이 쏟아질 것만 같아 청양고추를 된장에 찍어 아작 깨물었다. 인공적인 것을 혐오하는 그는 콘돔도 거부했다. 나 역시 피임약이나 루프 같은 인공 피임을 거부했다. 그걸 알면서도 배란일을 피하지 못한 건 내 실수였을까. 눈가로 핑 도는 눈물을 손등으로 훔치

며 새끼손가락만 한 청양고추를 네 번에 나눠 먹고 나서야 나
는 자리에서 일어섰다.

데려다준다더니.

2

해장국집을 나오니 잰걸음으로 출근을 서두르는 사람들이
모두 두 눈을 스마트폰에 고정시킨 채 용케도 서로를 피해 갈
길을 간다. 버스 안에도 두 엄지손가락을 재빠르게 놀리면서
스마트폰에 빠진 사람들로 가득하다.

시력을 손상시키는 스마트폰 속 벌레 같은 글자들은 기꺼
이 보면서 왜 마음을 치유해주는 책은 보지 않는 걸까. 내가
사는 대학로에도 버스 정류장 근처에 작은 서점이 있었는데,
핸드폰 가게로 바뀐 지 오래다. 내가 편집위원으로 있는 잡지
사도 사정은 좋지 않았다. 털끝만큼도 혼이 담기지 않은 기계
에 밀려 혼이 담긴 것들은 자꾸 변두리로, 변방으로 밀려나고
있다. 얼마나 버틸 수 있을까.

원룸에 오자마자 씻지도 않고 드러누웠다. 눈만 감았던 것
같은데 일어나보니 오후 두 시가 가까웠다. 편집회의는 다섯
시였다. 가을호 특집을 무엇으로 할지 고민하면서 여름호 잡

지와 책을 뒤적거리다가, 또 깜빡 잠이 들어버렸다.

잠이 쏟아진다. 예전 같으면 두세 시간 자고도 거뜬했는데, 이제는 하루 중 멀쩡한 시간이 두세 시간밖에 되지 않는다.

습관적으로 커피를 내렸다가 개수대에 쏟아버릴까를 두고 망설였다. 다들 어떻게 견디고 애를 낳은 건지. 내가 아는 소설가 대부분이 애 엄마다. 어떻게 애를 낳고 키우고 작품까지 썼을까 존경스럽다. 예술과 삶은 이렇게 길항하는 건가. 여성에게는 더더욱.

나는 무릎을 쳤다.

예술혼으로 삶을 태운 예술가. 그것도 여성 예술가에 초점을 맞추면 그럴듯한 특집이 될 듯했다. 나혜석은 물론이거니와 전혜린도 끼울 수 있다. 서울에서 눈 덮인 알프스가 보이지 않는다며 자살했던 전혜린을 좋아하진 않지만 그런 내 생각은 어쩌면 편견일 수도 있다. 그녀가 허망한 이상만 좇은 건 아닐 것이다. 그녀도 여성의 삶에 발목 잡혔을까.

편집회의는 늘 하던 대로 대학로 출판사 회의실에서 열린다. 이십 분 거리에 있는 출판사로 걸어가는 도중에 유모차를 끌고 나온 애 엄마들을 보면서, 찔끔찔끔 맛만 보기로 하고 들고 나갔던 커피를 바닥에 쏟아버렸다. 이젠 엄마들이 예사로 보이질 않는다.

출판사에는 통평이 먼저 와 있었다. 영개는 늘 그렇듯 오분이 지나야 올 것이다. 통평은 인사동에 들러 전시회 순방을 하고 왔다면서 아쉽게도 이번 주엔 유평 눈을 번쩍 뜨게 할 작품은 없다고 너스레를 떨었다. 유평은 통평이 붙여준 내 별명이다. 내 성이 유씨이기도 하고, 굳이 덧붙이자면 글이 유려하기 때문이라고 했다. 미술 평론을 하는 통평은 잘하는 것도 없이 이것저것 입맛만 다시는 글을 쓴다고 붙여준 별명이었는데, 그 자신은 두루 통달해서 통평이라고 떠벌렸다. 영개는 영화평론가인데 입만 열었다 하면 영화계 인맥을 자랑해서, 우리가 늘 영화판 개노릇이나 한다고 영개라고 별명을 지어줬다. 영개는 그 별명을 영화판의 독보적인 개성이라고 해석했다.

각자 가을호 특집 안건을 하나씩 내놓았으나 다른 잡지와 주제가 겹치거나 쓸 내용이 마땅치 않거나 했다. 여성 예술가 특집은 그런대로 주제에 대한 논의가 진전되었다. 예상했던 대로 여성을 붙이느냐 마느냐로 논의가 분분했다. 영개는 여성을 제외하면 선택의 폭이 넓어지므로 여성을 고집하지 말자고 우겼다. 여성을 빼봐요, 그럼 십 회 연재해도 넘쳐날걸. 게다가 영화판에는 유명한 여자 감독이 없어, 순정을 다 바친 감독 애인이면 모를까. 영개의 태클에 내 목소리가 높아졌다. 영화는 감독 혼자 만드나, 쓸 게 없으면 이번 호에 영화는 빼죠. 결국 편집주간이 중재를 했다. 예술혼을 불태운 여성 예술가로 하지요.

　회의가 끝나고 밖으로 나오니 뜨거운 열기가 훅 끼친다. 스마트폰을 확인해보니 부재중 전화가 두 통 와 있었다. 엄마다. 엄마는 전화를 받자마자 속사포처럼 말을 쏟아낸다. 방학인데 안 오니, 아버지가 요즘 통 기력이 없으시다. 다른 집 애들은 결혼해서 애 낳고 돌잔치도 잘도 하드만, 너도 서른이넘었는데……, 축의금으로 나가는 돈이 끝도 없다.

　통평이 어서 오라고 나를 부른다. 나는 스마트폰을 귀에 붙인 채 손짓으로 먼저 가라는 시늉을 했다. 청주 집에 내려가면 돌림노래처럼 하는 이야기를 엄마는 또 시작한다. 모임 나가면 다들 손주 자랑하느라 얼굴에 꽃이 피는데, 나는 뭐냐, 자식이라곤 너 하나뿐인데, 니 아버지 칠순 모임은 창피해 못하겠다. 다른 집을 봐라.

　나는 불쑥 엄마도 조만간 할머니가 될지 모른다는 얘기를 꺼내고 싶은 충동에 휩싸였다. 내가 임신했다는 소식을 전하면 엄마는 어떤 표정을 지을까. 청주에서 지방공무원으로 퇴임한 아버지는 대학원 가는 걸 처음부터 반대했다. 그냥 대학 졸업하고 시험 봐서 교사나 공무원이나 하라고 몇 년간 들볶았다.

　무뎌질 만도 한데, 지금 엄마의 노골적인 돌림노래는 묘하게 내 충동을 부채질한다. 내 이성이 충동에 무릎을 꿇게 될까 봐 서둘러 전화를 끊었다.

　삼겹살집으로 들어갔다. 남의 돈이라면 사족을 못 쓰는 영개는 밥자리, 술자리는 사양하는 법이 없다. 고기와 술로 배를 채운 영개가 수다로 입가심을 시작하자 통평이 내 쪽으로 몸을 돌리며 큰 소리로 황 작가는 요새 잘 지내느냐고 물었다. 오늘 새벽에 파출소에서 나왔지만 그걸 알 턱이 없는 통평에게 나는 그저 고개만 끄덕였다.

　"한잔하게 불러요. 안주도 좋은데."

　작년 이맘때쯤인가, 내가 그와 인사동 단골집에서 술을 마시는데 통평이 그에게 아, 선배 오랜만입니다, 술 같이 하시죠, 아, 유평도 있네, 편집회의 이번 주 맞지, 하면서 합석을 했다. 그가 마뜩잖은 표정을 지었지만, 술이 많이 취한 통평은 아랑곳하지 않고 내게 집적거렸다. 유평, 문학평론가야 문화평론가야, 나보다 더 미술에 대해 잘 아는 거 같아, 하면서 통평은 내 옆에 바싹 앉더니 내 어깨에 손을 둘렀다. 정말 섹시해, 키 크지, 완벽한 에스 라인에 얼굴도 예쁘지, 거기다 글도 잘 쓰지, 이건 불공평하잖아.

　맥주병을 쥐고 있는 그의 손에 힘이 들어가는 게 보였다. 나는 그가 통평의 머리통을 맥주병으로 내려치기 전에 통평을 매섭게 몰아붙였다. 야, 통평, 너, 나 언제 봤다고 성희롱이야, 이 새끼 대가리를 작살내버릴까, 너 지금 당장 내 어깨에서 손 떼. 내 말이 끝나기도 전에 기어코 그의 술병이 통평의 머리통을 내리쳤다.

통평은 머리를 열두 바늘을 꿰매고도 그를 고소하지 않았다. 내가 이유를 묻자 통평은 자신은 더럽게 살지만 황 작가만은 지키고 싶다면서 유평, 황 작가 당신보다 더 유능한 예술가야, 잘 부탁해, 라고 했다. 나는 그 순간 통평을 똥평이라 놀리지 않기로 결심했다. 내가 사랑하는 그의 진면목을 미술계 모든 사람이 알고 있다는 것을 통평이 실토했기 때문이다.

통평이 보고 싶어 한다고 그에게 전화를 했지만 받지 않아 문자를 남겼다. 수유리에 있는 작업실에서 대학로까지 오려면 넉넉히 한 시간은 걸렸다. 그는 한사코 스마트폰을 거부하고 아직도 폴더폰을 쓴다. 디지털 시대를 거부하는 아날로그 광인. 나는 한숨이 푹 나왔다.

자리가 파할 무렵 그가 도착했다. 통평은 그를 반갑게 껴안으며 인사동으로 가서 한잔하자고 했다. 넷이 택시를 타고 인사동 맥줏집으로 갔다.

영개가 왜 황 작가는 전시회 하지 않느냐고 물으면서 그를 비아냥거리기 시작했다.

"난 리얼리즘이 좋아, 추상은 대체 모르겠어. 애들 장난 같아. 무의식을 그린다면서 아무렇게나 물감 붓고 뿌리고 그러는 거 아냐."

영개가 술을 거푸 마시더니 취한 모양이다.

통평은 그의 눈치를 살핀다. 나는 영개에게 쓸데없는 소리 말고 영화 쪽 이야기나 하라고 했더니 영개가 주머니에서 뭔가를 꺼낸다. 금박이 박힌 명함이다. 황 작가는 이런 거 구경도 못 했을걸, 이건 찢어지지도 않아, 하면서 명함을 그에게 건넨다.

그가 인상을 찌푸리더니 맥주를 쭉 들이켜고 빈 잔을 탁자 위에 탕 소리가 나도록 내려놓는다.

찢어지지 않는단 말이지, 하면서 그는 주머니에서 라이터를 꺼냈다.

영개가 뭐하는 거냐고 소리를 꽥 지르자 그가 씩 웃었다.

"이 좆같은 새끼가 예술을 모독하고 있어. 내가 제일 싫어하는 게 뭔 줄 알아. 디지털 명화전이야. 미술이 기계와 결부되는 거지. 그것도 좋아. 디지털 뒤에 명화가 붙어 있으니. 그게 미술의 시대적 변화라는 거 나도 인정해. 다만 그런 변화를 내가 싫어할 뿐이지. 영화도 예술이라며. 근데 너는 영화에서 예술을 빼고 카메라 기계 장치만 영화라고 착각하고 있어. 너한테 영환 돈이지. 관객 수 올리면 터지는 잭팟."

그는 명함에 불을 붙이고 영개의 잔에 불붙은 명함을 떨어뜨렸다.

"이 금박 명함 잘 타네. 영화를 모독한 네놈은 불타는 니

명함처럼 지옥불에 불타 사라질 거야."

영개의 얼굴이 하얘진다. 영개도 알고 있다. 그가 밤새도록 자신을 쓰레기 같은 놈으로 취급하고 예술에 대해 일장 훈계를 할 것을.

그런데 이번에는 영개도 지지 않는다.

"씨팔, 나 황 작가처럼 그렇게 살지 않으니까 걱정 마. 황 작가, 작가는 개뿔, 사람들이 미친놈, 광인이라 평하는 거 몰라. 예술에 미친 척하고 온갖 추태는 다 부린다대. 요즘 전시회 안 하는, 아니 참 못하는 거지. 그 이유 내가 알지, 아무 데서도 전시 안 해준다며."

삼 년 전 내가 등단을 해서 문학평론가로 활동하면서 문단을 기웃거리며 술자리에 자주 갔을 때 통평을 알게 되었고 통평을 통해 그를 만나 술을 몇 번 마셨다. 나보다 일곱 살이나 많고 미술계에선 기인으로 통한다는 걸 알게 되었다. 미술 쪽 일류 대학 재학 중에 미전에서 대상을 받고 천재라는 호칭을 얻었고, 졸업 후 여러 번의 개인전으로 미술계에서 큰 호평을 받았다. 그런데 최근에는 전시회를 한 번도 열지 않았다.

통평이 안 되겠다 싶었는지 영개를 잡아끌고 약속이 있다면서 먼저 일어났다. 다음에 보자면서 그와 나에게 윙크를 하고 엄지손가락을 치켜세워 황 작가 사랑해, 하고 나간다.

"아, 뭐야. 오늘 드디어 영개 머리통이 작살나겠구나 기대했는데. 하긴, 그래 뭐해. 맥주병만 아깝지."

그가 웬일인지 그만 먹고 나가 바람을 쐬자면서 일어선다.

대학로까지 걸을까, 하며 그가 내 손을 잡는다. 나는 냉큼 그의 팔짱을 끼었다.

그는 내가 변해가는 걸 모른다. 배 속에 아이가 있고, 그래서 내가 그를 유명한 화가로 만들고 싶어 하고, 시대의 변화에 맞춰 나의 문학도 변해야 하고, 박사논문도 써야 하고…….

문을 닫은 창덕궁 앞을 지날 때, 그가 벤치에서 잠깐 쉬자고 했다.

"자기 말대로 나도 전시회 열고 싶어. 화단에 인정받으려는 게 아니라 내 작품을 보여주고 싶어. 그런데 그림을 그릴 수가 없어. 아까 영개가 추상미술이니 사실주의니 떠들었는데 내가 추상미술을 택한 건 대상을 사실적으로 재현해서는 내가 추구하는 미술혼을 구할 수가 없어서야. 그래서 대상을 추상해서 내 생각을 집어넣은 거지."

그답지 않게 한숨이 길다.

"지금은 그것도 안 돼. 나는 모든 대상의 혼을 내 화폭에 담고 싶어. 근데 요즘 대상은 인터넷이니 스마트폰이니 아까 영개 같은 놈처럼 상업주의니 해서 온통 오염되어 있어. 그래서 내 눈에 보이는 대상으로는 그림을 그릴 수 없어."

그는 손바닥으로 두 눈을 꾹 눌렀다.

"눈을 파버리고 싶어. 오염된 내 껍데기를 발기발기 찢어버리고 싶어. 눈먼 알몸이면 영혼의 숨결을 느낄 수 있지 않을까."

가슴이 철렁 내려앉는다. 나는 고개를 들어 가만히 긴 숨을 내쉬면서 별 하나 살고 있지 않은 어두컴컴한 밤하늘을 바라보았다.

얼마 전이다. 그가 만취해 전화를 해서 그를 데리러 인사동에 갔다. 걷지도 못하고 자꾸 쓰러지는 그를 새벽녘에 여관으로 데리고 갔다. 간신히 침대에 눕혀 옷가지를 벗겨주고, 나도 잠이 들었는데 깨어보니 벌거벗은 채로 잠들어 있어야 할 그가 보이지 않았다. 창밖은 벌써 훤했다. 나는 옷장이며, 이불 밑, 침대 밑까지 구멍이란 구멍은 다 뒤졌다. 그는 어디에도 없었다. 신발도 옷가지도 그대로인데, 그의 몸뚱이만 감쪽같이 사라진 것이다. 너무 놀라 어쩔 줄 모르고 허둥대다가 다급하게 옷을 챙겨 입고 여관 주인에게 막 가려는데, 문이 열리고 그가 알몸으로 나타났다. 멍한 표정으로 그는 나에게 물었다. 나 왜 저 방으로 갔지, 그는 손가락으로 앞 방을 가리켰다. 여관방 주인이 잠든 그를 깨웠다고 했다. 나중에 안 일이지만 그날 그는 디지털 명화전이라는 전시회를 보러 갔다가 만취가 되어 나에게 전화를 했던 것이다.

그때 알몸으로 사라진 것처럼 언젠가 그는 알몸으로 그림을 그리기 위해 모든 것을 훌훌 털어버리고 내 곁을 떠날지 모른다. 그런 불길한 예감이 들어 가슴이 서늘해졌다.

"어제 파출소 처음 갔는데, 사실 난 공포를 느꼈어. 알 수 없는 거대한 힘이 내 목을 조르는 거 같아서 숨이 막혔어. 경찰들이 낄낄거리는 소리가 들려오는데 동물원 원숭이가 된 기분이었어. 차렷 자세로 아버지에게 훈계를 듣던 기억이 떠오르더라고. 나중엔 경찰이 아버지로 보였어. 더 있다간 미쳐버릴 것 같아서 자기가 밖에 나간 뒤에 그들에게 먼저 사과를 했지. 그랬더니 그들이 일장 훈계를 하더라고. 그러곤 풀려난 거야."

그가 공포를 느꼈다는 말에 조금씩 돋아 오른 소름이 팔 전체로 번졌다.

"나 아무래도 더는 이런 풍토를 못 견딜 것 같아."

그의 말을 더 들을 수가 없었다. 다리에 힘이 풀려 더 걸을 힘도 없었다. 어서 택시를 타고 가자고 그의 손을 잡아끌었다. 택시를 타고 오 분도 안 되는 거리에 있는 내 원룸에 도착할 때까지 내 눈에는 휘황한 대학로 거리에서 환한 웃음을 나누는 젊은 연인들만 보였다.

나는 그가 내 곁을 떠날까 봐, 작업하러 간다는 그를 내 원룸에 밀어 넣었다.

3

나는 눈을 뜨자마자 옆자리부터 더듬었다. 그가 없다. 놀라서 몸을 반쯤 일으켰는데 코끝으로 밥물 끓는 냄새와 고소한 냄새가 스며들었다. 저절로 미소가 떠올랐다. 그가 주방에서 뭔가 만들고 있는 게 틀림없다. 다시 침대로 파고들었다. 자취하며 산 지 오래돼서 그런지 그는 생각보다 음식을 잘 만들었다.

아이를 낳는다면, 그는 다정한 아버지가 되어줄지도 모른다. 아버지처럼 살지 않을 거라고 했지만, 결혼 가능성이 전혀 없는 것은 아니다.

나는 이 낭만적인 희망이 싹트는 순간을 오래 누리고 싶어 그가 누웠던 자리에 남아 있는 체취를 더듬으며 몸을 웅크렸다.

밥 먹자며 그가 다가왔다. 내 등줄기를 따라 그의 손끝이 움직인다. 그의 손이 빠르게 허리춤으로 내려온다. 이러면 안 되는데 하면서도 어느새 나는 그의 몸에 찰싹 달라붙는다.

두 달 전에도 바로 이 침대에서 그의 손끝과 혀끝에 나는 정신을 차리지 못했다. 그의 손끝은 붓으로 터치하듯, 그의 혀끝은 물감으로 칠하듯 내 몸 곳곳을 때론 가볍게 때론 질펀하게 간질였다. 참지 못하고 내 몸이 열리자 그는 내가 좋아하는 자세로 바꿔가며 내 몸을 넘나들었다. 온몸의 감각이 활짝 열리면서 부풀어 오르는 구름처럼 내 몸이 솟구쳐 올랐다가 수증기로 흩어질 때까지 그는 부드러우면서도 격렬하게 내 몸을 흔들었다.

나는 배를 어루만졌다. 나에겐 이물스럽게 느껴지기만 하는 작은 것. 그게 그날 내 자궁에 자리 잡았다.

나는 그의 입술에 입을 맞추고, 오늘은 안 돼, 하면서 그의 가슴을 밀어냈다.

아침을 먹고 그는 작업한다며 서둘러 떠났다.

그림이 안 그려진다면서 무슨 작업을 한다는 거야, 해결책이라도 찾았나. 온갖 생각을 하는데 초인종이 울렸다.

엄마였다. 그가 빨리 가길 잘했단 생각이 들어 안도하면서도 한편으로는 그가 지금 여기 있어 엄마랑 맞닥뜨렸으면 어떨까 하는 생각이 들었다.

엄마는 원룸에 들어서자마자 이렇게 좁은 데서 어떻게 사냐고 시집이나 가라고 했다. 연락도 없이 오면 어떡해, 하자, 엄마는 왜 내 딸 집에 오는데 허락받아야 되냐, 혹시 사윗감 숨겨놨으면 확 보내버리려고 왔는데, 그것도 틀렸네, 하면서 밥통을 열어보고 가스레인지 위의 냄비 뚜껑도 열어본다.

엄마가 가져온 건 내가 좋아하는 오이소박이하고 열무김치다. 뚜껑을 여는데 비위가 뒤틀린다. 엄마에게 들킬까 봐 숨을 들이켰다. 엄마는 대번에 눈치챌 것이다. 다행히 엄마는 손부채질을 하며 집 구석구석을 들여다보느라 정신이 없다. 내가 이렇게 고생해서 김치까지 만들어줬으니 너는 공부 열심히 해서 뭐라도 돼라, 하며 엄마는 책꽂이에 꽂힌 내 책을 쓰다듬었다.

나는 듣는 둥 마는 둥 하며 학교 간다는 핑계로 한 시간도 지나지 않아 엄마를 내보냈다. 엄마는 못된 년이라고 늘그막에 효도는 못 받겠다고 잔소리를 한바탕 늘어놓고, 친구 병문안 갔다가 내려간다면서 나갔다.

좋아하는 엄마 김치인데 냄새가 속을 뒤튼다. 입덧이 시작되는가 보다. 아이 낳는 건 엄마를 닮는다던데. 엄마는 나를 배고 육 개월이 되도록 입덧을 했다던데. 자꾸만 걱정이 쌓인다.

박사과정 마지막 리포트를 제출하려고 지도교수 연구실로 갔다. 다음 학기부터 교양 강의를 맡게 될 거라고 준비 잘하라고 한다. 생애 첫 강의다. 내가 대학에 들어와 처음 들은 강의가 떠올랐다. 대단한 분들이라고만 여겼던 그분들이 섰던 자리에 내가 서게 된다. 잘할 수 있을까. 기대와 두려움과 설렘이 뒤섞여 밀려든다.

그렇지만, 다음 학기면……. 나는 배를 어루만졌다. 구월이면 삼 개월이다. 종강할 때면 칠 개월. 배가 부풀어 오를 텐데. 머릿속이 갑자기 복잡해져 나는 인문관 연못 근처 벤치에 앉았다. 핫팬츠를 입은 대학생들이 한 손에는 테이크아웃 커피를 들고 까르르 웃으며 스마트폰으로 셀카를 찍는다. 저 애들도 미혼모가 되면 나처럼 고민할까.

문득 전혜린이 자살을 시도한 이유가 혹시 임신의 공포 때문은 아니었을까 하는 생각이 들었다. 물론 그런 근거는 어디에도 없지만, 나는 그녀의 글을 읽으며 그녀가 여성의 몸을 일종의 굴레로 여기고 있다는 것을 느꼈다.

임신한 몸 때문에 사회적 자아와 절연해야 하는 공포. 그 앞에서는 누구도 초연하기 어려우리라.

평론의 서두는 전혜린의 일기로 시작하는 게 좋겠단 생각이 들었다. 그녀의 몸에 대한 생각을 드러낸다면 그녀가 살았던 시대, 그녀의 아버지, 그녀의 아이가 삼중의 굴레로 그녀의 몸을 얽어맸다는 것이 증명되리라.

도서관에서 전혜린 책을 뒤적이다가 저녁 시간 무렵 학교 식당으로 갔다. 음식 냄새가 훅 끼친다. 비위가 뒤틀렸다. 나는 황급히 화장실로 달려가 변기 뚜껑을 부여잡았다. 먹은 게 없어 물밖에 나올 것이 없는데 구역질은 멈추질 않았다. 빈 배 속을 쥐어짜는 통에 눈물이 밀려 나온다. 입덧이었다.

배가 자꾸 뒤틀리는데 헛웃음이 나왔다.

절연이니 초연이니 다 우스운 얘기다. 이제 내 몸은 어떠한

의지로도 결코 제어할 수 없는 딴 몸이 돼버렸다. 나는 이제 내 몸의 노예다. 내 이성도 내 감각도 내 몸도 모두 자궁 안의 매우 작고도 이물스러운 것에 복종하지 않으면 안 된다. 이 조그마한 이물감 앞에서는 내가 꿈꾼 어떤 미래도 힘을 잃는다. 사회적 매장만이 있을 뿐이다.

타협할 길은……, 없다. 적어도 그가 나의 이 상황을 인정하고 받아들이기 전까지 나로서는 어떤 타협도 화해도 할 수가 없다. 그가 나에게 어떤 대답을 할지도 알 수가 없다. 내 머릿속에서 그의 대답은 널을 뛴다. 좋다, 싫다, 좋다, 싫다.

그는 작업실에 간 뒤로 전화 한 통 없다. 나 혼자 쥐어짜봤자 답이 나올 리 없다. 나는 이 적대적인 대치 상태를 해결하기 위해 택시를 타고 그의 작업실로 갔다.

그의 작업실에 들어서자 희한하게도 입덧이 감쪽같이 사라졌다. 물감 냄새 때문일까. 그의 그림 때문일까. 뭔지 이유는 알 수 없지만 내 것이 아닌 것처럼 밀어내던 속이 한결 편해졌다.

처음 그의 작업실에 왔던 때가 생각났다. 인사동에서 술 몇 번 마신 게 다였지만, 나는 그의 매력에 끝 간 데 없이 빠져들고 있었다. 그는 키가 컸고, 몸집이 다부졌고, 피부가 검은 편이었다. 갈색의 종마 같은 느낌이랄까. 내가 화가라면 그를 모델로 삼고 싶을 만큼 매력적이었다. 통평과 함께 만난 술자리에서 그는 뜬금없이 나에게 누드모델이 되어달라고 했다. 뻔한 수작인 줄 알면서도 나는 호기롭게 승낙을 했다. 대신 그림은 날 줘야 돼요.

여길 처음 찾아오면서 얼마나 설렜던가. 그의 그림을 볼 수 있다는 것도, 내가 그의 모델이 된다는 것도 내심 뿌듯했다. 아니, 영광이라고 생각했다. 그런데 첫 방문에서 그는 냉큼 옷을 벗으라고도 하지 않고 그냥 평소 집에서 하던 대로 마음껏 있다가 가라고 했다. 나는 그와 밥을 해 먹고, 이야기를 나누고, 책을 읽고 했다. 그렇게 삼 주가 흘렀을까. 작업실 탁자 위에 광목이 깔려 있는 걸 보고 나는 그가 그림을 그릴 때가 왔다고 생각했다.

너의 몸은 그저 단순한 육체가 아니야, 너의 내면이 투영된 너의 발현태인 거지, 내가 너의 육체를 탐해서 그린다면 그건 그냥 고깃덩어리일 뿐이야, 내 누드화는 내가 느끼는 너의 몸과 너의 내면이 투영된 결과야. 긴 사설 끝에 그는 내게 옷을 벗으라 했다.

평소 같으면 여자와 자고 싶어 하는 화가의 뻔한 수작이라 생각했을 것이다. 그런데 나는 그의 눈을 보고 말았다. 그의 눈은 성욕이 아니라 어떤 예술적 불꽃으로 타오르고 있었다. 적어도 난 그 정도는 안다고 생각했다. 나도 소설을 완전히 이해하지 못하고 비평을 쓸 수는 없으니. 그때 나는 그가 그림에 미친 사람인 걸 직감했다. 내 몸과 마음은 한 덩어리가 되어 그를 향해 활짝 열렸다. 일 년쯤 지났을 때, 그는 나의 누드를 다시 그렸다. 그 안에는 그가 일 년 동안 알았던 내 모습이 담겨 있었고, 나를 바라보는 그의 마음이 담겨 있었다. 그렇게 세 작품이 쌓였다.

그는 내가 들어오는 것도 모르고 캔버스 앞 소파에 드러누워 골똘히 생각에 잠겨 있다. 나는 그가 내 몸을 다시 바라봐주기를, 내 몸의 변화를 내 마음을 읽어주기를 바라면서 그에게 다가갔다. 잘돼가냐는 내 말에 그는 깜짝 놀라면서 상반신을 일으켰다.

그의 표정이 우울해 보였지만 나는 그런 생각을 접고 마음을 다잡았다.

작업실 탁자 위를 치웠다. 그가 뭐하는 거냐고 묻는데도 아랑곳하지 않고 탁자 위에 널린 것들을 깨끗이 치운 뒤 소파 옆에 놓인 광목을 탁자 위에 펼쳐 깔았다. 그리고 옷을 벗고 탁자 위로 올라가 누웠다.

"날 그려줘."

그는 팔짱을 끼고 소파에 등을 기댔다.

"왜 이래. 지금 작업 중인 거 안 보여."

나는 스케치북을 손가락으로 가리키며 목소리를 높였다.

"날 그려달라니까, 지금 당장."

그는 잠시 머뭇거리다가 스케치북을 가져와 나를 그리기 시작했다.

나의 누드를 그린 이후 그는 다른 여자의 누드를 그리지 않았다. 내가 이유를 묻자, 그는 여자의 누드는 더 그릴 필요 없다며, 여자의 몸과 생명과 영혼을 표현하려고 하는 자신의 의도를 내 누드가 완벽하게 만족시켜줬다고 했다.

그런데 내 영혼을 안다는 그가, 이제 막 이물감을 발산하면서 내 몸을 변화시켜가는 그 어떤 것의 존재도 모르는 듯 나의 모습을 쓱쓱 그리고 있다.

저렇게 몰입할 때면 그의 얼굴은 잡스러운 것 하나 없이 맑아진다. 광채가 나는 듯도 했다. 대상에 집중하느라 미간에 잡히는 주름과, 연필을 세워 들 때면 버릇처럼 감기는 한쪽 눈도 사랑스러웠다.

아이를 낳고 그와 함께 산다면 저 사랑스러운 모습을 지켜주기 위해 내가 아이를 키우고 돈을 벌어야겠지. 내가 꿈꾼 미래와 그런 삶이 공존할 수 있을까. 그는 이 아이의 아버지가 되어주려고 할까.

그가 스케치북을 내려놓는다.

그의 그림에 담긴 나의 모습은 위압적이었다. 가슴은 터질 듯이 크고, 엉덩이도, 허벅지도 강조되었다. 다각형으로 그려진 얼굴은 불가사리처럼 뾰족했고, 머리칼은 고슴도치의 가

시처럼 솟았다. 지금 그는 이 모습으로 나를 보고 느끼고 있을 것이었다.

나는 주섬주섬 티셔츠와 청바지를 다시 걸쳤다.

어쩌면 그림 속 모습이 지금 내 모습일지도 모르겠다. 단순하던 삶이 복잡해지는 건 한순간이다. 그를 사랑하고, 그가 그린 그림을 사랑한다. 나는 그림을 그리는 그를 사랑한다. 그런데 그것만으로 살 수 없으니까.

그의 그림에는 내 배 속의 아이가 전혀 없다. 영혼을 그린다면 그림 속에 배 속의 아이가 있어야 하지 않나. 그는 내 몸의 변화도 전혀 눈치채지 못하고 있다.

나는 손가락으로 뒷머리를 헝클었다. 얽힌 고리가 단순해지면 좋으련만. 도망이라도 가고 싶다. 나는 느릿느릿 옷매무새를 고치고 가방을 열었다. 그리고 지퍼 안 깊숙이 넣어두었던 초음파 사진을 꺼냈다.

나는 그가 그린 스케치북 그림 위에 초음파 사진을 얹었다.

"이건 자기 눈에 보이는 지금 내 모습이고, 이건 누구의 눈에도 보이지 않는 내 배 속의 모습이래. 가시적인 것이 아니라 눈에 보이지 않는 모습을 그리겠다고 했지."

나는 초음파 사진을 가리켰다.

"자기는 오늘 이걸 놓쳤어. 그래서 오늘 자기가 그린 이 그림은 가짜야."

멍하니 초음파 사진을 바라보는 그를 두고 밖으로 나왔다.

벼르고 별렀던 그 말을 꺼냈지만 삶은 달걀 노른자가 목에 걸린 것마냥 가슴이 답답했다. 이제 내 앞에는 극단적인 상황밖에 남아 있지 않다. 선택이라고 해봐야 내가 전혀 상상도 해보지 않았던 막다른 길, 아니면 낭떠러지다. 나라는 존재가 사라지는 길 아닌 길. 그도 마찬가지일 거다. 자유로운 삶 이외에는 가족이란 걸 생각도 해보지 않은 그였다. 결혼도 아니고, 자식이라니.

내가 그에게 했던 말과 행동은 전혜린이 '사치의 바벨탑'에서 여성이 하인의 신분이라고 했던 것과 전혀 다르지 않다. 우습게도 나를 그대로 바라봐주기를 바랐던 여태까지의 모습과는 다르게 지금은 어떻게든 그의 마음을 잡아보려고, 그를 거스르지 않으려 애쓰고 있다.

혼자 평생 사는 것에는 자신이 있었다. 적어도 내 앞가림은 할 수 있다고 생각했다. 그런데 나더러 혼자 아이를 낳고 키울 자신이 있냐고 묻는다면 그건 완전히 다른 문제다. 나를 버리고 온전히 아이의 하인이 되어야 할 세월을 나는 견디지 못하고 미쳐버릴 것이다.

어디 그뿐인가. 아버지 없는 아이로 키우는 동안 아이는 얼마나 많은 눈총과 보이지 않는 멸시를 견뎌야만 할까. 태어난 그 아이가 받아야 할 손가락질을 견디느니 차라리 죽는 걸 택

하겠다. 그가 나를 받아들여준다면 삼백육십오 일 두들겨 맞는 한이 있더라도 그 바짓가랑이에 숨어 아이를 키우는 게 나을 것이다.

여러모로 끔찍한 일이다.

그는 내 뒤를 따라 나오지도, 전화를 걸지도 않는다. 나는 뒤돌아서서 그의 집을 한참 동안 바라보았다.

결혼은 끝장이다, 우린 서로 그렇게 생각하고 있었는지 모른다. 애를 키우기 위해 들여야 하는 시간과 돈을 생각하면 둘 다 지금과 같은 삶을 누릴 수 없을 것이다. 그렇지만 둘 다 죽느니, 한 사람은 사는 게 낫지 않은가. 생각이 거기에 도달하니 씁쓸해진다. 벌써 나는 현실과 타협하고 있다.

수유리에서 대학로까지 버스를 타기가 너무 힘들어 택시를 타고 바로 원룸에 도착하니 시간이 열 시다. 배가 고파 불 위에 밥을 올려놓고 허리가 아파 침대로 가 누웠다. 피로가 빨리 밀려드는 건 전에 느끼지 못한 생리 현상이다. 앉아 있으면 깜빡 졸기 일쑤다. 눈도 퀭해지고, 멀미 같은 입덧은 수시로 찾아왔다. 게다가 허리까지 아프다.

그래도 아직은 일할 수 있으니 다행이다. 선배가 다리 골절로 깁스를 했다고 지방 강연을 대신 해줄 수 있냐고 물었을 때, 나는 냉큼 그러마고 약속을 해버렸다. 벌어놓을 수 있을 때 빨리 돈을 모아야 다음을 생각할 수 있다.

잠깐 사이 또 잠들었나 보다. 문 두드리는 소리가 시끄러워 일어나보니 베개가 축축이 땀에 젖었다. 찌뿌듯한 몸을 일으켜 현관으로 갔다.

그였다. 잔뜩 인상을 찡그리고 서서 왜 전화를 받지 않느냐고 성질을 부린다. 파출소에서 나오던 날 아침에 본 초췌함과는 딴판으로 초췌한 모습이다. 그의 눈에는 두려움이 가득했다. 어둡고 퀭한 두 눈. 불안하게 흔들리는 눈동자. 주인한테 야단맞고 기죽은 강아지 같다.

"걱정하잖아, 내가."

그는 문이 열리기가 무섭게 집 안에 들어와 두리번거렸다.

"아까부터 이상한 냄새가 났어. 뭔가 타는 거 같은데."

그는 주방으로 가서 가스레인지 불을 껐다. 아까 앉힌 밥이 다 타버린 모양이다.

"이래서야 내가 어떻게 널 혼자 두니."

그는 주방으로 가서 요란한 소리를 낸다. 우당탕탕 쨍, 하는 소리와 뒤이어 물소리, 팬 돌아가는 소리까지 요란하다.

석 달 전, 술이 술을 마시던 때였을 것이다. 지도교수 수업 시간에 박사논문에 쓸 주제로 발표를 했다가 작살이 났다. 학부, 석사, 박사를 거치면서 나는 한 번도 꾸중을 들은 적이 없었다. 칭찬에만 익숙했던 나는 하늘이 무너지는 절망을 느꼈다. 그래서인지 나는 쓰러지면 곧 일어나는 오뚝이처럼 술을 마셨더랬다. 아스팔트 바닥이 들고일어나는 것처럼 빙빙 돌았다. 쓰러지면 일어나고 일어나면 또 쓰러지면서 눈에 보이는 모든 것들을 향해 시비를 걸고 욕을 퍼부었다. 한 놈만 걸려라, 아마 그런 심정이었을 거다.

그날 술에 취해 비틀거리는 나는 그의 부축을 받고 원룸으로 가다 집 앞 골목길에서 헤드뱅잉을 하며 걸어가는 한 녀석을 만났다. 다짜고짜 나는 넌 뭐하는 새낀데 내 길을 막아, 하고 소리를 버럭 질렀고, 그 녀석은 처음엔 어리둥절해하다가 내가 계속 욕설을 퍼붓자 주먹을 흔들며 다가왔다. 그가 내 앞을 막아서며 사정을 했지만, 화가 난 녀석은 무자비하게 나를, 아니 내 앞에 있는 그를 팼다. 다음 날 그가 집으로 찾아와 그렇게 말했다. 이래서야 내가 어떻게 널 혼자 두니, 라고. 내가 어제 어떻게 된 거냐고 묻자, 그는 웃음을 터뜨렸다.

사고라고는 계단에서 넘어져 무릎이 까진 게 다였던 나로서는 술을 마시고 그런 짓을 했다는 게 이해가 되질 않았다. 광기도 전염이 되는가. 어쩌면 그가 내 속의 광기를 끄집어냈는지도 모르겠다. 그를 닮아가는 건가.

그러고 보니, 나는 지금 배 속의 아이만을 생각하고 그의 나쁜 면만을 떠올리고 있다. 그가 제도권 밖에서 일그러진 광기를 부린다고만 생각한다. 그런 그를 난 왜 사랑했던가. 난 그의 광기를 순수한 영혼의 분출이라고 생각하지 않았던가.

그는 나보다 더, 나를 내 몸을 내 영혼을 사랑한다. 그걸 왜 모른 체하는가.

눈이 가물가물 감기는데 그의 나지막한 목소리가 들린다.

아까 자기 누드 그릴 때, 자기 몸이 이상한 거 느꼈어, 설마 했어, 나도 모르게 자기를 세모, 네모로 표현한 거지, 자기가 나갈 때 붙잡고 싶었는데……, 그렇지만 아버지처럼 살고 싶진 않아, 나도 지금 내가 어떻게 해야 될지 모르겠어……, 검은 눈물 흘리는 아이 밴 여자 그림 본 적 있지, 자기가 검은 눈물 흘리는 거 보고 싶지 않아……, 그런데 방법을 모르겠어.

나는 그의 손을 꼭 쥐었다.

4

늦잠을 잤다. 눈을 뜨니 정오가 다 됐다. 큰일 났다. 몽산포 강연이 다섯 시인데. 몸이 찌뿌듯하다. 배 속의 아이가 내 에너지를 모두 빨아들여버리는 것만 같다.

내가 허둥대자, 그가 천천히 준비해, 내가 차 몰고 갈 테니, 한다. 그는 강연 끝나고 간월도에 가자고 한다. 안 간 지 오래됐다는 그에게 나는 고개를 끄덕이며 하룻밤 묵고 오자고 했다. 서둘러 샤워를 끝내고 간단한 짐과 강연 원고를 챙겨 부리나케 주차장으로 갔다.

몽산포 휴양림으로 가는 내내 그는 말이 없다. 간월도는 어떤 곳일까, 웬만해서는 갔던 곳에 다시 가지 않는 그인데, 잘됐어. 바닷가에서 하룻밤 묵으면서 이야기해봐야지.

오십만 원짜리 중고차는 에어컨에서 더운 바람을 내뿜는다. 땀을 삐질삐질 흘리며 졸다가 깨다가 강연 원고를 준비하다가 하면서 몽산포에 도착했다.

태안 출신 시인들이 마련한 시 캠프였다. 내가 미리 보낸 강연 원고에 실린 시를 독자가 낭송하는 동안 나는 창밖 멀리 보이는 해송을 바라보았다.

마음도 한 자리 못 앉아 있는 마음일 때,
친구의 서러운 사랑 이야기를
가을 햇볕으로나 동무 삼아 따라가면,
어느새 등성이에 이르러 눈물 나고나.

슬쩍 곁눈질해보니 그는 조용히 뒷자리에 앉아 의자에 등을 기대고 눈을 감고 있다. 창밖 풍경 사이로 묵향이 번지는 듯하다.

그 기쁜 첫사랑 산골 물소리가 사라지고

그 다음 사랑 끝에 생긴 울음까지 녹아나고,

이제는 미칠 일 하나로 바다에 다 와 가는,

소리 죽은 가을 강을 처음 보것네.

  낭송이 끝나고 객석에서 박수가 터져 나온다. 슬며시 일어나 밖으로 나가는 그가 보였다. 마이크를 잡고 강연을 이어나가야 하는데 갑자기 목이 메어 나는 마이크 대신 생수병을 집어 들었다.

  해가 한 뼘쯤 수평선 쪽으로 내려와 있을 무렵 강연이 끝났다. 행사 관계자들이 숙소를 마련했다며 한잔하자는 걸 마다하고 나는 서울에 일이 있어 올라가야 한다며 연신 고개를 숙였다.

  그가 운전석에 앉아 시동을 건다. 나는 울음이 타는 몽산포 바다를 힐끗 보다가 차에 올랐다. 그는 간월도로 방향을 잡고 말없이 운전을 한다.

  서러운 사랑. 소리 죽인 가을 강. 난 내 사랑을 그렇게 끝낼 수 없다.

  간월도에 도착해 펜션을 잡고 그와 밖으로 나왔다. 아직 성수기가 아니라서 해변은 한적하다. 그는 해변도로를 따라 간월암 쪽으로 앞장서 간다. 지금 보니 종마가 아니라 학 같다. 나는 그를 뒤따라 천천히 걸음을 옮겼다.

어쨌든 이야기를 마무리 지어야 한다. 그에게 듣게 될 말이 무엇일지 전혀 예상되지 않는 것은 아니다. 그렇더라도 우리는 함께 이 상황에 책임을 져야 한다.

호기롭게 몇 발짝을 떼다가 멈춰 섰다.

두렵다. 아니, 무섭다. 그가 내게 등을 돌리는 순간 세상에 주홍글씨로 내팽개쳐질 내 모습이 눈에 선하다. 애비 없는 자식, 미혼모, 그렇게 비난 받으면서 내 아이와 나는 세상으로부터 버림받고 내쳐질 것이다. 아니, 남들의 시선이 날 그렇게 만들기 전에 내가 먼저 내 자신을 버리게 될 것이다. 그저 동물처럼 먹고, 먹이기 위해 아등바등 몸부림칠 것이다. 그건 사는 게 아니다.

그렇다고 아예 이 세상에 존재하지도 않았던 것처럼 배 속의 생명을 감쪽같이 없애는 건 싫다. 나와 그의 아이다. 나와 그의 사랑이 만든 생명이다. 자기가 싫다면 나 혼자 키워보겠어, 없는 셈 치고 살아, 그에게 그렇게 호기롭게 말할 용기도 내겐 없다.

욕지기가 치민다. 해변가 식당에서 흘러나오는 냄새가 내 배 속 작은 것의 심기를 건드린다. 손수건으로 입을 막았다. 욕지기를 참느라 어깨가 들썩인다. 누군가 내 어깨에 손을 얹는 바람에 화들짝 놀라 손수건으로 입을 가린 채 헉, 소리를 질렀다.

돌아보니 그였다. 눈물이 찔끔 새어나왔다. 나는 식당 앞을 빠르게 지나갔다. 짠 바다 냄새가 욕지기를 가라앉힌다. 숨을 크게 들이쉬었다. 뒤따라온 그가 내 손을 잡았다.

안쓰러워 보여, 하고 묻자 그가 고개를 끄덕인다. 그가 나를 향한 연민의 포문을 열고 있었다.

"나도 내가 안쓰러워."

한숨이 흘러나왔다.

나 스스로에 대한 연민은 생리가 시작되지 않았을 때부터 싹트고 있었다. 앞으로 얼마나 많은 날들을 이렇게 보내야 하는가.

휴우, 내쉬는 숨마다 한숨이 되어 나온다.

간월암. 그는 길이 나타났다가 사라지는 곳이라 했다.

언덕 하나를 넘자 눈 아래로 자갈이 깔린 길이 나타났다. 사라진다던 길이 이 길인 모양이다. 자갈 사이로 더러 바닷물이 고여 있다. 자갈길을 건너니 간월암 입구에 크고 작은 장승들이 오른편으로 늘어서 있고 바로 계단이 이어졌다. 계단 끝으로 시선을 옮기니 그 끝에 덩그마니 문틀 하나가 보인다. 열린 문틀 사이로 하늘이 가득하다. 계단을 오르자 하늘이 조금씩 밀려나고 바닷물이 차오른다. 문턱을 넘자 가로막힌 데 없이 저 멀리 하늘과 바다가 만나는 수평선이 탁 트인 시야로 펼쳐진다. 목구멍을 가로막았던 노른자가 툭 튀어나오는 느낌이다. 쥐고 있던 그의 손을 나도 모르게 꽉 붙잡았다.

"숨이 막힌다, 그치."

그렇게 말하고 그의 얼굴을 들여다보았다. 동의를 구할 것도 없었다. 그는 이미 풍광 속에 몰입해 있다. 암자를 빙 둘러 삼면이 바다다. 썰물 때가 아니라면 이곳은 말 그대로 섬이다.

그는 나를 앞질러 벌써 간월암 오른쪽으로 성큼성큼 걸어간다. 바다 위로 햇살이 일렁인다. 바람이 흐르는 대로 물결이 간들거린다. 은빛으로 물결이 흐르다가도 구름에 햇살이 가리면 다시 푸른빛으로 물들었다. 살갗이 끈적이다가도 바람이 흐르면 가슴을 관통하는 것처럼 속이 뻥 뚫렸다. 바람이 흔들어도, 햇살이 간질여도 바다는 더 뒤채지 않고 은은하다.

저렇게 나도 살 수 있을까. 폭풍우에 휘말려 절벽 같은 파도가 일어도 꿈쩍하지 않는 바다의 심연처럼 그렇게 견딜 수 있을까.

그런 생각을 하며 나는 그가 있을 만한 곳을 바라보았다. 앞질러 간 그의 모습은 보이지 않는다. 조그마한 암자의 오른쪽 모퉁이로 다가가자 그는 보이지 않고 사람들의 시선이 한곳으로 쏠린 것이 보였다. 암자에서 꽤 멀리 떨어진 울퉁불퉁한 바위섬 쪽으로 헤엄치는 사람이 보인다.

서 있던 사람들은 한마디씩 했다. 아직 바닷물이 차가울 텐데, 저 사람 뭐야, 시원하겠다, 나도 들어가볼까. 말은 그렇게들 하지만 막상 뛰어드는 사람은 없었다.

그가 있었으면 당장 들어갔을 텐데. 그를 따라서 나도, 배 속에 나를 긴장시키는 존재가 없었더라면, 나도 저 바닷속에 들어갔을 텐데.

바위섬으로 갔던 사람이 바닷물에서 걸어 나온다. 가까이 올수록 그 모습이 또렷해진다. 저 먼 미지의 곳에서 물을 박차고 건너온 듯한 늘씬한 종마 같은 사내는, 바로 그였다.

그렇지, 그럴 수밖에. 그여야 했다고 나는 고개를 끄덕였다. 그렇지만 막상 운동화째로 흠뻑 젖어 물을 뚝뚝 흘리고 있는 그를 보니 한편으로 그를 원망하는 마음이 솟았다.

그는 여행을 떠나 마음에 드는 풍경을 만나면 며칠이고 주저앉았다. 오늘 하루 이렇게 놀고, 내일도 가기 싫으면 또 질펀하게 퍼져 놀아도 되지, 라면서.

지금도 그는 그렇게 생각하는가. 그렇게 할 수 있는 상황이 이젠 끝난 거 아닌가. 언제까지 이렇게 마음 가는 대로 자유롭게 살 수는 없는 노릇이 아닌가. 세상 밖으로 아이가 나와도 여전히 저런 모습이라면.

아니, 아니다. 그의 문제가 아니라 내 문제이다. 어느 결에 안 된다, 그런 생각부터 품고 있었다, 내가. 원망스러워지는 건 도리어 나였다.

흐르는 물처럼 살고 싶어, 멈추면 고이고, 고이면 썩지, 그렇게 되고 싶진 않아. 그가 버릇처럼 하는 말이었다.

나는 그에게 좋았냐고도, 왜 그랬냐고도 묻지 않았다. 다만, 길이 닫히기 전에 건너가자고 말했다.

그는 나를 앞세우고 막 닫히려는 길을 걸어 나오면서 자꾸 뒤를 돌아보았다. 머리를 털고 뒤를 돌아보고, 운동화 신은 발을 구르고 다시 뒤를 돌아보았다. 금세 차오르는 밀물에 길이 잠기는데도 그는 자꾸 뒤를 돌아보았다.

간월암이 내려다보이는 언덕 바위에 나란히 앉아 한참 동안 길이 밀물에 잠기는 것을 보았다. 붉은 해가 수평선 아래로 가라앉지 않으려고 서러운 울음을 토해내고 있다.

"어때, 양수 속에 들어갔다 나온 소감이."

머릿속에서 고르고 고른 단어였다. 양수, 그 말이 지금 내겐 가장 필요한 말이다. 나와 그의 처지를 은근히 암시해줄 수 있는 말. 돌려 말하기는 싫지만, 그렇다고 직접적으로 묻는 건 더더욱 싫었다.

"양수. 그렇네. 갈 수만 있다면 돌아가고 싶다. 좀 짜고, 컴컴하고, 미지근하고, 지금은 끈적거리지만."

그는 일어서서 주머니를 털었다. 그가 앉았던 자리에 물 자국이 질펀하다.

"자긴 가식이 없는 자연이야. 처음부터 그걸 느꼈어. 그래서 자길 그리고 싶었지."

그는 고개를 흔들어 머리카락에 물기를 털었다.

"그랬는데, 요즘은 그게 잘 느껴지지 않아."

그의 말이 맞을 것이다. 나는 박사학위를 받고 안정된 직장을 구하는 것에 관심이 없었다. 학원에 나가 돈을 버는 동기들도 부럽지 않았다. 나는 다만 내가 좋아하는 문학을 하면서 평생을 살고 싶을 뿐이었다. 그런데 임신을 하고 나니 몸도 마음도 생각도 판이하게 달라지는 느낌이다. 모든 일에 예민해지고 조심스러워졌다. 거침없이 행동하던 그때와 나는 달라졌다. 아이를 낳아 키울 다음을 생각하느라 내 고민은 일년 뒤, 십 년 뒤까지를 앞서가고 있다. 바뀐 몸이 내 생각마저 제압하고 있다. 앞으로는 더더욱 그렇게 될 것이다.

"저 풍경에서 인간이 만든 걸 제하면 자연 그대로가 남겠지. 난 그걸 그리고 싶어. 그런데 인간의 손길이 닿지 않은 자연이 보이질 않아. 이제는 꽃을 봐도 인간의 냄새가 풍겨."

해 그림자가 바다에 빠져들고 있다.

"빛이 사라지면서 만들어내는 저 실루엣을 봐. 단순하지만 선명한 저 선. 아주 잠깐 나타났다 사라지는 지금 이 순간을 난 사랑해. 이 순간이 지나면 모든 게 혼돈의 무명 속으로 묻혀버리지."

나는 사라지는 햇살을 안타깝게 바라보면서 나지막하게 말했다.

"임신하기 전엔 자기 말에 공감했어. 모든 게 선명했지. 그런데 지금은 아니야. 내 몸과 내 생각은 혼돈 그 자체야. 시작은, 탄생은, 혼돈에서가 아닐까. 난 혼돈이 모든 형태의 시원이라고 봐. 형의 구별도 없고, 남자 여자 구별도 없고, 이름도 필요 없는 곳. 그 혼돈이 자기가 말하는 순도 영도의 세계 아냐. 양수처럼 말이야."

그가 아무 말 없이 내 손을 꼭 쥐었다.

"저 바다, 노을 지는 저 바다, 그 속이 내가 있을 곳이란 생각이 지금 들어."

밀물이 길을 싹 지워버리고 있다. 우리가 지나온 길이 사라지는 걸 보고서야 우리는 자리에서 일어났다.

횟집에서 늦은 저녁을 먹었다. 매운탕에 밥 한 공기를 뚝딱 비워내고 고개를 들자 물끄러미 나를 바라보고 있는 그와 눈이 마주쳤다. 나는 멋쩍게 입가를 닦고, 그는 술잔을 비웠다. 내가 밥을 먹는 동안 두 병의 소주를 거덜 낸 그는 일어나면서 휘청거린다. 내가 그를 잡아주려고 손을 내밀자 그가 너털웃음을 웃었다.

"겨우 두 병이야. 괜찮아."

그는 일어서서 옷에 묻은 소금기를 턴다. 그리고 손가락으로 머리카락을 쓸어 올린다. 쓸어 올리는 손가락에 머리칼이 엉망으로 헝클어지는데도 술에 취하면 늘 하는 버릇대로 자꾸만 머리칼을 쓸어 넘긴다.

어두운 밤길을 걸어 숙소에 도착했다.

침대에 누워 욕실에 들어간 그가 나오기를 기다려보지만 눈꺼풀은 무겁게 감겼다.

차갑고 매끄러운 그의 몸이 와 닿는 게 느껴졌다.

"아까, 그 시, 그림으로 그린다면 수채화가 어울리겠지? 수묵화 같기도 하고. 내가 그린다면 선 하나로 그리고 싶어. 죽기 전엔 그릴 수 있겠지. 단 하나의 선에 담긴 내 인생을. 끊길 듯 이어지고 이어질 듯 끊기는, 어느 한순간에는 굵고 강하게. 어쨌든 마지막은 있을 거야."

나는 자꾸만 감기려는 눈꺼풀을 들어 올리려 애를 썼다.

"그 그림 꼭 보고 싶다."

5

바다 냄새가 코끝을 간질인다. 오랜만에 맛본 편하고 긴 잠이다. 나는 누운 채로 짹짹 하는 새소리를 흘려들으며 눈꺼풀마저 투명하게 만드는 햇살을 즐겁게 견디고 있었다.

"소리 좋다, 그치."

아무 대답이 없어 나는 옆자리로 손을 뻗었다. 아무것도 만져지질 않는다.

벌떡 일어나보니 그가 보이지 않는다.

어디 있어, 나는 그를 부르며 화장실 쪽으로 갔다. 불 꺼진 화장실은 문이 활짝 열려 있다. 문 앞에는 그의 옷이 널브러져 있다. 현관에는 흙이 잔뜩 묻은 그의 운동화가 그대로 놓여 있다. 주차장으로 황급히 갔다. 차 안에도 없다.

심장이 쿵쾅거린다.

불길한 예감이 불쑥 솟았다. 설마 인사동에서처럼 알몸으로 사라진 것은 아니겠지. 이층에 있는 방과 주차장을 쉴 새 없이 오가는 것밖에 내가 할 수 있는 것이 없었다. 신고를 해야 할까. 나는 왜 그것도 모르고 잠들었을까. 입이 마르고 등골이 자꾸 서늘해졌다.

도저히 안 되겠다 싶어 펜션 주인집으로 달려갔다. 사람이 사라졌다고, 혹시 경찰서 연락해볼 수 있느냐고 묻고 있는데, 내 이름을 부르는 소리가 들렸다.

돌아보니 그가 펜션 입구로 걸어 들어오고 있다. 긴장이 확 풀리면서 무릎이 꺾였다. 그가 나를 향해 달려왔다.

가슴에서 솟아오르는 숨이 울음으로 바뀌어 터졌다. 가슴을 들썩이며 숨을 몰아쉬면서도 나는 그의 얼굴을 매만지고, 팔을 만지고, 다리를 만지면서 다친 데는, 다친 데는 없느냐고 울음 섞인 목소리로 물었다. 그가 멀쩡한 걸 확인했는데도 흐르는 눈물을 주체할 수가 없다.

방으로 들어가서도 한참 동안 울음은 멈추지 않았다. 그는 어디서 빌려 입었는지 무릎길이의 몸뻬에 목이 늘어난 티셔츠를 입고 고무신을 신고 있었다.

"도대체, 딸꾹, 어디, 딸꾹, 갔어."

자꾸 터져 나오는 딸꾹질을 견디느라 손바닥으로 가슴팍을 꾹 누르며 물었다.

"일어나보니 간월암이더라."

"거길, 딸꾹, 어떻게, 딸꾹."

그는 알겠다면서 그만 말하라고 나를 다독였다.

"걸어갔나 봐. 지금 오면서 알았어. 발바닥이 아프더라고."

그는 시커멓게 변해버린 발바닥을 내려다보면서 말했다.

"잠결에 달도 보고, 일출도 보고 그랬어. 난 꿈인 줄 알았지. 실은 어제 해 지는 걸 보면서 해 뜨는 걸 보면 좋겠다 생각했거든. 그런데 꿈이 아니라 현실이더라고. 해가 뜬 지 한참 됐는데 내가 여기 왜 벌거벗고 있지 생각하면서 한동안 멍청하게 앉아 있었어. 스님이, 거시기 실한 거 만천하에 자랑했으면 그만 됐다고 옷을 던져줘서 냉큼 입었는데, 물길이 열리지 않아서 갇혀 있었어."

"무슨 일이라도 생겼으면, 딸꾹, 어쩔 뻔했어."

나는 그를 꼭 끌어안았다. 생각해보니 잘못은 내게도 있다. 문단속을 제대로 했어야 했다. 일출이 보고 싶다고 했을 때 새벽에 다시 오자고 했어야 했다. 아니 거기에 있으면서 밤새 그와 달빛을 보고 일출을 보았어야 했다.

나는 고개를 들고 그의 얼굴을 바라봤다. 전에 없는 생기가 넘친다. 그는 간월암에서 그의 가슴을 뛰게 할 무언가를 발견한 것일까. 바다가 자신이 있을 곳이라 했는데, 그는 바다를 보며 대체 무슨 생각을 한 걸까.

"일출은 어땠어?"

내가 그렇게 묻자 그의 얼굴이 밝아진다.

"자기도 같이 봤어야 하는데. 깊은 어둠 사이로 서서히 짙푸른 물감이 번지는데 이건 말로 표현이 안 돼……. 손이 떨리더라고."

그의 얼굴이 환하게 빛난다.

그는 아직 꿈꾸는 중일지도 모르겠다. 다시 가자고 해도, 아마 한 달을 그곳에 있자고 해도 그는 고개를 끄덕일 것이다. 어린아이처럼. 그걸 알고 있는 나는 그에게 어떤 대답을 요구했던 것인가.

"그림, 내 그림을, 그릴 수 있을 거 같아."

운전대를 그에게 맡기고 서울로 돌아오면서 그림을 그릴 수 있을 거 같다는 그의 말을 곰곰이 되새겼다.

그래, 그가 좋아하는 그림을 그리도록 내가 도와주면 된다. 아이가 생겼다는 이유로 그의 재능을 낭비하게 해서는 안 된다. 그를 위해서라면 내 존재의 의미를 찾는 일 따윈 미뤄둘 용의가 있다.

아, 난 어느새 그에게 빌붙어 살 궁리를 하고 있다. 하지만 어쩔 도리가 없다. 혼자 먹고사는 것도 아니고 아이까지 낳아 어떻게 감당한단 말인가. 아이를 낳아 베이비박스에 버릴 작정이 아니라면 어떻게든 방도를 찾아야 한다.

작품은 쌓이는데 그는 자꾸 전시회를 거부했다. 단 하나의 작품, 그의 예술혼을 모두 투영시킨 그 하나의 작품이 나오면 그때 하겠노라고 약속한 게 언제였던가. 여태 그려놓은 작품으로도 개인전만 열면 예전에 받았던 평단의 관심을 대번에 불러일으킬 수 있다. 나는 그 시기가 무르익었음을 안다.

서울에 도착해 나를 집에 내려주고 그는 그림을 그려야겠다며 서둘러 자신의 집으로 가버렸다.

나는 미술 잡지와 전시 일정을 뒤졌다. 아뿔싸, 그의 대학 선배이자 화단의 실세인 중견 정 화백이 지난주부터 개인전을 열었는데 그걸 모르고 있었다. 그는 선후배로 뭉쳐 패거리 짓을 하는 화단에 진저리를 쳤지만 정 화백만큼은 마음을 터놓고 따르는 듯했다. 나도 그와 함께 정 화백을 만나 몇 번인가 술을 마신 적이 있는데, 무엇보다 그의 온화한 성품이 마음에 들었다.

그에게 정 화백 전시회에 대해 아무 애기도 듣지 못했는데. 잊어버린 걸까. 모든 게 뒤죽박죽이었던 며칠이었으니 그럴 수도 있겠다 싶기도 하다가도 자신의 일에마저 무심한 그가 원망스럽다. 내일이 전시회 마지막 날이다. 이번 기회에 정 화백을 만나 개인전에 대한 의향도 비추면 길이 찾아지겠지.

밤새 작업을 했는지 그의 눈이 퀭하다. 작업이 잘 안 풀리는지 내가 들어오는 것도 모르고 팔짱을 낀 채 캔버스를 노려보고 있다. 스케치가 탁자에 널려 있고, 캔버스에는 마르지 않은 물감 자국이 선명하다.

"정 화백 전시회 몰랐어? 오늘이 전시 마지막 날이래."

그의 반응이 영 신통치 않다.

"연락 못 받았으니까 안 가도 돼."

그에게 스마트폰에서 기사를 찾아 내밀었다.

"나를 봐서라도 가자. 머리도 식힐 겸. 이제 자기도 개인전 준비하고 활동해야지."

나는 부르지도 않은 배를 어루만지며 그를 달랬다.

작업해야 하는데, 하면서 그는 마지못해 일어섰다.

전시회장은 정 화백의 명성에 걸맞게 규모가 꽤 컸고 관람객도 많았다. 전시회장 한쪽에서 카메라를 어깨에 건 기자와 이야기를 나누던 정 화백이 그를 보고 반가워하기보다는 당혹스러워한다는 느낌이 들었다.

너무 늦게 왔나. 오랜만에 봐서 그런 걸까.

기자와 이야기를 끝내고 돌아서는 정 화백의 얼굴은 예의 온화한 미소로 돌아가 있다. 정 화백이 그와 나를 부르는 걸 보면서 나는 적이 안심했다.

"그래, 잘 왔어. 이제 전시회도 하고 그래야지."

정 화백은 원로 화백들에게 그를 소개시켰다.

"제가 아끼는 천재 화가입니다. 아시죠?"

정 화백의 소개로 여기저기 다니면서 꾸벅꾸벅 인사를 하는 그의 얼굴이 붉다. 나에게 다가온 그는 이런 게 체질에 맞지 않다며 투덜거렸다.

그는 그림을 둘러보겠다며 입구 쪽으로 가버렸다. 내가 예민한 건지 자꾸만 정 화백의 시선이 눈에 밟혔다. 그림을 둘러보는 그를 곁눈질하는 정 화백의 시선이 마뜩잖다.

말없이 그림을 둘러보던 그가 움찔하더니 한 그림 앞에 멈춰 섰다. 한참을 고개를 푹 숙이고 뭔가를 골똘히 생각하던 그가 네다섯 작품을 빠르게 훑어보더니 아까 그 그림 앞에 다시 섰다. 미동도 않고 그림을 노려보던 그가 그림 앞으로 바짝 다가서더니 두 손으로 화폭을 확 찢어버렸다.

일은 순식간에 벌어졌다. 사람들이 놀라 웅성대는 사이에 그는 재빠르게 그 옆에 걸린 작품으로 다가가 그것마저 확 찢어버렸다.

순간 전시장에 침묵이 흘렀다.

그는 정 화백 앞으로 다가가 찢어진 화폭을 홱 내던졌다. 그는 부들부들 떨며 정 화백을 노려보다가 밖으로 나가버렸다.

숨소리가 들릴 정도로 정적이 흐르는 공간에 작은 웅성임이 번졌다. 놀라운 것은 정 화백의 반응이었다. 예상 외로 담담한 표정이다.

그걸로 끝이 아니었다. 나간 줄 알았던 그가 다시 돌아왔다. 전시장 한가운데에 화분을 던져버렸다. 우리가 사 들고 온 화분이다.

그가 저토록 화를 내는 걸 본 적이 없었다. 너무 놀란 나머지 꼼짝 못하고 멍청하게 서 있다가 정신을 차리고 보니 그가 사라지고 없다. 황급히 그의 뒤를 따라 나갔다.

오후부터 내리던 비는 더 거세졌다. 우산도 없이 비를 맞으며 걸어가는 그가 보였다. 그가 저만치 앞에서 걸어가다 술집으로 들어가는 걸 쫓아 따라 들어갔다.

"미쳤어. 지금 뭘 한 건지나 알아? 자기 때문에 정 화백 전시회가 엉망이 됐어. 이젠 발도 못 붙이게 됐다고. 어쩔 거야, 어떡할 거냐고."

나는 탁자를 두드리고 삿대질을 하며 고함을 질렀다. 그는 나를 외면한 채 말없이 소주를 잔에 따라 연거푸 마셔댔다.

"당장 가서 사과해. 이번 기회가 마지막인 줄 몰라서 그래."

소주 두 병을 거의 다 비웠을 무렵, 그는 무겁게 입을 열었다.

"다 썩었어. 여긴 길이 없어."

소주병을 들어 꿀꺽꿀꺽 들이켠다.

"왜 이래? 술 그만 마셔. 세상 썩은 곳이 한두 군데야. 다들 알면서도 적당히 눈 감고 잘 살잖아. 자기도 그렇게 살면 안 돼?"

내 고함 소리에 그는 마시던 술병을 탁, 소리를 내며 내려놓았다.

"아무리 욕심이 나도 그게 할 짓이야."

그의 맑은 눈에 불꽃이 확 인다.

"예술은 신성한 거야. 능력이 없으면 그만둬야지, 어디서 쓰레기 같은 짓을 해."

이 년 전, 차세대 유망 작가전을 기획한 정 화백이 그를 추천해 다른 작가들과 함께 그의 작품을 전시하도록 했는데, 전시회 전날 그가 자신의 작품 열 점을 모조리 회수해 왔다고 했다. 얼마 지나지 않아 정 화백이 그를 찾아왔다고 했다. 그는 자신만 생각하고 정 화백의 마음을 헤아리지 못했다며 사죄를 했고, 정 화백도 그를 용서했다고 했다. 요즘은 뭘 하고 있냐고 다정하게 물어서 차마 빈둥거리고 있다는 말은 못하고 한쪽 구석에 쌓아둔 작품들을 보여주었다고 했다. 정 화백이 개인전을 열어보자며 스마트폰으로 작품을 찍어 갔다고 했다.

처음 듣는 얘기였다.

"작품을 보는데 처음부터 뭔가 익숙했어."

그의 눈에 불꽃이 활활 타오른다.

"내가 찢어버린 건 내 작품이었어."

그는 작품을 찢던 시늉을 그대로 한다. 그런데 그의 목소리는 의외로 차분하다.

"내 그림은 쓰레기가 돼버렸어. 쓰레기가 됐다고……."

몸이 부들부들 떨렸다. 어떻게든 참아보려고 했지만 줄줄 흐르는 눈물을 나도 어떻게 할 수가 없었다.

그가 손을 내밀어 내 눈물을 훔쳤다.

"그만 울어. 자기가 울면……."

그는 내 눈물을 훔치다 말고 양손으로 이마를 가렸다.

"미안해."

그의 목소리가 떨린다.

"나도 제대로 살아보려고 했어. 어떻게든 너랑 살아보겠다고……."

탁자 위로 그의 눈물방울이 뚝 뚝 떨어진다. 어깨를 들썩이며 오열을 하는 그에게 나는 어떤 위로의 말도 할 수 없었다.

나는 힘없이 축 늘어진 그의 몸을 부축해 그의 작업실로 갔다. 잠든 그의 얼굴에 눈물 콧물 자국이 덕지덕지 붙어 있다. 괜찮아. 다 이겨낼 수 있어. 내가 있잖아. 나는 그렇게 말하면서 그를 다독였다.

6

깜박 잠이 들었나 보다. 사위는 어두웠다. 잠결에 우당탕탕 바람이 들이치는 소리를 들은 듯도 했다. 비가 계속 오는가 싶어 불을 켜고 그가 작업실로 쓰는 거실로 나갔다. 뭔가 이상했다. 불을 켜니 그가 작업하고 있던 캔버스가 찢겨 바닥에 내팽개쳐져 있고, 그는 보이지 않았다. 설마.

나는 현관문으로 달려 나갔다. 문이 열려 있다. 가슴이 쿵 내려앉았다. 심장은 멈추지 않고 모질게 뛰었다. 밖은 어두웠고 빗줄기가 하늘을 뚫을 것처럼 쏟아지고 있다. 문밖에 서서 머리 위로 쏟아지는 비를 고스란히 맞으며 눈을 감았다. 살갗 위로 소름이 오소소 돋았다.

해가 뜨려면 아직 한 시간 정도는 기다려야 했다. 그가 그림을 쌓아둔 작은 방으로 갔다. 화폭은 갈기갈기 찢어져 방바닥에 흩어져 있고, 유화 물감이며 붓들이 난잡하게 뒹굴었다. 그가 물감을 밟았는지 방 안 곳곳에 그가 즐겨 쓰던 프러시안 블루 빛깔의 발자국이 찍혀 있다.

프러시안 블루……, 간월암의 바다.

간월암에서 환하게 웃던 그의 모습이 떠올랐다. 깊은 어둠 사이로 서서히 짙푸른 물감이 번지는데…….

다리에 힘이 풀려 나는 바닥에 주저앉았다.

사라지고 싶었던 걸까. 그가 인사동에서 사라진 건 그림을 그리고 싶어서라고 치자. 어제의 실종은 뭔가. 간월암의 달빛과 일출을 보고 싶은 마음 때문에 갔다고 했다. 그럼 오늘은 뭔가. 그림을 더 이상 그릴 수가 없어서, 아니면 혹시 나 때문에, 나에게서 도망가려고 그랬을까.

생각해보니 어제 난 그에게 정 화백을 찾아가 사과하라고 했었던 것 같다. 그뿐인가. 결혼이고 자식이고 자신의 인생에 없다고 여겨왔던 그에게 초음파 사진을 내밀지 않았던가. 흐르는 물처럼 살고 싶다는 그에게, 고여 썩고 싶지 않다고 말하는 그에게, 나와 내 배 속의 아이를 책임지라고 협박한 것 아닌가.

거기까지 생각이 이르자 두들겨 맞은 것처럼 머릿속이 멍해졌다.

모든 것을 걸 만한 위험이 없는 삶이란 아무런 가치가 없어.

전혜린이 번역했던 루이제 린저의 '생의 한가운데'에 나오는 한 구절이 떠올랐다. 나는 그 구절로 전혜린 평론을 마무리할 참이었다. 그런데 지금 생각해보니 내가 왜 그 구절을 선택했는지 이유를 모르겠다.

난 좀 씁쓸했다. 지금 나는 내 자궁 속에서 요란하게 존재감을 뿜어내는 작고 이물스러운 것을 지키는 일이 내 모든 것을 걸 만한 위험한 일이라 여기고 있다. 어머니가 되는 것이야말로 가치 있는 삶 아닌가.

아니, 아니, 적어도 예술혼을 도둑질당한 것에 절망해서 이 폭풍우 속을 맨몸으로 뛰어나가야 가치 있는 삶 아닌가.

이젠 이게 맞니, 저게 맞니, 분별하고 논리를 세우는 것도 귀찮다. 사위가 밝으니 뱃가죽이 등짝에 들러붙은 것처럼 죽도록 배가 고플 뿐이다. 그도 배가 고프면 언젠가 돌아올 것이다. 나는 냄비에 물이라도 올려야겠다고 생각하며 몸을 일으켰다.

한층 거세진 빗소리가 고막을 울렸다.

온몸의 소설

안서현(문학평론가)

언어는 어떻게 육체를 재현하는가? 이 문제에 골몰했던 이로 서사 이론가 피터 브룩스를 꼽을 수 있다. 『육체와 예술』(이봉지·한애경 역, 문학과지성사, 2000)에서 그는 탐구 끝에 육체는 언어의 영원한 타자라는 결론을 내렸다. 몸은 영원히 언어의 바깥에 있으며, 그 의미는 언어로는 포착되지 않는다는 것이다.

그러나 소설가 주지영은 몸에 대한 소설을 쓴다. 그 글쓰기는 이러한 육체의 타자화에 맞서는 투쟁이다. 언어에 있어 영원한 타자일 수밖에 없는 몸을 언어화—기호화, 상징화, 서사화—하고자 하는 노력의 소산인 것이다. 그러나 이러한 싸움은 언어의 재기를 발휘함으로써 몸을 기어이 포착해내기 위한 것이 아니라, 오히려 언어의 바깥으로 흘러넘쳐 그것을 압도하는 몸의 관능을 보여주기 위한 것인 듯하다.

『사나사나』의 세계 속에서는 표제작 「사나사나」에 등장하는 철학자 '권'과 같이 몸의 세계를 떠나는 인물들이 1인칭 주인공 '나'에 의해 비판적 시선으로 그려진다. 교수가 되겠다는 욕망 끝에 그 허명을 얻고야 마는 '권'의 집요한 행보가 '나'에 의해 공격받는 까닭은 그것이 세속의 논리에 대한 굴종이기 때문이거나, '나'와의 애정에 대한 배신이기 때문만은 아니다. 그것은 '권'이 그와 같은 허명의 세계를 좇으면서 몸의 진실로부터 소외되는 까닭이다. 그 진실은 세상의 이름이 아니라 고니의 노래와도 같은 온몸의 울음으로만 표현될 수 있는 것이다. 주지영 소설에서 몸이란 잊혀진 삶의 본질과 진실에 가깝다.

지난 세기 초 언어학적 전회와 함께 각 분야에서 언어가 전경화되는 현상이 나타났다. 언어를 질료로 삼고 있는 문학 방면에서도 이는 물론 마찬가지였다. 언어 그 자체를 드러내는 글쓰기, 즉 언어유희나 언어 운용의 묘를 앞세운 글쓰기나 언어에 대한 민감한 자의식을 드러내는 글쓰기 등이 주요한 문학적 경향으로 대두했다. 이는 한국 문학에서도 마찬가지였다. 소위 '포스트' 사조들의 세례를 받은 젊은 작가들이 낯선 언어를 추구하는 실험적 소설들을 많이 쓰고 있다.

주지영의 소설은 이러한 언어적 경향으로부터는 한발 물러나 있다. 그녀의 소설 속 인물들은 언어나 글쓰기에 대한 자의식을 드러내는 주체—이때 소설은 필연적으로 메타픽션이 된다—가 아니라, 어디까지나 자신의 몸에 대한 자각에서 출발하는 주체이다. '생각한다, 고로 나는 존재한다'의 회의적 주체가 아니라, '감각한다, 고로 나는 존재한다'라고 외치는 몸의 주체라 할 수 있다. 그녀의 인물들은 요가를 하며 거울을 통해 잘 다듬어진 자신의 몸매를 부러워하는 이웃의 눈길을 느끼거나(「인간의 구역」), 임신 이후 자기 몸속의 조그만 것의 명령으로 커피 한 잔도 마음 놓고 마시지 못하게 되는 등의 변화를 겪어내면서(「마고할미의 오줌」, 「길 위의 길」) 자신의 존재를 다시 자각한다. 이와 같이 자기 몸으로부터 출발하여 삶을 배워나가는 인물들에 의해, 주지영의 소설 속에서는 몸이 타자화되는 것이 아니라 오히려 전경화된다.

이렇게 등장한 소설 속 인물들은 자기 욕망의 운동을 드러냄으로써 서사를 생동감 있게 전개해나간다. 관념적 상징이 등장하거나 심리 묘사가 주를 이루는 소설들과 달리, 주지영의 소설은 인물들의 몸에 대한 욕망을 통해 삶의 위기를 드러내고, 또 그것을 진전시킨다. 가령 남편의 외도를 알아챈 인물들은, 흔히 소설 속 인물들이 그러하듯 배신감에 빠지거나 인생의 허무감을 토로하며 황폐한 내면 공간을 펼쳐 보이지 않는다. 예컨대 「인간의 구역」의 '나'는 오히려 그러한 상황 속에서 소외된 자신의 몸의 욕망을 인식하는 데로 나아간다. 천변에서 본 너구리의 시체는 곧 자신의 찢긴 욕망의 확인이다. 아이를 잉태할 수 없는 몸에 대한 자각과 남편의 아이에 대한 강한 집착이 그 검붉은 살덩어리로 상징화된 것이다. 불임의 몸과 왜곡된 관계에 대한 절망은 이곳은 "사람의 구역이 아니"(30쪽)라는 거지의 절규와 겹쳐진다. 이 구역을 떠나 새로 살 곳을 찾아가야 한다는 그의, 혹은 자기 내면의 목소리를 듣고 그녀는 고민한다. 「맞바람」에서도 마찬가지이다. 남편이 외도 상대인 '햅번'의 몸에 사로잡혀 있다는 것을 확인하면 할수록 '나' 역시 파트너 K와의 관계에 대한 욕망을 강하게 드러낸다. 그러나 다음 순간, K가 건네준 과거 '나'의 누드화를 통하여, 몸의 욕망을 따르는 것이 곧 거짓의 몸짓이 아니고 진실의 추구 그 자체였던 시절로는 돌아갈 수 없다는 것을 참담하게 깨닫는다.

『사나사나』의 세계를 관통하는 주지영 소설의 제1주제가 이와 같은 자각하고 욕망하는 몸의 존재론이라면, 제2주제는 몸의 윤리이다. 주지영의 인물들은, 삶에는 몸의 감각과 욕망을 있는 그대로, 정직하게 대면해나가는 삶의 방식이 있다는 것을 알게 된다. 그것은 불모의 방향으로 나아가는 뒤틀리고 왜곡된 욕망이 아니라, 생명의 방향으로 나아가는 자연스럽고 진실된 욕망을 따르는 일이다.

그것은 일차적으로는 몸에 대한 연민으로 표현된다. 서로의 몸의 갈증을 채워주는 것만이 아니라 몸의 존재 자체를 인정하고 있는 그대로 받아들이는 것이 중요하다는 깨달음이다. 각자의 몸이 지닌 고유한 향기, 즉 체취를 이해하는 것이다. 「백 년 후에」에서 '나'의 스승인 '정'은 이상적인 형태의 몸만이 아니라 다양한 몸들을 보듬는 것이 디자인의 기본임을, 또 그러자면 자신의 몸에 대한 연민과 애정도 필요하다는 사실을 알려준다.

정은 자리에서 일어나면서 중얼거리듯 말했었다. 여자든 남자든 늙든 젊든 몸은 자기만의 빛깔과 향기를 지녀. 그런 몸을 사랑하지 않으면 몸은 나를 떠나버리지. 몸이 상처받으면 마음도 상처받아. 특히 여성의 몸은 생명을 잉태하는, 세상에서 가장 고귀한 몸이야. 상처를 받으면 안 돼. 네가 디자이너가 되려거든 먼저 네 몸부터 사랑해. 그러면 쭈글쭈글한 할머니의 몸도 살이 터진 임산부의 몸도 다 사랑스럽게 보이지. 그런 사랑을 옷으로 표현하는 게 디자인이야.(158~159쪽)

몸을 남성에게 이용당하는 것이 아니라 오히려 이용하며 살기 위한 생존의 무기로, 옷을 어머니를 모욕한 아버지에 대한 복수의 의미로 여겨온 '나'에게 스승인 '정'은 몸이 애정의 통로이며 옷 짓기가 사랑의 표현임을 가르쳐준 것이다. 결국 '나'는 위로의 형식으로서의 옷 짓기를 결심하기에 이른다. '나'의 어머니가 나혜석이 방황 끝에 찾아갔던 곳인 수덕사 아래에서 밥 짓기를 통해 주위 사람들을 위로하는 삶을 사는 것과 마찬가지이다. "밑동이 시리겠구나"(153쪽)라는 말과 함께 '나'에게 옷을 걸쳐주는 '정'과 같이, 수원 나혜석 거리의 동상을 보며 나혜석을 위한 옷을 지어주고 싶다고 생각하는 '나'가 있다. 몸을 보듬기 위한 것이 옷이라는 본질로 돌아간 것이다. 이것은 '나'가 실천할 사랑의 형식이다.

"난 여기에서 단양 곳곳에 숨어 있는 향기를 되살리고 싶어. 옛 단양의 향기도."

개망초꽃, 찔레꽃, 초롱꽃, 붓꽃 냄새일까. 아니면 대추나무, 앵두나무, 감나무에서 나는 냄새인가. 이 냄새, 익숙하다. 그의 향기다. 내 배 속에 있는 이 아이는 나를 전혀 닮지 않고 아빠를 닮아 야생화를 찾아 돌아다닐 것 같다.(195쪽)

소설 속 여러 빛깔과 향기로 피어난 야생화는 제각각의 육체가 지닌 고유성을 상징한다. 「백 년 후에」 속 '나'의 '엄마'가 돌아간 자리가 야생화의 세계라는 대목에서도 그러한 상징이 나타나 있지만, 위에 인용한 「마고할미의 오줌」의 한 대

목에서도 마찬가지이다. 야생화마다 서로 다른 빛깔과 향기를 지니고 있는 것은 자연의 순리이다. 모든 몸들은 저마다의 고유성을 지닌 채, 다시 "산과 강과 꽃과 나무와 곡식과 과일 같은 천지만물을 창조하고 그들에게 생명을 불어넣은 여신", "모든 생명 창조의 근원, 대지모신"(176쪽)인 마고할미의 오줌과도 같은 비를 맞으며 거대한 자연의 질서의 일부로서 살아가는 것이다. 개별적인 몸이지만 또 근원적인 것의 일부이기도 한 몸이다. 이와 같이 저마다의 생명력의 몫을 나누어 갖고 있는 몸에 대한 존중은 주지영 소설의 중요한 주제이다.

첫번째 몸의 윤리가 모든 몸들에 대한 존중이라면, 두번째 몸의 윤리는 바로 삶 속에서 여러 욕망들 사이의 불화에 맞닥뜨릴 때 결국은 자기 몸에 자연스러운 길을 따라 살아나가야 한다는 것, 즉 자신의 몸에 삶을 맡기고 또 그 몸을 다시 거대한 순리에 맡겨, 물 흐르는 듯한 거대한 세상의 이치를 몸으로 정직하게 마주하며 나아갈 수밖에 없다는 것이다. 그것이 자기 자신을 소외시키지 않고 살아갈 수 있는 방식이다. 다시 「사나사나」로 돌아가보자. 물 흐르는 듯 살라는『도덕경』의 한 구절도 어느새 까맣게 잊은 채로 살아가게 된 '권'이 아니라, 헛된 욕망을 버리고 다시 물길을 거슬러 올라가 시원으로 돌아가듯 본래의 삶의 자리를 찾아가고 있는 '함'이 이와 같은 몸의 순리를 따르는 삶을 살고 있다고 '나'는 여긴다. 그리고 '함'에게서 그러한 삶을 배운다. 삶의 욕망들은 때때로 갈림길을 만나기도 한다. '나라를 번창시킬 것인가, 어미를 지켜낼 것인가.' 이것이 소설 속 '함'이 마주한 딜레마이다. '함'은 어미의 몸이라는 근원으로 되돌아갈 것을 선택한다. 그 엇갈리는 욕망들을 제 안에서 이겨내며 살다보면 그 몸은 어느새 그 욕망들과 닮아가게 된다. 두 가지가 만나 하나가 된 나무의 몸, 엇갈리는 욕망들 속에서 하나의 길을 찾아낸 그 옹이를 '함'은 '나'에게 건네주었던 것이다.

두물머리. 남한강과 북한강이 만나는 합수부의 소용돌이. 함의 부모님이 인연을 맺고 함을 낳은 곳. 옹이. 함왕혈.

어머니를 버려두고…….

함의 목소리가 자꾸 들려왔다.

나는 왜 권에게 달려갔던가. 권에게서 뭘 얻으려 했던가. 그러자고 나는 또 무엇을 버려두었던가. 나의 함왕혈은 무엇이란 말인가.

옹이는 탄생의 상처가 깃든 곳이란 생각이 들었다. 어쩌면 그게 함왕혈인지도.

함은 옹이가 진 나무 조각으로 두물머리와 그 합수부를 만들어 나에게 주고 이제는 탄생의 시원을 거슬러 올라가려 하고 있다. 함의 행보가 나에게 너무 아득한 거리로 느껴졌다.

생살에 난 상처를 치유하려는 그 몸짓이 나에게 있었던가. 언제쯤이면 나는 그 옹이의 언어로 소설을 쓸 수 있게 될 것인가.

머릿속이 텅 비어버린 것처럼 아무것도 떠오르지 않았다. 팔을 뻗어 거대한 나무의 옹이를 쓰다듬었다. 거칠고 마디진 것이 엄마의 굵고 매듭진 손가락 같았다. 갑자기 부끄러움이 엄습해서 눈을 꼭 감고 애꿎은 나무의 옹이를 자꾸 문질렀다.(102~103쪽)

그것은 곧 삶의 욕망들에 의해 찢겨진 상처를 치유하는 힘을 의미한다. '나' 역시 새살로 상처를 이겨낸 나무의 옹이와도 같은 자신의 생명력에 순응하고자 한다. 그것이 바로 '나'가 지향하는 몸의 삶은 물과 같이 자연스럽게 흘러가는 길이자 생명력으로 되돌아가는 "옹이의 언어"로 상징되는 것이다.

「길 위의 길」 역시 몸의 윤리를 보여주는 소설이다. 예술적 충동에 몸을 맡긴 채 살아가는 예술가 '황'과, 삶의 불확실성 속에서도 자신의 몸에 잉태된 생명을 지키려 하는 '나(유평)'를 통해 이 소설은, 결국 몸에 대해 정직한 방식으로 살아나갈 수밖에 없다는 것을 이야기한다. 그것은 어쩌면, 배가 고프면 우선 냄비 물부터 올리고 보는, 그런 간난하고도 단순한 삶의 방식인지도 모른다. 그것은 '그'에 의해 다시 흐르는 물과 같은 삶으로 이미지화된다.

흐르는 물처럼 살고 싶어, 멈추면 고이고, 고이면 썩지, 그렇게 되고 싶진 않아. 그가 버릇처럼 하는 말이었다.(284쪽)

이때 이러한 깨달음의 몸이 바로 여성의 몸이라는 사실에도 새삼 주목할 필요가 있다. 소설집 『사나사나』의 수록 소설들은 모두 여성 인물을 중심에 두고 서사를 진행하고 있다. 이들은 고정된 성 관념을 시험하는 소설을 쓰다가 비판에 맞닥뜨리거나(「사나사나」), 성관계 동영상 때문에 전 남자친구로부터 협박을 당하기도 하고(「백 년 후에」), 여성이라는 이유로 선배에게 임용 추천서를 양보할 것을 요구받거나(「마고할미의 오줌」), 아내를 보호하려 하면서도 다른 여성의 육체를 거래하는 남편에 대해 분개하는(「맞바람」) 등 모두 여성의 몸에 가해지는 현실의 압력을 온몸으로 느끼며 살아간 그녀들은 '얼뜬' 엄마의 삶을 자신도 모르게 반복하면서도 그러한 삶에 대한 증오로부터 벗어나 그 삶에 대한 공감에 이른다(「사나사나」, 「백 년 후에」). 여성의 삶의 역사는 백 년의 세월 동안, 아니 그 이상 세상의 바람에 맞서온 몸의 역사라는 것을 깨닫는 것이다. 여전히 칼바람을 맞고 서 있는 나혜석의 동상이 보여주는 바다(「백 년 후에」),

문득 전혜린이 자살을 시도한 이유가 혹시 임신의 공포 때문은 아니었을까 하는 생각이 들었다. 물론 그런 근거는 어디에도 없지만, 나는 그녀의 글을 읽으며 그녀가 여성의 몸을 일종의 굴레로 여기고 있다는 것을 느꼈다.

임신한 몸 때문에 사회적 자아와 절연해야 하는 공포. 그 앞에서는 누구도 초연하기 어려우리라.

평론의 서두는 전혜린의 일기로 시작하는 게 좋겠단 생각이 들었다. 그녀의 몸에 대한 생각을 드러낸다면 그녀가 살았던 시대, 그녀의 아버지, 그녀의 아이가 삼중의 굴레로 그녀의 몸을 얽어맸다는 것이 증명되리라.(267쪽)

「길 위의 길」의 '나(유평)'가 전혜린의 삶에 대한 평론을 쓰는 것 역시 삶의 굴레와도 같은 여성의 몸의 역사에 대한 대면과 이해의 과정이라 할 수 있다. '나'는 그 역사를 오롯이 자신의 것으로 느낀다. 몇십 년의 시간이 흘렀지만 여전히 여성의 몸이란 '나'에게 일종의 굴레로 느껴지는 것이다.

한편 주지영의 인물들에게 깨달음의 몸이란 예술적 몸이기도 하다. 그녀의 예술가 인물들은 몸을 매개로 하여 자기 영혼의 진실을 표현한다. 삶 속에서 온전히 듣지 못하고 전하지 못하는 몸의 말을 예술을 통해 듣고 전한다고도 볼 수 있을 것이다. 「사나사나」에서 몸에 갇힌 여성의 삶에 대한 소설을 쓰는 '나', 나무를 깎아 현대 여성의 왜곡된 삶을 조각해내는

'함' 들도 그러한 인물들이었다.

　"아까, 그 시, 그림으로 그린다면 수채화가 어울리겠지? 수묵
화 같기도 하고. 내가 그린다면 선 하나로 그리고 싶어. 죽기 전
엔 그릴 수 있겠지. 단 하나의 선에 담긴 내 인생을. 끊길 듯 이어
지고 이어질 듯 끊기는, 어느 한순간에는 굵고 강하게. 어쨌든 마
지막은 있을 거야."(287쪽)

「길 위의 길」에서 화가로서 '황'이 그리고자 하는 그림 역
시 자신의 삶을 돌아보며 있는 그대로 거짓 없이 그은 붓질
하나와도 같다. 그는 삶에 정직한 알몸으로 맞서고, 그 몸짓
을 승화시켜 다시 하나의 형상으로 표현해내고자 하는 것이
다. 이와 같은 '황'의 예술적 몸은 '나'의 여성적 몸과 분신적
관계를 이루고 있다. 이러한 예술적 충동에 이끌리고 또 이에
충실한 삶 역시 또 다른 의미에서 몸의 진실을 추구하는 삶이
기 때문이다. 그 몸짓들은 모두 자신에게 주어진 삶의 의미를
오롯이 감당하며 나아가고 있기에, '몸의 삶'의 한 절정을 보
여준다.

　모든 것을 걸 만한 위험이 없는 삶이란 아무런 가치가 없어.
　전혜린이 번역했던 루이제 린저의 '생의 한가운데'에 나오는

한 구절이 떠올랐다. 나는 그 구절로 전혜린 평론을 마무리할 참이었다. 그런데 지금 생각해보니 내가 왜 그 구절을 선택했는지 이유를 모르겠다.

난 좀 씁쓸했다. 지금 나는 내 자궁 속에서 요란하게 존재감을 뿜어내는 작고 이물스러운 것을 지키는 일이 내 모든 것을 걸 만한 위험한 일이라 여기고 있다. 어머니가 되는 것이야말로 가치 있는 삶 아닌가.

아니, 아니, 적어도 예술혼을 도둑질당한 것에 절망해서 이 폭풍우 속을 맨몸으로 뛰어나가야 가치 있는 삶 아닌가.

이젠 이게 맞니, 저게 맞니, 분별하고 논리를 세우는 것도 귀찮다. 사위가 밝으니 뱃가죽이 등짝에 들러붙은 것처럼 죽도록 배가 고플 뿐이다. 그도 배가 고프면 언젠가 돌아올 것이다. 나는 냄비에 물이라도 올려야겠다고 생각하며 몸을 일으켰다.

한층 거세진 빗소리가 고막을 울렸다.(298~299쪽)

「길 위의 길」에서 주인공 '나(유평)'는 문학평론가이지만 결코 언어나 논리를 믿거나 앞세우지 않는다. 그보다는, 잉태를 감당하고 있는 '나'의 여성적 몸의 변화나 해방을 온몸으로 지향하는 '그'의 예술적 몸의 감각을, 아니 그보다도 더 본질적인 것에 가까운 몸의 본능을, 날것 그대로의 몸의 허기를, 그리고 비가 내리면 맞을 수밖에 없는 몸의 정직성을 따르고자 하는 것이 바로 '나'의 윤리이다. 그러니 빗소리가 그녀의 몸을 울린다는 마지막 문장이야말로 그녀의 삶의 기반을 이루는 정직을 상징화하고 있는 것이다.

이러한 인물들의 삶의 태도와 마찬가지로, 소설가 주지영의 소설관 역시 몸의 진실을 소외됨 없이 언어로 담아내는 정직한 소설을 써나가는 데 있는 것 같다. 그녀의 소설은 자각하고 욕망하는 몸, 연민하고 치유하는 몸, 진실과 해방을 향해 나아가는 여성의 몸과 예술의 몸, 삶의 물길을 온몸으로 밀고 나가는 이런저런 몸들에 관해 이야기한다. 관념적 주제나 언어적 실험만을 앞세우기보다는 '진짜'와 '날것'으로 부딪쳐오는 몸의 실감에서부터 출발하는 한없이 미더운 소설, 이 뜨거운 온몸의 소설을 지지한다.

문학과 삶의 낭떠러지에 서면…….

환경이 바뀌면 나를 둘러싼 말들이 달라지고, 그 말들이 내 생각도 바꾸어놓는다는 걸 세상의 까마득한 저 밑바닥에서 느끼는 중이다. 나는 자꾸 밀려드는 그 말들을 아직 한 단어도 세상 밖으로 꺼내지 못했다. 그 말들이 나를 점점 더 황폐하게 만들고 있어 오히려 도망치는 중이랄까.

마음 수련을 해야 할까 봐요, 마음에 여유가 없어서 자꾸 강퍅해지네요, 했더니 함께 있던 P선생이, 소설가가 마음 수련 하면 소설이 안 나오지, 한다. 나조차 홀대했던 소설가로서의 나를 상기시킨다.

제 살에 난 상처를 거름 삼아 말의 밭을 비옥하게 만드는 게 소설가라는 걸 안다. 안팎으로 황폐한 조건이 소설가에겐

축복이라는 것도.

그러나 그것은 천형이다.

그래서 아직 내게는 낯선, 소설가란 이름을 자꾸 잊어버리는 건지도 모르겠다.

등단은 했으나, 소설책 한 권 세상에 내보이지 않았으니 나는 아직 괄호 속에 숨은 소설가랄밖에.

그렇게 홀대하며 살았으나 이젠 더 물러날 수가 없다.

첫 창작집을 간행하면서 비로소 내가 소설가라는 사실을 실감한다. 세상에 책을 내어놓는 그 순간, 나는 어둠의 한복판에 휙 내동댕이쳐지리라. 그와 동시에 이 책을 한 권 만들자고 베었을 수천 그루 나무의 무게가 내 어깨를 짓누를 것도.

이젠 나아가야 할지 돌아가야 할지 모를 지독한 어둠 속이다.

그렇지만 그 막막한 길에서 사무치도록 외롭게 웅크리고 있어야 시간들은 나에게로 와, 켜켜이 쌓이는 서러운 말들을 소설로 만들어줄 것이다. 그걸 위안 삼아 또 한 걸음을 떼보려 한다.

가슴속 불빛이 꺼지지 않길 바랄 뿐이다.

2019년 2월
주지영

수록 작품 발표 지면